KAPITEL 1

Die Wellen tosten. Mit unbändiger Wucht rollten sie über mich hinweg. Bereitwillig gab ich mich den Naturgewalten hin und ließ mich von ihnen mitreißen. Immer tiefer zogen sie mich, trugen mich hinab zur Mitte ihres Seins. Eine leuchtende dunkelblaue Kugel war ihr Quell und Ursprung. Die gewaltige Energie dieser gebündelten Macht ließ mich erstarren. Sie war zu gewaltig für mein eigenes Selbst, das im Vergleich zu dieser Macht geradezu nichtig schien. Was hatte ich dieser unermesslichen Kraft schon entgegenzusetzen? Nichts. Ich war ihr völlig ausgeliefert. Mir war, als wäre mein Brustkorb plötzlich völlig versteinert. Ich rang nach Luft, doch der Druck auf meine Rippen ließ nicht zu, dass sich meine Lungen mit Sauerstoff füllten. Ich würde ersticken. Würde sterben. Der markerschütternde Schrei eines Dämonengreifs hallte in meinen Ohren …

Ich fuhr hoch und fand mich schwer atmend in meinem Bett wieder. Verdattert blickte ich mich um. Die zarten Strahlen der Morgensonne fielen durch das Fenster. Tausende winzige Staubflöckchen tanzten durch das Licht.

Es dauerte eine Weile, bis ich den Schrecken meines Traums abgeschüttelt und mich einigermaßen gefasst hatte. Meine Hände tasteten prüfend über meinen Brustkorb und bekamen das Orinion zu fassen. Die vertrauten Konturen des Amuletts unter dem dünnen Stoff meines Oberteils zu spüren, beruhigte mich ungemein.

Ich seufzte, als ich das Desaster zu meinen Füßen bemerkte.

Nicht schon wieder!

Ächzend rieb ich mir über das Gesicht und sprang auf, um die klatschnassen Laken abzuziehen. Das war nun schon das vierte Mal, dass ich im Schlaf mein Bett geflutet hatte. Irgendwie machte sich die Energie des Wassers in meinen Träumen selbstständig und sprudelte munter aus meinen Fingerspitzen hervor. Zumindest vermutete ich, dass das Wasser aus meinen Fingern kam. Wirklich gesehen hatte ich es noch nicht. Und verstehen konnte ich diesen Vorgang sowieso nicht. Jedenfalls musste ich wirklich dringend lernen, die Kräfte des Orinions unter Kontrolle zu bekommen.

Beim ersten Vorfall dieser Art hatte ich noch im Krankenflügel der Agency gelegen. Einzig Ivan hatte ich es zu verdanken, dass ich in meiner Panik nicht meine Tarnung als einfache Praktikantin gefährdet hatte. Der beigefarbene Kater mit dem russischen Akzent hatte jede Nacht auf dem Besuchersessel meines Krankenzimmers über mich gewacht und er hatte mich aufgeweckt, als plötzlich Wasser von meiner Matratze auf den Boden getropft war. Während ich völlig aufgelöst mit meiner triefenden Bettdecke kämpfte, hatte er beruhigend auf mich eingeredet und von den dämmrigen Fluren des Hospitals einen Wäschewagen geholt, womit wir die Sauerei schließlich heimlich beseitigen konnten. Das Gute daran war, dass General Stanson den nächtlichen Zwischenfall zum Anlass nahm, mich aus dem Krankenflügel zu entlassen.

Ich zog die nasse Bettwäsche ab und stopfte sie in den Schmutzwäschekorb in meinem Schlafzimmer, der sich wie von Zauberhand jeden Tag leerte.

Nachdenklich betrachtete ich mich in dem hohen Standspiegel neben meinem Bett. Die Morgensonne ließ mein zerzaustes dunkelrotes Haar förmlich aufleuchten.

Irgendetwas an mir hatte sich merklich verändert, doch ich konnte nicht genau sagen, was es war. Vielleicht nur mein ungeschminktes Gesicht und die Tatsache, dass ich mich allmählich daran gewöhnte. Jahrelang hatte ich mich hinter einer Maske mit schwarzem Kajal und Lidschatten versteckt. Hatte mich vorwiegend in dunkle Klamotten gehüllt, um mein Leben so unauffällig wie möglich zu führen. Wirklich funktioniert hatte dieser Plan leider nicht. Ich konnte mich noch so sehr im Hintergrund aufhalten – letztlich landete ich doch wieder in einer Auseinandersetzung, die zumeist im Büro des Schuldirektors endete, weil irgendein Schlaumeier meinte, sich mit mir anlegen zu müssen. Irgendwie war ich nicht dazu geschaffen, nicht aufzufallen.

Ich hob das Shirt meines Schlafanzugs hoch und begutachtete die Narbe an meiner Taille. Sie war winzig, kaum größer als ein Stecknadelkopf, und doch hätte mich diese Verletzung beinahe das Leben gekostet. Niemals würde ich das Feuer der Vergiftung vergessen, das mich erfasst hatte. Die Schmerzen waren unerträglich gewesen und mir war inzwischen bewusst, dass ich den Kampf gegen das Gift bereits aufgegeben hatte, als ich mich der Ohnmacht hingab. Wäre Lee nicht gewesen, wäre ich jetzt tot. Seine Begabung hatte mich gerettet. *Er* hatte mich gerettet.

Wie immer, wenn ich darüber nachdachte, ergriffen mich gemischte Gefühle. Einerseits war ich Lee unsäglich dankbar und stand zutiefst in seiner Schuld. Doch genau das war es auch, was mich mit Widerstreben erfüllte. Ich wusste, was er von mir und meiner menschlichen Herkunft hielt. Er machte keinen Hehl daraus, dass er meine Eignung als Trägerin des Orinions grundsätzlich in Frage stellte. Seine Einstellung mir gegenüber machte es mir wahrlich nicht leicht, ihm für seine Tat Dankbarkeit zu zeigen. Tatsächlich hatte ich es bis zu diesem Augenblick nicht zustande gebracht, Lee auf die Geschehnisse auch nur anzusprechen. Je mehr Zeit verging, umso mehr regte sich mein schlechtes Gewissen deswegen, aber ich schaffte es einfach nicht, über meinen eigenen Schatten zu springen.

Ich zerrte die Matratze über das erhöhte Fußende des Bettes, damit sie besser trocknen konnte. Dann raffte ich die feuchte Bettdecke an mich, tappte barfuß hinaus auf den Balkon und hängte sie über das Geländer.

»Schon wieder?«

Ich fuhr zusammen und sah hinüber zum Nachbarbalkon, von dem die Stimme erklungen war. Lee saß entspannt auf seinem Schaukelstuhl, umrankt von Hunderten von Topfpflanzen, und hielt eine dampfende Tasse in den Händen. Seine schwarzen Haare schimmerten feucht, als wäre er gerade frisch geduscht.

Er trug bereits seine dunkelblaue Einsatzuniform, während ich, zerknittert von Kopf bis Fuß, in meinem grauen Schlafanzug inklusive nasser Hosenbeine bis zu den Knien, bestimmt einen wenig ansprechenden Eindruck machte. Unauffällig fuhr ich mir durchs Haar, um es mir zumindest notdürftig zu glätten.

»Du bist ja auch schon wach«, stellte ich verlegen fest und zog kurz in Erwägung, die Flucht nach drinnen zu ergreifen. Das wäre wohl erst recht peinlich gewesen, darum blieb ich heldenhaft stehen.

Er nahm einen Schluck aus seiner Tasse. Der Duft des frisch gebrühten Kaffees wehte bis zu mir herüber und stieg mir verlockend in die Nase.

Ich lehnte mich lässig an die Brüstung. »Lee, ihr habt mich jetzt lange genug geschont. Es wird Zeit, dass ich lerne, wie ich das Orinion benutzen kann.«

Lee beugte sich ungerührt zu einem seiner Pflänzchen hinunter und zupfte ein verwelktes Blütenblatt davon ab.

»Ich kann nicht ewig auf der faulen Haut liegen, verdammt!«, schimpfte ich und schlug mit der Faust auf das Geländer. »Mir geht es hervorragend. Ich bin wieder gesund. Siehst du das denn nicht?«

»Zumindest hast du genug Kraft, um ein wehrloses Balkongeländer zu verprügeln«, entgegnete Lee unbeeindruckt.

Ich mahnte mich selbst zur Beherrschung. Mit gezeterten Forderungen kam ich bei dem sturen Bock nicht weit. Das hatte ich doch eigentlich schon gelernt. Bei Lee musste man eher diplomatisch vorgehen. Das Problem war nur, dass ich in solchen Dingen ungeschickt war. Gelinde ausgedrückt. Eigentlich war ich eher der Typ, der seinen Willen mit handfesten Mitteln durchsetzte. Mit dem Kopf durch die Wand und ähnlichen Methoden. Andere gruben sich einen Weg durch den Berg – ich sprengte ihn lieber. Und Lee hatte offenbar seinen Spaß daran, mich regelmäßig explodieren zu lassen.

»Jetzt mal im Ernst«, begann ich mit erzwungener Ruhe. »Mir geht es wirklich gut. Ich halte das nicht mehr aus, einfach tatenlos hier herumzulungern, während die Füchsin und ihre Anhänger dort draußen die übelsten Sachen anstellen. Ich wurde auserwählt, um zu kämpfen, und genau das werde ich auch tun. Ich bin bereit, Lee.«

Erwartungsvoll hielt ich seinem Blick stand und versuchte dabei seine Gedanken zu ergründen, was mir bei seinem rätselhaften Gesichtsausdruck nicht einmal annähernd gelang.

»Ich muss zuerst mit dem Chief darüber sprechen«, sagte er schließlich.

Das war mehr, als ich erwartet hatte. Natürlich war es noch keine Freigabe für mich, aber im Vergleich zu den bisherigen abweisenden Antworten ein riesiger Fortschritt. Meine Mundwinkel schnellten ganz von selbst in die

Höhe. Ich konnte mir einen leisen Jubelschrei nicht verkneifen. Auf Lees Stirn bildete sich eine kleine Falte.

»Genial!«, sprudelte ich euphorisch los. »Dann kann ich endlich mein Versprechen an Herokla einlösen. Und ich kann euch bei der Suche nach den restlichen Elementen helfen!«

»Übertreib es nicht, Jay«, mahnte Lee.

»Ach, komm schon. Langsam könntest du mal zugeben, dass ihr den Geist des Wassers ohne mich vermutlich immer noch nicht gefunden hättet.«

Das war eigentlich als Scherz gemeint, doch Lees erhobene Augenbrauen zeigten mir, dass er es nicht als solchen erkannt hatte. »Soweit ich mich erinnere, war es purer Zufall, dass du auf ihn gestoßen bist.«

»Vielleicht war es das, aber wenn ich die Sache nicht in die Hand genommen hätte, wäre dieser Zufall nie passiert«, erwiderte ich trotzig.

Lee zuckte mit den Schultern. »Wenn du meinst ...«

Das war doch wieder einmal typisch für ihn. Obwohl ich ganz genau das winzige Fünkchen Anerkennung in seinen Augen aufblitzen sah, brachte er es einfach nicht fertig, mich für meine bisherigen Leistungen auch nur ein einziges Mal zu loben. Nicht dass ich gesteigerten Wert darauf legen würde, aber heruntermachen ließ ich mich wirklich nicht. Natürlich war es eine glückliche Fügung gewesen, dass ich den Aufenthaltsort des Wassergeists so schnell herausbekommen konnte. Andererseits hätte uns Königin Herokla niemals zu ihm durchgelassen, wäre ich nicht gewesen. Beziehungsweise meine große Klappe. Damals hätte der Schuss freilich auch nach hinten losgehen können, aber letztendlich ist es mir doch gelungen. Also – was sollte das dumme Getue des werten Herrn Leannán schon wieder?

Nein, Jay, bloß nicht aufregen, versuchte ich mich selbst zu beruhigen. Denn genau das wollte Lee wahrscheinlich erreichen. Dass ich mich unheimlich aufregte und er mich wegen »emotionaler Labilität« noch länger in den Krankenstand versetzen konnte.

Ich richtete meinen Blick hinaus auf die weitläufige Landschaft, die das Gelände der Agency umgab. Die Sonne stand noch tief hinter dem Wohnhaus. Das Gebäude warf einen langen Schatten über die von Tautropfen glitzernde Wiese. Dahinter ließ das Morgenlicht die Wipfel des fernen Smaragdwaldes geheimnisvoll aufleuchten. Noch war die Luft kühl und erfrischend, doch man konnte spüren, dass ein angenehm warmer Tag bevorstand.

Jetzt brauchte ich dringend auch einen frischen Kaffee. Ich sah wieder zu Lee hinüber.

»Lee?«

»Hm?«

Ich druckste einen Moment herum. »Ähm, sag mal ... Wie funktioniert eigentlich meine Kaffeemaschine?«

»Du weißt nicht, wie deine Kaffeemaschine funktioniert?«, wiederholte er belustigt. »Seit wann wohnst du hier, Jay?«

Inklusive meines Aufenthalts im Krankenflügel knapp vier Wochen. Und genau dieses arrogante Grinsen, das Lee jetzt wieder aufsetzte, hatte mich in dieser ganzen Zeit davon abgehalten, mich in die Geheimnisse meines Apartments von ihm einweihen zu lassen. Einiges darin funktionierte wie von selbst: Das Licht ging automatisch an und aus, sämtliche Wasserhähne ließen sich mühelos auf- und zudrehen, und der Zutritt zur Wohnung wurde über einen Handabdruckscanner gewährt. Und einen Zimmerservice gab es offensichtlich auch, denn egal welches Chaos ich auch hinterließ – sobald ich zurückkam, war alles picobello aufgeräumt.

Doch die technischen Geräte, die in meinem derzeitigen Zuhause zur Verfügung standen, konnte ich alle nicht bedienen. Ich wusste weder, wie man den ultraflachen Fernseher zum Flimmern brachte, noch, wie die Küchengeräte zu handhaben waren, von denen kein einziges über irgendeinen sichtbaren Knopf verfügte.

»Bekomme ich heute noch eine Antwort von dir oder muss ich jemand anderen fragen?«, fragte ich genervt.

»Deine Wohneinheit heißt ›Dora‹«, antwortete Lee.

Das hatte ich sogar gewusst. Allerdings entzog sich mir gerade jeglicher Zusammenhang. »Ja, und?«

»Sprachsteuerung.«

»Was?«

»Die Wohneinheit funktioniert mittels Sprachsteuerung«, erläuterte er. Dabei redete er so betont langsam, als wäre ich schwer von Begriff.

Erstaunt atmete ich auf. »Echt? Da wäre ich ja in hundert Jahren nicht draufgekommen! Warum hast du das denn nicht gleich gesagt?«

»Warum hast du denn nicht gleich gefragt?«, meinte er trocken.

Ich schürzte die Lippen und stolzierte ohne ein Wort des Dankes in mein Wohnzimmer zurück. Wütend warf ich die Balkontür hinter mir zu. Lee hatte mich wieder einmal dazu gebracht, dass ich die Fassung verlor und alle Höflichkeit vergaß. Im Allgemeinen wusste ich sehr wohl, was sich gehörte – ganz im Gegensatz zu dem unmöglichen Kasper da draußen, dessen Eltern bei der Erziehung scheinbar gehörig am Knigge gespart hatten.

Nach einer kurzen Dusche zog ich die kotzgelben Klamotten an, die für einen Praktikanten der Agency vorgeschrieben waren, ging in den Küchenbereich und lauschte einen Moment auf die Stille des Apartments.

Dann nahm ich meinen ganzen Mut zusammen. »Dora?«, fragte ich zögerlich.

»*Guten Morgen, Jessica*«, antwortete eine weibliche Computerstimme.

Ich gluckste. Wie krass war das denn?

»Also, ich heiße Jay.«

»*Soll ich den Namen des Hauptbewohners von Jessica auf Jay ändern?*«

»Ja, bitte.«

»*Name erfolgreich geändert. Guten Morgen, Jay.*«

»Sag mal, bist du eine künstliche Intelligenz?«

»*Ich habe Sie leider nicht verstanden.*«

Ah ja. Gewundert hätte es mich allerdings nicht, wenn die Leute hier in der Agency eine künstliche Intelligenz hervorgebracht hätten. Immerhin war das Volk der sogenannten Tuatha de Dannan so fortschrittlich, dass sie Wurmlöcher und eine ganze Parallelwelt erschaffen hatten - was mich immer noch völlig faszinierte. Physik war nämlich meine Leidenschaft und das vielfältige Wissen, das die Agency besaß, war für mich hochinteressant.

»Dora, ich möchte einen Kaffee trinken«, sagte ich und stand auf.

»*Soll ich den Heißgetränkeautomaten aktivieren?*«

»Ja.«

»Bitte, nennen Sie Ihr gewünschtes Heißgetränk.«

»Äh ... Cappuccino.«

»Soll ich einen – Cappuccino für Sie zubereiten?«

»Ja.«

»Bereite Cappuccino vor.«

Die Kaffeemaschine erwachte zum Leben und gab geschäftige Geräusche von sich. Ich sauste zum Küchenschrank, holte eine Tasse hervor und warf sie hastig unter die Maschine, so dass das Porzellan bedenklich klirrte. Gleich darauf merkte ich, dass meine Eile gar nicht nötig gewesen war.

»Bitte, Trinkgefäß platzieren und bestätigen«, schnarrte die Computerstimme.

»Okay.«

»Ich habe Sie leider nicht verstanden. Bitte, Trinkgefäß platzieren und bestätigen.«

»Bestätigt.«

»Zubereitung läuft. Trinkgefäß nicht entfernen.«

Meine Güte, war das eine aufwendige Prozedur! Wenn ich die Maschine per Hand bedient hätte, wäre es eindeutig schneller gegangen. Ich befürchtete, dass mir diese Sprachsteuerung schon bald auf die Nerven gehen würde.

»Zubereitung - Cappuccino beendet. Entnehmen Sie nun Ihr Getränk. Vorsicht, heiß.«

Ich schüttelte den Kopf über die überflüssige Warnung und hockte mich mit meiner dampfenden Tasse an die erhöhte Küchenbar. Sprachsteuerung hin oder her – der Cappuccino schmeckte himmlisch.

Inzwischen war die Kaffeemaschine verstummt und mit ihr auch Dora. Während ich das Getränk mit dem warmen Milchschaum schlürfte, schweiften meine Gedanken ziellos umher.

Ich war noch nicht lange in dieser Anderswelt, und doch kam es mir vor, als würde mein altes Leben weit hinter mir liegen. Als wäre das Waisenheim, in dem ich meine Kindheit verbracht hatte, und meine problematische Schulzeit nur noch eine ferne Erinnerung. Noch vor wenigen Tagen hatte ich mich verzweifelt an mein vertrautes Leben zu Hause in der Dortwelt geklammert. Ich wollte nicht hier sein, in dieser fremden und äußerst seltsamen Welt, wo es magische Dinge wie sprechende Katzen und Meerjungfrauen gab, und gleichzeitig überragende technologische Errungenschaften. Anfangs hatte ich mich vehement gegen all die fremden Dinge um mich herum gewehrt. Die Angst vor dem Unbekannten war einfach zu groß gewesen und hatte mich geradezu in Panik versetzt.

Inzwischen hatte ich mich damit abgefunden und versuchte, meine Ahnungslosigkeit in kindliche Neugier umzuwandeln. Ich hatte beschlossen mich auf die Anderswelt einzulassen.

Gänzlich gelang mir das freilich noch nicht. Es gab einfach zu viele Dinge, die mein Verstand nicht fassen und begreifen konnte. Der Grund, warum ich überhaupt hier war, zum Beispiel.

Auf der Erde tobte ein Kampf zwischen Mächten, die ich bisher noch nie wahrgenommen hatte. Energien, die ohne einander nicht existieren konnten und für das Fortbestehen unseres Lebens unverzichtbar waren, schienen aus dem Gleichgewicht geraten zu sein – Gut und Böse, Licht und Dunkelheit. Die Dunkelheit hatte sich aus ihrem Schatten geschlichen und versuchte gerade die Oberhand zu gewinnen. Der gesamten Menschheit drohte große Gefahr. Und auch wenn mir das alles unvorstellbar vorkam, wusste ich tief in meinem Innersten, dass es die Wahrheit war. Und ich wusste, dass ich in diesem Kampf eine wichtige Rolle spielte.

Danu, die Mutter des Planeten, hatte mir mit dem Orinion eine mächtige Waffe an die Hand gegeben. Ein Amulett, mit dessen Hilfe ich die vier Elemente beherrschen konnte: Feuer, Wasser, Erde und Luft. Die vier Elemente, aus denen alles Leben hervorging.

Und obwohl ich noch nicht wusste, wie ich mit dieser Waffe umgehen musste, war mir klar, dass ich den Kampf gegen die Dunkelheit damit aufnehmen würde.

Die Dunkelheit, welche sich in einer Frau manifestiert hatte, die sich selbst »die Füchsin« nannte. Meine erste und bisher einzige Begegnung mit ihr hatte mich beinahe das Leben gekostet. Völlig unvorbereitet und hilflos hatte ich ihr gegenübergestanden und gelähmt vor Angst in ihre schwarzen Augen geblickt. Sie war das personifizierte Böse, und die bloße Erinnerung an die Begegnung mit dieser furchterregenden Frau jagte mir eiskalte Schauer über den Rücken.

Nie wieder würde ich ihr derart schutzlos gegenübertreten. Bei unserer nächsten Begegnung wollte ich kämpfen und sie besiegen.

Aber wenn man die Kraft der Elemente nutzen wollte, brauchte man zunächst deren Einverständnis. Das des Wassers hatte ich bereits eingeholt. Doch von den restlichen drei Naturgeistern fehlte leider jegliche Spur. Erst wenn ich die Erlaubnis von allen vier Elementen bekam, konnte das Orinion seine ganze Macht entfalten. Dann musste ich nur noch lernen, wie diese Macht zu beherrschen war und wie ich sie für meine Zwecke nutzen konnte.

Ich leerte meine Tasse und stellte sie auf dem Küchentresen ab. Es war wirklich höchste Zeit, endlich loszulegen – ich war lange genug krank gewesen!

***

»Ich weiß, dass du ungeduldig bist, Jay. Aber deine Gesundheit steht nun mal an oberster Stelle.«

Genervt sah ich zu Ivan hinunter, der sich neben mir auf dem Boden rekelte. Wir saßen in der kleinen Gartenanlage vor den Wohngebäuden der Agency. Es war später Nachmittag und außer dem Kater hatte ich noch kein weiteres Mitglied von Team 8 gesehen. Meine morgendliche Begegnung mit Lee einmal ausgenommen. Anscheinend war die Mannschaft noch vor der offiziellen Frühstückszeit aufgebrochen, um einem Hinweis auf den Aufenthaltsort des Erdengeistes nachzugehen, und seither noch nicht zurückgekommen. Dass Lee dieses Vorhaben mit keinem Wort erwähnt hatte, ging mir gewaltig gegen den Strich. Wenn ich schon nicht mitfliegen durfte, hätte er mich wenigstens auf dem Laufenden halten können.

Der Einzige, der mich regelmäßig über die Aktivitäten von Team 8 informierte, war mein treuer Freund Ivan. Der Kater war ebenfalls nicht an den

Außeneinsätzen der Mannschaft beteiligt, hatte sich aber im Gegensatz zu mir selbst dafür entschieden. Er hatte gewaltige Flugangst, die ihn von derlei Tätigkeiten befreite.

»Ich kann nicht mehr länger stillhalten. Und das hat nichts mit Ungeduld zu tun«, erwiderte ich. »Es ist reine Zeitverschwendung …«

Der Kater öffnete träge ein Auge. »Ganz so ist es nun auch wieder nicht. Immerhin ist inzwischen eine ganze Sonderkommission damit beschäftigt, die restlichen Elemente zu finden. Und fast die gesamte Aufmerksamkeit der Agency ist auf die Machenschaften des roten Ordens und der Füchsin gerichtet. Die beteiligten Agenten sind allesamt hervorragend ausgebildet. Du solltest ihnen ein bisschen mehr Vertrauen schenken.«

Vertrauen …

Ein großes Wort. Zu groß, um leichtfertig damit umzugehen. Meine Vergangenheit hatte mich das gelehrt und ich war der festen Überzeugung, dass es nur einen gab, dem ich uneingeschränkt vertrauen konnte. Und das war ich selbst.

Ich wischte eine verirrte Haarsträhne von meiner Stirn. »Ich weiß, dass das alles Fachleute sind. Trotzdem will ich nicht einfach nur rumsitzen und abwarten. Ich komme mir überflüssig vor.«

»Die Trägerin des Orinions, die wichtigste Person von allen kommt sich also überflüssig vor … So, so.« Er wiegte amüsiert den Kopf hin und her.

»Irgendwie hab ich das Gefühl, dass du mich nicht ernst nimmst.«

»Und ich habe das Gefühl, dass du übertreibst.«

Ich schnaubte und hätte mir am liebsten die Haare gerauft. Die Gelassenheit des Katers mochte grundsätzlich beneidenswert sein, doch in meiner augenblicklichen Verfassung trieb sie mich beinahe in den Wahnsinn. Ich sprang auf und wanderte unruhig vor dem Springbrunnen auf und ab.

»Wie soll ich mir nicht überflüssig vorkommen?«, zeterte ich laut. »Erst werde ich hierher entführt und eingesperrt. Dann darf ich endlich aus der Agency raus, und nach meinem ersten großen Erfolg werde ich sofort wieder eingesperrt.«

»Du bist nicht eingesperrt, Jay.«

»Ach ja? Und was passiert, wenn ich jetzt da rübergehe und durch das Tor marschiere?« Aufgebracht deutete ich auf das bewachte Außentor hinter mir.

Ivan gluckste schnurrend. »Nicht viel, denke ich.«

»Wie bitte?«

Der Kater seufzte schwer und rollte sich auf seinen Bauch. »Deine Registrierung war die ganze Zeit über freigeschaltet. Du kannst kommen und gehen, wann du willst. Dass du während deiner Genesungszeit innerhalb der Agency bleiben sollst, war nur eine Bitte des Generals.«

»Das ist nicht dein Ernst!« Ich ließ langsam meinen Arm sinken.

Der Kater fixierte mich mit seinen bernsteinfarbenen Augen. »Hat etwa irgendjemand explizit gesagt, dass du das Gelände nicht verlassen darfst?«

Mir klappte der Mund auf. Dann klappte er wieder zu.

Ivan hatte recht. General Stanson hatte mir nicht ausdrücklich verboten, während der Zeit meiner Genesung die Agency zu verlassen. Trotzdem war ich davon ausgegangen, dass die Wachposten mich an den Ausgangstoren des Geländes aufhalten und bei meiner Flucht automatisch Alarm auslösen würden.

Im ersten Moment wusste ich nicht recht, was ich nun von dem Ganzen halten sollte. Mein Blick wanderte zu dem Außentor und dem Weg zum Smaragdwald, der sich dahinter verbarg. Ich konnte also einfach hindurchschreiten und endlich zum Waldsee gehen, um mein Versprechen einzulösen, das ich der Königin der Meermenschen gegeben hatte.

Aber ich tat es nicht.

»Ist der Chief in seinem Büro?«, fragte ich Ivan.

»Ich denke, schon.« Der Kater blinzelte. »Aber du solltest lieber noch warten, Jay. Lee wird …«

»Lee ist mir egal!«

Entschlossen stapfte ich los, an dem offenstehenden Außentor vorbei zum Hauptgebäude der Agency.

Der imposante Turm mit der elfenbeinfarbenen Fassade und den schweren Steinsäulen wirkte inzwischen nicht mehr so bedrohlich auf mich wie zu Beginn meiner Zeit in der Anderswelt. Ich konnte mich noch gut an die Nacht erinnern, als ich das Hauptgebäude der Agency zum ersten Mal betrat. Team 8 hatte mich damals durch den Haupteingang an der prunkvollen Vorderseite hineingeführt. Die Eindrücke der riesigen Empfangshalle waren für mich atemberaubend gewesen.

Seither war ich nicht einmal mehr in die Nähe des Haupteingangs gekommen, den auch sonst kaum einer der hier Angestellten benutzte. Auf meine Nachfrage hin, warum ich an meinem ersten Abend durch die Empfangshalle geführt worden war, hatte Joe aus Team 8 nur breit gegrinst und behauptet, es sei für die Erfassung meiner biometrischen Daten nötig gewesen. Ich hingegen war mir sicher, dass sie mich damit nur beeindrucken wollten. Als wäre es für mich nicht schon eindrucksvoll genug gewesen, plötzlich weit von meinem Zuhause entfernt in einem hochmodernen Flugzeug aufzuwachen und in eine Parallelwelt gebracht zu werden.

Zielstrebig marschierte ich durch den weit weniger pompösen Hintereingang und bahnte mir einen Weg durch das Labyrinth aus scheinbar endlosen Fluren. Ich war selbst erstaunt darüber, wie gut ich mich hier inzwischen zurechtfand.

Das Büro des Chiefs, der für sämtliche Special Teams hier verantwortlich war, befand sich auf einer Empore über der technischen Einsatzzentrale, die mir jedes Mal wie die Kommandozentrale einer Weltraumstation vorkam. Mehrere Leute saßen darin im Kreis vor verschiedenen Flachbildschirmen und murmelten scheinbar unbeteiligt vor sich hin. Inzwischen wusste ich, dass sie Anweisungen an die Teams weitergaben, die gerade im Einsatz waren. Die Mitte der Zentrale wurde von einem riesigen, hoch entwickelten Spezialmonitor beherrscht, der Landkarten der Anderswelt und der Dortwelt zeigte, wie meine Heimatwelt hier genannt wurde.

Vor der Tür mit der Aufschrift »General Stanson« hielt ich kurz inne, um mich zu sammeln. Der Chief war mir bisher immer äußerst freundlich und zuvorkommend begegnet. Trotzdem strahlte er eine Autorität aus, die mich jedes Mal aufs Neue nervös werden ließ. Es war die Aura seiner unangefochtenen Autorität, mit der ich nicht umzugehen wusste. Das lag nicht etwa an mangelndem Respekt meinerseits, sondern viel mehr an der Erfahrung aus meiner Vergangenheit, solchen Personen grundsätzlich mit Vorsicht zu begegnen.

Dann mal los, dachte ich und straffte meine Schultern, bevor ich an die Tür klopfte.

»Guten Tag, Jay«, erklang die ruhige Stimme des Generals, der hinter mir im Flur stand.

Überrascht drehte ich mich um. Der Chief lächelte zwar, aber es war nicht zu übersehen, dass er angespannt war. Das lag wohl weniger an meiner Person als an den beiden Herren, die ihn begleiteten. Die Männer trugen maßgeschneiderte Anzüge und an ihrer Brust schillerte ein Emblem, das mir entfernt bekannt vorkam. Es war golden und sah aus wie eine Kugel, die von einer Banderole umfasst war. Allerdings konnte ich mich nicht daran erinnern, wo ich es schon einmal gesehen hatte.

Ich musste mich wirklich zusammenreißen, den Blicken dieser fremden Männer möglichst neutral zu begegnen. Während ich keine Ahnung hatte, mit wem ich es da zu tun hatte, schienen die beiden nämlich genau zu wissen, wer ich war. Also – wer ich *tatsächlich* war. Denn eine einfache Praktikantin hätten sie wohl kaum mit derart unverhohlener Skepsis betrachtet, wie sie es mir gegenüber gerade taten. Die Mienen der beiden Herren verrieten überdeutlich, dass sie nicht besonders viel von mir hielten. Ich hob stolz mein Kinn und trotzte der Skepsis.

Zum Glück unterbrach der Chief die angespannte Atmosphäre, bevor ich unbedachte Worte sagen konnte, die ich im Nachhinein vermutlich bereut hätte.

»Meine Herren, bitte, gehen Sie schon einmal vor«, sagte der General und wies auf sein Büro. »Ich komme sofort.«

Die Männer neigten leicht ihr Haupt und schritten wortlos an uns vorbei. Als sich die Tür hinter ihnen schloss, zog ich eine Grimasse.

»Was sind das denn für Schnösel?«, murmelte ich und erschrak im gleichen Moment darüber, als mir wieder bewusst wurde, dass der Chief ja neben mir stand.

»Das sind zwei der obersten Senatoren der Andersweltregierung«, antwortete er gelassen.

»Oh!« Da fiel mir auch gleich wieder ein, woher ich die Embleme an den Anzügen der beiden Männer kannte. Es war das Symbol für die Instanz. Das höchste Gericht der Anderswelt. Jetzt verstand ich auch, warum sie über meine wahre Identität Bescheid wussten.

»Was kann ich für dich tun, Jay?«, fragte der General.

»Ähm.« Ich sah kurz zwischen ihm und der Bürotür hin und her. Dort drinnen wartete bestimmt ein wichtiges Gespräch auf den Chief, dagegen kam mir mein eigenes Anliegen geradezu unbedeutend vor. »Ich kann auch später ...«

»Schon gut.« Er lächelte aufmunternd. »Also, was ist los?«

Das war wieder einmal typisch für den General. Obwohl er offenbar wichtige Angelegenheiten zu erledigen hatte, nahm er sich Zeit für mich. Ich konnte mir gut vorstellen, warum Team 8 seinem Vorgesetzten solch unerschütterlichen Respekt entgegenbrachte. Dieser Respekt basierte auf gegenseitiger Hochachtung, entstanden aus ungebrochenem Vertrauen. Ein persönlicher Umgang, der mir bekanntlich vollkommen fremd war.

Ich räusperte mich und zupfte einen imaginären Fussel von meiner Jacke. »Also, ich wollte Sie bitten, meine Schonzeit zu beenden.«

»Genau das wollte ich heute noch mit Leannán besprechen.« Er musterte mich kurz. »Wie geht es dir?«

»Blendend! Ich könnte Bäume ausreißen. Mir ging es nie besser. Und ehrlich gesagt, treibt es mich auch allmählich in den Wahnsinn, völlig tatenlos herumzuhocken. Ich will helfen und ich muss wirklich dringend in den Smaragdwald. Immerhin habe ich der Königin der Meermenschen ein Versprechen gegeben. Und ...«

Der Chief unterbrach mich mit einem Lachen. »In Ordnung, du hast mich überzeugt. Ich bin nicht sicher, inwieweit wir dich in die Aktivitäten der Agency einbinden können. Ich denke, wir werden uns zunächst darauf konzentrieren, deine Fähigkeiten zu trainieren.«

»Endlich!« Ich seufzte erleichtert. Dann senkte ich die Stimme. »Es ist nämlich schon wieder passiert. Das Wasser verfolgt mich in meinen Träumen.«

»Nun, dann ist es wirklich an der Zeit, daran zu arbeiten. Doch bevor wir damit beginnen, solltest du unbedingt dein Versprechen einlösen.« Der Chief zwinkerte mir zu und ging an mir vorbei. »Bis bald, Jay!«

KAPITEL 2

Der Smaragdwald war noch schöner, als ich ihn in Erinnerung hatte.

Die Sonne drängte sich mit ihren Strahlen durch das Blätterdach der Bäume. Farne und lange Gräser leuchteten geheimnisvoll am Boden auf. Es duftete nach Holz und frischen Kiefernnadeln. Der Gesang von Vögeln vermischte sich mit dem Rauschen der Blätter im Wind und begleitete mich auf meinem Weg.

Das Gefühl von Freiheit erfasste mich. So war das bei mir schon immer gewesen, wenn ich mich inmitten der Natur aufhielt. Ich fühlte mich akzeptiert und verstanden. Hier dachte niemand Schlechtes über mich. Die Natur urteilte nicht.

Ich wanderte an dem zugewucherten Pfad vorbei, der zu Ivans bescheidenem Häuschen führte. Vielleicht würde ich ihm auf dem Rückweg einen kleinen Besuch abstatten, doch im Moment genoss ich es, einfach nur schweigend auf dem schmalen Weg entlangzulaufen und den Klängen des Waldes zu lauschen.

Das forsche Hämmern eines Spechts hallte durch die Idylle. Welche mir unbekannten Geschöpfe sich wohl im Dickicht des Unterholzes verborgen hielten? Irgendetwas in meinem Inneren sagte mir, dass sprechende Katzen und Meerjungfrauen bestimmt nicht die einzigen fantastischen Wesen hier waren.

Es gibt nur zwei Arten zu leben. Entweder so als wäre nichts ein Wunder oder so als wäre alles ein Wunder.

Das hatte Albert Einstein einst gesagt. Als ich den Waldsee erreicht hatte und sich sein Glitzern vor mir ausbreitete, dachte ich daran, wie recht er mit diesen Worten doch gehabt hatte. Die Schönheit dieses Ortes war kaum in Worte zu fassen. Während ich gemächlich über das leicht abfallende Ufer zu dem alten Holzsteg wanderte, zupfte eine schwache Windbö an meinen Haaren. Als würde der Wind mir freundlich über den Kopf streicheln, um mich hier am See willkommen zu heißen.

Eigentlich war ich ja nicht besonders sentimental. Im Gegenteil, ich versuchte eher meine Gefühle zu verbergen. Sie gingen niemanden etwas an. Doch als ich jetzt auf dem knarzenden Holzsteg bedächtig einen Fuß vor den anderen setzte, konnte ich mich einfach nicht beherrschen, und ein glückliches Lächeln breitete sich auf meinem Gesicht aus. Fast wären mir vor lauter Freude die Tränen gekommen und ich schüttelte den Kopf über meine Gefühlsduselei.

Reiß dich zusammen, Jay. Das ist ja peinlich!

Am Ende des Stegs ließ ich mich auf dem Holzboden nieder, streifte die Schuhe von den Füßen und streckte meine nackten Zehen in das kristallklare Wasser. Obwohl die Sonne in den letzten Tagen ihr Bestes gegeben hatte, war der See eiskalt. Es würde wohl noch eine Weile dauern, bis man darin baden konnte.

Ich beobachtete einige Zeit vergnügt die Wellenmuster, die meine plantschenden Füße auf der Wasseroberfläche verursachten. Dabei behielt ich das Wasser achtsam im Auge, schließlich konnte die Meerjungfrau Mariam, die ich hier treffen wollte, jederzeit auftauchen und mich ohne Vorwarnung an den Zehen packen, die sie ja immer so lustig fand. Und tatsächlich meinte ich kurz darauf einen weißen Schemen unter mir auszumachen und wurde von einem ganzen Schwall Wasser begrüßt. Mariam sprang mit einem Satz neben mir auf den Steg und schlang ihre schlanken Arme um mich.

»Jay! Wie schön, dass du mich besuchen kommst!«

Lachend befreite ich mich aus der feuchten Umarmung. »Ich wollte eigentlich schon viel früher kommen, aber es ist ... was dazwischengekommen. Mann, du bist ja noch kälter, als ich dich in Erinnerung hatte!«

»Wirklich? Ich finde die Temperatur des Sees derzeit sehr angenehm.« Die Nixe ließ ihre schillernde Schwanzflosse über die Wasseroberfläche gleiten. Dann hielt sie inne und betrachtete mich aufmerksam. Das Sonnenlicht spiegelte sich in ihrem weißen Haar, so dass es mich beinahe blendete.

Mariam lächelte. »Du hast also gefunden, was du gesucht hast.«

»Ja«, bestätigte ich, obwohl das ohnehin keine Frage, sondern eher eine Feststellung gewesen war. »Der Geist des Wassers hat mir die Erlaubnis gegeben, seine Kraft zu verwenden.«

»Ich weiß.« Mariam legte eine Hand auf das Orinion, das unter meiner Jacke verborgen war. Sie schloss die Augen und schwieg eine Weile. »Es fühlt sich wundervoll an.«

»Du kannst die Energie des Wassers fühlen?«

»Natürlich.« Sie zog ihre Hand zurück und legte den Kopf schief. »Du etwa nicht?«

»Nicht wirklich«, meinte ich bekümmert.

Die Nixe hob eine Braue. »Erstaunlich. Dabei fließt es so kraftvoll durch deine Adern. Wenn du es nicht fühlen kannst, wie willst du es dann nutzen?«

Ich gab ein unwirsches Geräusch von mir. »Tja, weißt du – genau darüber zerbreche ich mir schon seit Wochen den Kopf.«

»Ah! Jetzt verstehe ich! Aber die Energie des Wassers ruht nicht hier drin«, meinte sie und tippte sich an die Stirn. Dann legte sie ihre flache Hand auf den Bauch. »Sondern nur hier.«

»In meinem Magen?«, fragte ich erstaunt.

Mariam ließ ihr glockenhelles Lachen erklingen. »Nicht in deinem Magen! Die Kraft steckt in deinen Gefühlen, sozusagen. Ich vermute, dass du viel zu viel darüber nachdenkst und dabei vergisst, sie einfach zuzulassen.«

Einfach zulassen …?

Das klang ja völlig unkompliziert. Wenn ich jetzt noch erfahren könnte, wie genau das funktionieren soll?

»Darf ich deine Haare flechten?«, fragte Mariam.

Dankbar über die Ablenkung öffnete ich den Knoten in meinem Nacken und die Nixe begann begeistert mit ihren Fingern mein Haar zu kämmen. Eine größere Freude hätte ich ihr wohl nicht machen können, als sie an meiner roten Mähne herumwuseln zu lassen. Meerjungfrauen hatten alle weißes Haar und ich wusste, dass sie darüber nicht gerade glücklich waren.

Ich ließ meinen Blick über den See schweifen und lauschte dem leisen Surren einer Libelle, die uns umkreiste.

»Warum bist du eigentlich von zu Hause weggelaufen?«, fragte ich unvermittelt.

Ich spürte, wie Mariam kurz innehielt. Sie seufzte schwer. »Meine Mutter hat es dir also gesagt.«

»Ja, nachdem ich ihr deinen Gruß übermittelt hatte. Es wäre im Übrigen nicht schlecht gewesen, wenn du mir vor meinem Besuch bei ihr von eurem angespannten Verhältnis erzählt hättest. Mittendrin hatte ich nämlich kurz die Befürchtung, dass Herokla mich am liebsten aufspießen würde.«

»Sie hat dich bedroht?«, rief Mariam aufgebracht. »Das ist so typisch für meine Mutter!«

»Na ja, ich glaube, sie hat irgendwie gedacht, ich hätte dich entführt oder so was. Aber die Wogen haben sich schnell wieder geglättet. Sie macht sich einfach große Sorgen um dich.«

Mariam schnaubte. »Natürlich tut sie das. Ihr bereitet alles Sorgen, was sie nicht kontrollieren kann.«

»Jedenfalls war sie erleichtert zu hören, dass es dir gut geht.«

Ich spürte, wie Mariam unruhig ihr Gewicht verlagerte. »Hast du ihr gesagt, wo ich bin?«

»Natürlich nicht! Das musst du ihr schon selbst sagen. Aber ich habe Herokla versprochen, mit dir über die ganze Sache zu reden.«

»Danke«, flüsterte Mariam. Sie schwieg eine Weile, bevor sie schließlich erklärte: »Es gibt viele Gründe, warum ich Atlantis verlassen habe. Es hat hauptsächlich mit den alten Traditionen und Wertvorstellungen dort zu tun, die ich einfach nicht akzeptieren will. Der wichtigste Grund aber war, dass ich als älteste Tochter der atlantischen Königin mit einem Erben der pazifischen Dynastie verheiratet werden sollte.«

Ich zog mitfühlend die Nase kraus.

»Es ist die Bestimmung jeder Thronfolgerin«, fuhr Mariam mit verstellter Stimme fort und imitierte dabei ihre Mutter erstaunlich gut. Sie schnaubte abfällig. »In unserem Königshaus wurden Hochzeiten schon immer nach politischen Gesichtspunkten arrangiert und daran hat sich seit dreißigtausend Jahren nichts geändert. Aber ich will auf mein königliches Erbe gerne verzichten. Ich lasse mich nicht zwingen, denn eine Heirat aus Liebe ist mir viel wichtiger.«

»Das kann ich vollkommen verstehen. Ich würde das auch nicht mit mir machen lassen.«

Mariam drapierte meine Haare auf dem Hinterkopf und befestigte sie geschickt mit meinem Haargummi. Ich tastete vorsichtig über das Gebilde. Es fühlte sich wie ein geflochtenes Kunstwerk an.

»Sieht bestimmt toll aus«, lobte ich sie überschwänglich.

Die Nixe lächelte. Doch ihr Lächeln wirkte gekünstelt, was kaum verwunderlich war. Ich konnte mir gut vorstellen, wie Mariam gerade zumute war. Sie hatte Herokla verlassen, um ihren Willen durchzusetzen. Aber es war nicht zu übersehen, wie sehr dieser Zwist die junge Nixe schmerzte und dass sie ihre Mutter trotz allem nach wie vor liebte.

»Hör mal, Mariam. Ich bin nicht unbedingt die Beste, was einen guten Rat in Sachen Familie angeht, aber ich sehe, wie du leidest. Und ich bin ziemlich sicher, dass deine Mutter genauso leidet wie du. Und deine Geschwister bestimmt auch.«

Mariam horchte auf. »Meinst du?«

Ihr Blick wurde warmherzig. Wahrscheinlich schwelgte sie einen Moment in Erinnerungen an ihre Heimat Atlantis.

Ich zeichnete abermals mit meinen Zehen hübsche Wellenmuster ins Wasser. Hinter uns knackste etwas im Unterholz. Dann folgte ein merkwürdiges Geräusch, das ich nicht ganz definieren konnte. Mit zusammengekniffenen Augen starrte ich in Richtung Waldrand, doch das Gehölz stand so dicht, dass ich zwischen den Ästen und Blättern nichts erkennen konnte.

»Keine Sorge, er ist nur neugierig«, sagte Mariam gedankenverloren.

»Wer?«

»Der Sohn des Windes. Er kommt oft hierher.«

Ich horchte auf. »Der Geist der Luft?«

Die Nixe lachte kopfschüttelnd. »Du solltest mal deine Ohren waschen! Ich sagte der ›Sohn des Windes‹. Der Luftgeist war meines Wissens noch nie hier am See. Eigentlich kommt nur der des Wassers ab und an mal zu Besuch.«

»Das wäre ja auch zu einfach gewesen«, murmelte ich.

Wieder knackste es und irgendetwas raschelte leise. Doch wenig später waren nur noch die üblichen Geräusche des Waldes zu hören. Die Nixe blieb weiterhin entspannt, deshalb kümmerte ich mich auch nicht weiter darum.

»Hör zu«, begann ich erneut, »ich glaube, du solltest mit deiner Familie sprechen. Schreib ihnen doch einfach einen Brief. Oder eine E-Mail? Was auch immer … Sag ihnen, wie du dich fühlst. Und wenn du dazu bereit bist, dann triff dich mit ihnen.«

Mariam biss sich auf die Unterlippe. »Gut. Ich werde darüber nachdenken.«

»Ja, aber nicht hier«, sagte ich lächelnd und tippte an meine Stirn, »sondern hier.« Und dabei legte ich die Hand auf meinen Bauch.

»Hört, hört!«, kicherte Mariam.

Dann mussten wir beide lachen.

Nun ja, Weisheiten weiterzugeben war oft einfacher, als sie selbst zu verinnerlichen.

***

Es dämmerte bereits, als ich beschwingt auf das Außentor der Agency zuschritt. Das fröhliche Pfeifen hatte ich vor einigen Metern vorsorglich eingestellt. Der Wachposten musterte mich auch so schon äußerst skeptisch. Irgendwie hatte er mir wohl noch nicht ganz verziehen, dass ich mich vor ein paar Wochen unbemerkt vom Gelände geschlichen hatte. Ich schien ihn wirklich in seiner Ehre als Wachmann gekränkt zu haben und er reagierte auf meinen freundlichen Gruß mit regloser Miene.

Doch das rührte mich wenig. Ich hatte weit größere Probleme zu meistern. Eines davon löste sich gerade in Gestalt von Lee aus den Schatten im Innenhof.

»Wo bist du gewesen?«, fuhr er mich zur Begrüßung an. Sein Blick blieb an meiner hübschen Frisur hängen. Ein Kompliment diesbezüglich fiel jedoch aus.

»Mein Versprechen einlösen«, antwortete ich ruhig und ging einfach an ihm vorbei in Richtung Hauptgebäude.

Lee schloss zu mir auf. »Alleine?«

»Ja. Und du hast extra hier auf mich gewartet, um mir diesen herzlichen Empfang zu bereiten? Wie nett von dir!«

»Du sollst nicht allein im Wald herumstreunen«, knurrte er.

»Sagt wer?«

»Ich!«

Wir betraten einen der langen Flure der Agency. Ich lächelte provokant. »Der Chief sagt da was anderes.«

Die Ader an Lees Schläfe begann zu pochen. Herrlich! Ich schritt erhobenen Hauptes durch das Labyrinth der Gänge und fühlte mich, als hätte ich gerade einen wichtigen Wettbewerb gewonnen.

»Wieso konntest du nicht abwarten, bis ich mit dem Chief geredet habe, so wie wir es heute Morgen vereinbart hatten?«, fragte Lee gepresst, während wir auf den Aufzug warteten.

»Warum hast du mir nicht gesagt, dass ich jederzeit hätte rausgehen können?«, entgegnete ich.

»Ich habe niemals das Gegenteil behauptet.«

Das stimmte sogar. Trotzdem hatte er mich in dem Glauben gelassen, dass ich eingesperrt war, was meiner Meinung nach genauso schlimm war.

Die Türen des Fahrstuhls glitten auseinander. Ich ging hinein, drückte den obersten Knopf und lehnte mich scheinbar lässig gegen die Seitenwand. Eigentlich brauchte ich diese Haltung, um bei der rasanten Fahrt im Gleichgewicht zu bleiben, aber mit verschränkten Armen sah die Pose doch gleich richtig cool aus. Ein Memo schwirrte im letzten Moment herein, bevor sich die Türen schlossen. Mittlerweile hatte ich mich so an diese Nachrichten überbringenden Vögelchen gewöhnt, dass ich ihn nur am Rande wahrnahm. Er klopfte mit seinem Schnabel auf den Knopf für den siebten Stock und schwebte anschließend in der Mitte des Aufzugs in der Luft. Seine Flügelchen bewegten sich dabei so schnell, dass sie nur noch als Schemen wahrzunehmen waren.

Der Fahrstuhl schoss nach oben.

»Ich muss übrigens nicht mehr länger in meinem Apartment bleiben. Ich bin wieder völlig gesund«, sagte ich nüchtern. Lee erwiderte nichts. Ich legte den Kopf schräg. »Das weißt du schon, nicht wahr?«

Sein Blick war mir Antwort genug. Wenn er bereits mit dem Chief gesprochen hatte, warum regte er sich dann so auf? Dieser Kerl würde mir wohl immer ein Rätsel bleiben …

Der Aufzug hielt kurz, um den Memo hinauszulassen, und überwand die übrigen Stockwerke innerhalb weniger Sekunden, die Lee und ich mit eisigem Schweigen füllten. Das »Ping«, mit dem die Fahrstuhltüren auseinanderglitten, hallte laut durch die Stille. Wir waren gerade dabei, den Aufzug zu verlassen, als Lee in der Lichtschranke der Türen abrupt stehen blieb. Ich wäre beinahe mit der Nase in seinem breiten Rücken gelandet. Er drehte sich zu mir um und ich musste den Kopf in den Nacken legen, um in seine dunkelblauen Augen blicken zu können.

»Wenn ich dich in unser Team integrieren soll, musst du mich endlich als Captain akzeptieren«, sagte er leise und sah fast schon bedrohlich zu mir herab.

Ich hielt seinem Blick eisern stand und erwiderte: »Wenn ich dich als Captain akzeptieren soll, dann musst du mich auch wie ein gleichwertiges Mitglied des Teams behandeln.«

Wir starrten uns eine Weile an. Der typische Geruch seines Aftershaves kitzelte mich in der Nase. Moschus, gepaart mit einer Note, die ich nicht ganz einordnen konnte. Sie erinnerte mich an den Duft des Smaragdwalds, kurz nach einem Regenguss.

Hätte sich nicht eine Gruppe Agenten laut schnatternd vom Flur her in unsere Richtung bewegt, hätten wir wohl noch eine ganze Stunde so dagestanden. Keiner von uns beiden wollte der Verlierer in diesem stummen Blickduell sein. Der Kampf endete schließlich mit einem Unentschieden.

Gleichermaßen angespannt stapften wir durch das Restaurant, schnappten uns etwas zu essen und marschierten mit unseren Tabletts zu dem Tisch, wo der Rest von Team 8 vollständig versammelt war. Das gerade noch angeregte Gespräch verstummte sofort, als wir uns dazugesellten.

Samira warf ihr langes blondes Haar über die Schulter und musterte meine Frisur, dann Lees verkniffenen Gesichtsausdruck und dann wieder mich. Sie ahnte sofort, was los war, und suchte offenbar nach Worten, die die Situation ein wenig entspannen konnten. Sie trug die Begabung eines sogenannten Funkers in sich und konnte telepathisch mit jedem Funker auf dieser Welt kommunizieren. Außerdem hatte ich oft den Eindruck, dass Samira noch viel mehr hörte, als ausgesprochen wurde, und damit ging sie stets sehr bedächtig um.

Joe war nicht ganz so feinfühlig. »Stimmuuung!«, rief er und machte ein paar angedeutete Tanzbewegungen.

Lee stierte ihn an, als wollte er ihm gleich den Kopf abreißen. Samira rieb sich seufzend die Nase.

»Ach, kommt schon, Leute«, meinte Joe und rieb sich über seine kurzgeschorene Frisur. »Ich hab heute richtig gute Laune. Die lass ich mir von euch nicht verderben!«

Joe war eigentlich immer gut gelaunt. Und wenn er es nicht war, dann zeigte er das auch. Er war ein Typ, der einfach präsent war. Anders konnte ich ihn nicht beschreiben. Dass er ausgerechnet die Begabung besaß, sich unsichtbar machen zu können, schien merkwürdigerweise ausgezeichnet zu ihm zu passen. Hätte ich dieses Talent besessen, wäre ich wohl die meiste Zeit meines Lebens unsichtbar geblieben. Joe konnte damit ohne Zweifel besser umgehen.

Ich sah Joe entschuldigend an.

»Sorry«, sagte ich und hob mein Glas Kaola, diese leckere rosafarbene Blütenlimonade nach Rezept der Zwerge. »Zum Wohl, Joe!«

Er stieß freudig mit mir an. »Das klingt schon besser!«

»Hast du mit Heroklas Tochter gesprochen?«, wollte Colin wissen und schielte dabei vorsichtig in Lees Richtung. Ihm schien die Situation unangenehm zu sein, was bei seiner Begabung ja kaum verwunderlich war. Er war ein sogenannter Wahrheitsfinder zweiten Grades und konnte die Gefühle anderer überdeutlich wahrnehmen.

Ich nickte und erzählte von meinem Gespräch mit Mariam. Dabei ignorierte ich den Griesgram neben mir geflissentlich. Lee hatte überhaupt keinen Grund, sich so aufzuführen. Immerhin hatte ich gegen keinerlei Vorschriften oder Befehle verstoßen. Er war wohl nur deshalb so sauer, weil ich ihn durch mein Gespräch mit dem Chief übergangen hatte. Immerhin war er ja der Captain. Aber momentan verhielt er sich eher wie eine beleidigte Zicke, und nicht wie der Anführer eines Teams. Das war doch wirklich lächerlich. Wie sollte ich ihn jemals als meinen Vorgesetzten betrachten, wenn er sich ständig benahm, als hätte er seine Tage?

»Dann konntest du dein Versprechen gegenüber Herokla also einlösen«, sagte Colin, nachdem ich meinen Bericht beendet hatte. »Das ist gut.«

Ich erwiderte sein Lächeln.

»Was man sich vorgenommen hat, sollte man auch zu Ende bringen«, meinte Ivan weise. »Das ist ganz meine Devise.«

Joe gluckste. »Ach ja? Betrifft das auch unsere Computerspiele? Dabei hast du dir doch schon so lange vorgenommen, mich mal bei *Tekken 3* zu schlagen! Und bis heute hast du das noch nicht geschafft.«

»Du brauchst dir gar nichts darauf einzubilden, gegen jemanden zu gewinnen, der keinen Daumen hat!«, erwiderte Ivan und hob demonstrativ eine Pfote.

»Die Daumengeschichte. Ich vergaß. Die universelle Ausrede für alles.«

»Was soll das denn jetzt bedeuten?«

Joe verstellte seine Stimme und imitierte Ivans russischen Dialekt erstaunlich gut: *»Ich kann leider keine Berichte schreiben, denn ich habe keine Daumen ...«*

Ich kicherte hinter vorgehaltener Hand. Dieses Thema konnten die beiden stundenlang diskutieren und ich amüsierte mich dabei jedes Mal aufs Neue.

»Hast du schon einmal versucht einen Stift zu halten, ohne deinen Daumen zu benutzen?«, schimpfte Ivan.

»Hast du in den letzten hundert Jahren irgendjemanden gesehen, der Einsatzberichte noch mit einem Stift schreibt?«, entgegnete Joe grinsend.

»Ich habe ein ärztliches Attest!«

Samira bedachte die Kabbelei mit einem belustigten Augenrollen und wandte sich zu mir. »Deine Frisur sieht übrigens hübsch aus. Glaubst du, Mariam würde mir auch mal die Haare flechten?«

»Bestimmt. Das ist eine ihrer Lieblingsbeschäftigungen.«

Sie klopfte mir freundschaftlich auf die Schulter. »Super! Jetzt, wo du wieder gesund bist, könnten wir nämlich mal zusammen einen kleinen Ausflug machen.«

Während ich vor Vorfreude strahlte, konnte ich förmlich spüren, wie Lees Miene sich um eine weitere Nuance verfinsterte. Samira kümmerte das nicht weiter. »Du warst noch nicht in Avalon, oder?«

Ich schüttelte den Kopf.

»Dann wird es aber Zeit. Avalon wird dir gefallen. Da kann man außerdem hervorragend shoppen.«

Ich verzog das Gesicht. »Oh, das ist bei mir im Augenblick wohl kaum angesagt. Ich bin derzeit eher ... ähm ... schlecht bei Kasse.«

Samira lachte ausgelassen. Angesichts der Tatsache, dass sich meine gesamten Ersparnisse nach wie vor unter einer losen Diele meines Waisenheims in der Dortwelt befanden, konnte ich ihre Heiterkeit nicht ganz teilen.

»Das ist nicht witzig«, murrte ich. »Ich hab keinen einzigen Cent in der Tasche.«

»Süße, keine Panik. Denkst du nicht, dass dir hier ein gewisses Gehalt zusteht? Die Agency wird dir genügend Geld zur Verfügung stellen. Immerhin bist du die Trägerin.«

Damit hatte ich nicht gerechnet. Über meine finanzielle Situation in der Anderswelt hatte ich mir bisher noch keine Gedanken gemacht. Doch ich war eher davon ausgegangen, als Retterin der Menschheit ehrenamtlich unterwegs zu sein.

Joe rieb sich freudig die Hände. »Klasse! Erst zeigen wir dir die Stadt und danach trinken wir einen Schluck im *Klabautermann*. Dort gibt es den besten Kaolalikör der Anderswelt.«

»Ziemlich süffig und hinterhältig das Zeug«, meinte Samira schmunzelnd. »Nicht wahr, Ivan?«

Der Kater zuckte mit den Schultern. »Was soll ich sagen? Da ist Sahne drin. Wer kann denn schon Sahne widerstehen?«

»Na, du ganz bestimmt nicht!«, feixte Joe.

»Wird der *Klabautermann* etwa auch von Zwergen betrieben?«, fragte ich hastig, bevor Joe und Ivan wieder in eines ihrer langwierigen Streitgespräche verfielen.

Joe schob seinen leeren Teller von sich und lehnte sich zurück. »Jap. Der Wirt heißt Willy. Zumindest nennen wir ihn so, weil kein Mensch seinen Zwergennamen aussprechen kann. Ein grantiger kleiner Kerl, aber ein hervorragender Gastwirt.«

»Aber bevor ihr euch auf eure Einkaufstour begebt«, begann Colin und zwinkerte mir verschmitzt zu, »sollten wir allmählich mit deinem Training beginnen. Der Chief hat dich sicher schon darüber informiert.«

»Du willst mich trainieren?«, hakte ich erfreut nach.

»Ja, und es ist mir eine große Ehre. Wenn es dir recht ist, würde ich gleich morgen früh damit anfangen. Am besten, wir treffen uns im Ausbildungszentrum, das im Augenblick leer steht. Dort können wir uns ungestört deinem Training widmen.«

»Sehr gerne!« Zufrieden lehnte ich mich zurück und schlürfte meine rosafarbene Limonade. Der Tag hätte nicht besser enden können. Nach Wochen der Untätigkeit war ich endlich wieder aktiv dabei. Es fühlte sich unheimlich gut an, so etwas Ähnliches wie einen Plan zu haben. Auch wenn er nur aus Shopping und Trainingseinheiten bestand. Ich lauschte Joes und Ivans liebevollen Frotzeleien und grinste fröhlich in mich hinein.

Daran konnte nicht einmal Lees sauertöpfische Miene etwas ändern.

KAPITEL 3

Colin und ich fuhren gemeinsam hinauf in das Ausbildungszentrum, das den gesamten vierten Stock des Agency-Gebäudes einnahm. Ich fragte mich, wofür die Rekruten, die dort unterrichtet wurden, denn so viel Platz brauchten. Immerhin fand hier nur die einjährige Grundausbildung statt, mit einem Kurs von maximal zwanzig Leuten. Colin erklärte, dass die weiterführende Ausbildung zum Special Agent auf einer entlegenen Insel der Anderswelt durchgeführt wurde, die einzig zu diesem Zweck geschaffen worden war.

»Die Ausbildung ist knallhart«, erzählte er mit leuchtenden Augen. »Du wirst jeden Tag bis an deine Grenzen gebracht. Und wenn du glaubst, du kannst nicht mehr, dann bringen sie dich dazu, trotzdem weiterzumachen.«

»Das klingt ja entzückend«, erwiderte ich.

Der Fahrstuhl hielt an und schob seine Türen auf. Wir betraten nebeneinander einen langen Flur, der für Agency-Verhältnisse überraschend farbenfroh wirkte. Das lag an den vielen Fotografien, die an den Wänden hingen. Die meisten davon waren Gruppenbilder, vermutlich von vergangenen Kursen. Ich überflog die verschiedenen Gesichter, an denen wir vorbeigingen, und war erstaunt, wie viele Agenten hier bereits ausgebildet worden waren.

Colin schwärmte unterdessen weiter: »Wie oft bin ich im Dreck gelegen und habe mir gewünscht, einfach liegen bleiben zu dürfen … Doch die Drill Sergeants haben mich immer wieder gezwungen aufzustehen. Sie haben mir beigebracht, wie man Schmerzen ausblenden kann und dass der Wille die stärkste Waffe eines Agenten ist.«

Ich runzelte skeptisch die Stirn. »Also, langsam mache ich mir leichte Sorgen, was unser Training betrifft.«

Colin lachte. »Alles halb so schlimm, wäre ich zum Drill Sergeant geeignet, würde ich dort unterrichten und nicht hier. Ich bin einfach zu gutmütig und bringe es nicht übers Herz, junge Leute an ihren Ohren über den Boden zu zerren.«

»Gut zu wissen«, meinte ich erleichtert und beschloss gleichzeitig, diese ominöse Insel niemals zu betreten.

Während wir weiter durch den Flur gingen, knetete ich aufgeregt meine Finger. Neugierig las ich die Schilder an den vielen Türen, an denen wir vorbeikamen. Seminarraum, Labor ... Schießstand? Im vierten Stock? Nun gut.

Der Flur endete vor einer doppelflügeligen Tür mit der merkwürdigen Bezeichnung »Holografie-Halle«.

Ich warf Colin einen fragenden Blick zu, doch er grinste nur und stieß die Tür auf.

Wir gelangten in einen wenig spektakulären Vorraum, der offenbar als Schleuse diente. Vor uns gab es eine weitere Doppeltür, über der ein grünes Leuchtschild mit Hinweis »Inaktiv« hing. Von der Schleuse gingen zwei schmale Türen ab, die mit »Vorbereitung« und »Überwachung« gekennzeichnet waren. Das alles kam mir äußerst rätselhaft vor.

Als Colin schließlich die Türen öffnete und mich in die sogenannte Holografie-Halle führte, war ich dann fast etwas enttäuscht. Sie sah aus wie eine etwa vierhundert Quadratmeter große, ganz einfache Turnhalle mit beigefarbenem Boden und etwa sechs Meter hohen glatten Wänden. Nur die Basketballkörbe fehlten.

»Willst du deine Jacke gleich ausziehen?«

Ich blinzelte. »Wie bitte?«

»Na ja, dir wird bestimmt bald warm werden. Aber es ist deine Entscheidung.«

Colin ging nicht weiter auf mein Zögern ein. Er schälte sich aus seiner dunkelblauen Uniformjacke und hängte sie an einen Haken in der Schleuse. Ich konnte es mir nicht verkneifen, einen verstohlenen Blick über ihn gleiten zu lassen. Im Vergleich zu Lee und vor allem zu Joe war Colin eher schmal gebaut, und die Muskeln, die unter seinem hautengen T-Shirt nun deutlich hervortraten, hatte ich in dieser Form nicht erwartet. Mit seinem blonden Schopf und der sonnengebräunten Haut wirkte er wie ein cooler Surferboy.

Fehlte nur noch ein Brett, ein sonniger Strand und die perfekte Welle – und er wäre der große Star.

Meine Güte …

Hastig wandte ich mich ab und betete insgeheim, dass Colin meine kurze Gesichtsentgleisung nicht bemerkt hatte.

Er schnallte sich ein merkwürdiges Gerät um seinen linken Arm und marschierte schnurstracks in die Halle hinein. Keine Ahnung, was Colin vorhatte, aber langsam wurde es mir etwas mulmig.

»Mach bitte die Türen zu und komm dann hierher zu mir«, forderte er mich auf. Schließlich fragte er: »Wie wärmst du dich normalerweise auf?«

»Äh … am Heizkörper?«

Colin lächelte und tippte auf dem Gerät an seinem Arm herum, das mich an eine Fernbedienung mit kleinem Display erinnerte. »Verstehe. Dann machen wir es auf meine Weise.«

»Okay.«

»Bleib jetzt ganz ruhig stehen.«

Ich nickte. Das bekam ich hin.

Dachte ich zumindest.

Denn ich hatte nicht damit gerechnet, dass der Boden unter mir plötzlich zu vibrieren beginnen würde. Und vor allem hatte ich nicht erwartet, dass der gesamte Raum um mich herum sich mit einem Mal veränderte.

Ich keuchte überrascht auf, als sich rundum ein wahrhaftiger Abgrund auftat. Innerhalb von Sekunden stand ich nicht mehr in einer langweiligen Turnhalle, sondern auf der Spitze eines Felsens, der von einer tiefen Schlucht umgeben war. Die Plattform unter meinen Füßen war kaum breiter als meine Schultern und ich ruderte entsetzt mit den Armen, um das Gleichgewicht zu halten.

»Ganz ruhig, Jay«, hörte ich Colin sagen. »Finde deine innere Mitte.«

Ach so? Scherzkeks!

Eine kleine Vorwarnung wäre wohl angebracht gewesen. Instinktiv war mir natürlich klar, dass ich mich immer noch in der Halle befand und dass es sich bei diesem Felsen um eine holografische Projektion handelte. Sie war allerdings dermaßen real, dass ich der festen Überzeugung war, gleich in den Abgrund zu stürzen. Ich spürte heftigen Wind an meiner Kleidung zerren und hörte, wie er um den Felsen pfiff. Die Luft roch sogar anders als zuvor. Der Duft der von der Sonne erwärmten Steine stieg mir in die Nase. Und Schweißperlen stiegen auf meine Stirn.

»Jay, sieh mich an!«

Erst jetzt bemerkte ich, dass Colin nicht weit von mir ebenfalls auf einer Felsenplattform stand. Er wirkte entspannt und stand völlig reglos da, während ich mit ausgestreckten Armen hin und her schwankte. Je länger ich ihn anstarrte, desto mehr übertrug sich seine Ruhe auch auf mich, bis ich es tatsächlich schaffte, meine Arme locker hängen zu lassen und meinen Rücken zu entspannen.

»Sehr gut!«, lobte Colin. »Ein perfektes Gleichgewicht ist essentiell für jede Art von Kampfkunst. Diese Übungen werden dir helfen, dich auf dich selbst zu konzentrieren.«

Colin stellte sich auf beiden Beinen aufrecht hin und zeigte mir eine Reihe von Bewegungen, die zunächst wie einfache Turnübungen aussahen. Doch auf der schmalen Plattform, wo ich nach wie vor mit zittrigen Knien stand, kostete es mich meine gesamte Konzentration und einige Mühe, diese Bewegungen nachzumachen. Was bei ihm wie ein geschmeidiger Tanz anmutete, sah bei mir sicher eher aus wie das nervöse Herumfuchteln eines außer Kontrolle geratenen Hampelmännchens. Außerdem kam ich mir ein bisschen vor wie Karate Kid und wusste nicht so recht, ob ich das Ganze nun lächerlich oder doch interessant finden sollte.

Colins Übungen waren anstrengender, als es zunächst den Anschein hatte. Ich sollte auf einem Bein stehen, und während ich so auf dem imaginären Gipfel ausharrte, konnte ich deutlich spüren, dass fast jeder Muskel meines Körpers im Spiel war und dass es ziemlich schwierig wurde, das Gleichgewicht zu halten. Ich musste Arme und Beine immer wieder neu ausrichten und meine sogenannte innere Mitte finden. Und die Windböen, die heftig um mich herumwehten, warfen mich buchstäblich aus der Bahn. Dabei war ich mir ziemlich sicher, dass Colin den Wind irgendwie steuerte, denn er kam immer dann besonders stark, wenn ich endlich eine einigermaßen stabile Haltung gefunden hatte.

Ich hatte keine Ahnung, wie lange wir auf dem Felsen herumgeturnt waren, als Colin die Übung irgendwann für beendet erklärte. Er tippte auf die Fernbedienung an seinem Arm und die Umgebung veränderte sich wieder. Allerdings befanden wir uns jetzt nicht in der Halle, wie ich erwartet hatte, sondern auf einem breiten Wanderweg, der sich durch eine wilde Landschaft schlängelte.

Erstaunt testete ich mit meinen Fußspitzen die Beschaffenheit des Bodens. Er fühlte sich völlig echt an. Wie bei einem Fußweg konnte ich Steinchen und Unebenheiten deutlich durch die Sohlen meiner Schuhe spüren.

»Krass«, bemerkte ich und drehte mich einmal um die eigene Achse.

Die Landschaft war einzigartig schön. Unberührte Wiesen erstreckten sich, so weit ich sehen konnte. Mir unbekannte Pflanzen bildeten ein ganzes Meer aus Rot- und Orangetönen. Und vor mir lag ein See, in dem sich die beeindruckenden Wolkentürme des Himmels widerspiegelten. Dahinter ragte eine gewaltige Gebirgskette in die Höhe, deren höchster Berg sogar aus der Ferne mehr als imposant wirkte. Schnee bedeckte seine gezackten Konturen.

»Gefällt es dir?«, fragte Colin leise.

»Es ist wunderschön«, erwiderte ich und ging in die Hocke, um sanft über das wilde Gras zu streichen. Meine Finger spürten keinen Widerstand – es war eben doch nur eine Projektion.

»Dieses Programm ist dem *Denali Nationalpark* in Alaska nachempfunden. Das da vorne ist der Denali, der höchste Berg Nordamerikas.«

»Beeindruckend.«

»Ja, nicht wahr?« Er lächelte verträumt. »Ich bin in Alaska aufgewachsen und konnte diesen Berg immer von meinem Fenster aus sehen. Er hat mir stets gezeigt, dass die Probleme der Menschen im Grunde winzig und unbedeutend sind. Es gibt viel Wichtigeres im Leben, auf das man sich konzentrieren sollte.«

Ich betrachtete Colin nachdenklich. In seinen Worten schwang Wehmut und Trauer mit. Hatte er etwa Sehnsucht nach seiner Heimat? Oder gab es da noch etwas anderes, das ihn belastete? Ich überlegte einen Moment lang, ihn danach zu fragen. Andererseits ging es mich ja gar nichts an.

Dann räusperte er sich vernehmlich und mit einem Mal war die Schwere aus seinem Blick verschwunden.

»Okay, unsere Muskeln sind nun schön aufgewärmt«, erklärte er fröhlich und rieb sich die Hände. »Jetzt ist die Pumpe dran!«

Bevor ich etwas erwidern konnte, trabte er auch schon los. Ich stöhnte kurz auf und joggte ihm eilig hinterher. Eigentlich hatte ich gedacht, die Aufwärmphase bereits hinter mir zu haben.

Colin legte ein rasantes Tempo vor, zu rasant für einen Sportmuffel wie mich. Während ich auf den ersten Metern noch die hübsche Landschaft um mich herum wahrnahm, war es schon bald nur noch mein eigener rasselnder Atem. Meine Kondition war nicht die beste, das wusste ich ja, aber im Vergleich zu Colins war sie geradezu nichtig. Er schwebte mehr oder weniger über den Weg und ich wälzte mich wie ein asthmatisches Dampfross hinterher. Es war schrecklich.

Außerdem schwand mit jedem Schritt nicht nur meine körperliche Kraft, sondern auch meine geistige. Ich fragte mich allmählich, was dieser ganze Mist mit der Macht des Orinions zu tun haben sollte.

Schweiß rann über meinen Rücken. Ich hätte wohl doch meine Jacke ausziehen sollen. Mein Puls dröhnte in meinen Ohren und meine Oberschenkel brannten. Trotzdem lief ich weiter.

Ich wollte keine Versagerin sein. Immerhin war ich die Trägerin. Auserwählte geben nicht einfach auf – wie peinlich wäre das denn?

Mein Herz donnerte gegen meinen Brustkorb. Mein Blick verschwamm zusehends und mir wurde übel. Ich orientierte mich nur noch an Colins Rücken vor mir. Der war überhaupt nicht verschwitzt, was mich ungemein ärgerte. Außerdem gab sein Atem nicht so seltsame pfeifende Geräusche von sich. Vielleicht konnte ich es aber auch nur nicht hören, weil mein eigenes Pfeifen alles übertönte.

Als Colin nach einer gefühlten Ewigkeit sein Tempo verringerte und in einen gemächlichen Schritt fiel, hätte ich am liebsten geheult. Er drehte sich um und ging rückwärts vor mir her. Ich wedelte schnaufend mit den Händen, er möge sich mein Elend doch bitte nicht anschauen. Zum Sprechen war ich nicht fähig. Colin musterte mich trotzdem von Kopf bis Fuß. Er selbst sah aus, als hätte er gerade erst die Halle betreten, während mein Gesicht vermutlich inzwischen die Farbe meiner Haare imitierte.

»Wann wolltest du das erste Mal stehen bleiben?«, fragte er.

Ich winkte ab.

Colin grinste breit. Er wusste genau, ab welchem Zeitpunkt ich zu kämpfen begonnen hatte. Trotzdem war er weitergelaufen, um mich auszutesten. Ich runzelte wütend die Stirn, nach wie vor nicht in der Lage, meinem Ärger mit Worten Ausdruck zu verleihen.

»Ich bin ehrlich beeindruckt, Jay. Dass du ein Sturkopf bist, wusste ich ja, aber dass du so lange durchhalten würdest ... Ausgezeichnet!«

Seine Anerkennung klang ehrlich. Ich war allerdings zu sehr mit Luftholen beschäftigt, als dass ich auf mich stolz sein konnte. Colin drehte sich wieder nach vorne und ließ sich ein Stück zurückfallen, so dass wir nebeneinander gingen.

Allmählich erholte sich mein Körper von der Anstrengung. Mein Atem ging ruhiger, und obwohl meine Beine nach wie vor zitterten, hörte das Brennen langsam auf. Allmählich nahm ich auch die Landschaft um mich herum wieder wahr. Ich roch die Würze wilder Kräuter und hörte das Kreischen eines Raubvogels über uns. Mir fiel auf, dass wir dem Denali nicht wirklich näherkamen, obwohl wir uns doch schon eine ganze Weile auf ihn zubewegten.

Ich zog meine durchgeschwitzte Jacke aus und hängte sie mir über den Arm. Ein leichter Luftzug streifte mich und kühlte wohltuend meinen überhitzten Körper. Ich konnte förmlich spüren, wie sich meine Gesichtsfarbe wieder normalisierte.

Ich musste zugeben, dass ich mich jetzt richtig gut fühlte. Erschöpft, aber auch zufrieden.

Colin schien das zu bemerken. Er blieb stehen und lächelte mich an. Und auf einmal standen wir wieder in der schmucklosen großen Turnhalle, und zwar direkt neben der Eingangstür. Colin bedeutete mir kurz zu warten, ging hinaus und kehrte mit zwei Wasserflaschen zurück, von denen er mir eine reichte.

Gierig trank ich in großen Zügen. Der erfrischende Lufthauch von eben war verklungen und es war deutlich wärmer geworden.

»Wie funktioniert das hier?«, fragte ich zwischen zwei großen Schlucken.

»Im Grunde ist es ganz einfach«, antwortete Colin. Er schraubte seine Wasserflasche zu und stellte sie neben der Tür ab. »Man kann es mit bloßem Auge nicht sehen, aber der Boden, die Wände und die Decke sind mit Millionen von Nanoprojektoren bestückt. Sie zeigen in jede mögliche Richtung und sind perfekt aufeinander abgestimmt, so dass sie an ihren Knotenpunkten das gebündelte Licht des Projektors in die erforderliche Farbe umwandeln können und insgesamt ein großes Ganzes abbilden.«

»Total einfach«, erwiderte ich leicht ironisch.

Colin schmunzelte. »Ja, wirklich. Im Grunde wird der gesamte Raum nur mit einem Lasernetz überzogen. Das wahre Kunststück ist der Prozessor, der die Bahnen berechnet und entsprechend ausrichtet.«

»Und der Boden? Er verändert sich tatsächlich, oder?«

»Ja, die Oberfläche formt sich je nach Projektion. Es sind Steigungen bis zu dreißig Prozent möglich, allerdings nicht auf eine beliebige Distanz. Man muss irgendwann eine Kurve einlegen, weil die Halle ja nicht unendlich ist. Das merkt man aber meistens nicht. Entsprechend der Projektion werden auch die Umgebungstemperatur und die Geräuschkulisse angepasst, und der Wind. Nur Regen funktioniert nicht, weil echtes Wasser die Lichtstrahlen brechen würde. Außerdem hat auch niemand Lust, danach den Boden trocken zu wischen.«

Ich nickte fasziniert. Von wegen »langweilige Turnhalle«! Das hier war ein weiteres technologisches Wunderwerk der Agency. Die Menschen der Dortwelt hatten ja keine Ahnung, wie steinzeitlich sie im Vergleich zur Anderswelt lebten. Früher hatte ich einen 3D-Beamer für fortschrittlich gehalten. Jetzt stand ich sozusagen mitten in einem drin.

»So, genug Pause gemacht«, unterbrach Colin mein Staunen. »Jetzt wollen wir mit deinem eigentlichen Training beginnen.«

Ich zuckte zusammen.

Wie jetzt?

War die Joggingtortur etwa auch nur eine Aufwärmübung gewesen? Wie sollte ich dieses Training denn überstehen, wenn ich jetzt schon körperlich am Ende war?

Widerwillig stellte ich meine Wasserflasche ab und folgte Colin zurück zur Mitte der Halle. Er lachte über meine verkniffene Miene. Überrascht beobachtete ich ihn dabei, wie er sich im Schneidersitz auf den Boden setzte und aufmunternd mit der Hand neben sich klopfte. »Komm, setz dich!«

»Was wird das jetzt?«, wollte ich wissen und plumpste erschöpft neben ihn.

»Ich habe ein wenig recherchiert, was die Kräfte des Orinions angeht. Eine richtige Anleitung gibt es natürlich nicht, aber ich denke, ich weiß, wie ich dich an die Energien heranführen kann, die das Amulett in sich trägt.«

»Ach ja?« Ich zupfte aufgeregt an meinem Shirt. »Und wie soll das gehen?«

»Durch Meditation.«

»Wie bitte?« Mein Mund klappte auf. Bei der Vorstellung, dass wir gleich die Augen schließen und »Ommm« summen würden, schüttelte ich lachend den Kopf. »Jetzt mal im Ernst. Was machen wir als Nächstes?«

»Das war mein voller Ernst.«

Colin tippte auf die Fernbedienung und im nächsten Moment war die Turnhalle verschwunden und ein flacher Felsen mit einem gewaltigen Wasserfall tauchte wie aus dem Nichts vor uns auf. Ich konnte die Kälte auf meinen Wangen spüren, die von den herabstürzenden Fluten ausging. Tief unter uns erklang das Tosen der schäumenden Wassermassen. In Wirklichkeit müsste es um einiges lauter sein, doch hier kam es mir wie aus weiter Ferne vor.

»Die Kräfte der Elemente sind in dir, Jay. Das Orinion ist nur ein Werkzeug, eine Art Verstärker, wenn man so will. Um dieses Werkzeug zu benutzen, musst du lernen, auf dein Innerstes zurückzugreifen.«

Ich sah Colin höchst zweifelnd an.

Auf mein Innerstes zurückgreifen?

Auf meinen Magen, oder was?

»Du trägst die Energie des Wassers in dir«, wiederholte er. »Das weißt du genau. Du musst sie nur finden und das kannst du, wenn du tief in dich selbst hineinhorchst.«

Ich konnte ihm nach wie vor nicht so recht glauben. Das Ganze klang mir einfach zu esoterisch. Colin blickte mich eindringlich an und ich seufzte schwer.

»Na schön ... was soll ich machen?«

»Schließ deine Augen.«

Ich schloss artig meine Lider und seufzte abermals.

»Beobachte deinen natürlichen Atem«, fuhr Colin mit sanfter Stimme fort. »Begleite ihn, wie er in dich hineinströmt, dich erfüllt und wieder hinausströmt. Mit jedem Atemzug wirst du entspannter. Lass deine Blockaden mit dem Atem aus dir hinausfließen.«

Immer noch Guru-Gewäsch. Doch mir blieb nichts anderes übrig, als mich darauf einzulassen. Schaden konnte es wohl kaum, seinen eigenen Atem zu beobachten. Aber welche inneren Blockaden er meinen könnte, wusste ich nicht.

»Versuche jetzt, dich in deine innere Stille zu begeben. Verfolge jeden Gedanken, nimm ihn für dich an und lass ihn dann weiterziehen.«

Ich erinnerte mich an das Lied, das ich als Kind geliebt hatte. *Die Gedanken sind frei ...* Ich hatte es oft gesungen, wenn ich zum Schrecken meiner Erzieherinnen wieder auf den alten Apfelbaum im Garten des Waisenheims geklettert war. Es war ein wundervoller Baum mit ausladenden, von Flechten überzogenen Ästen. Im Frühling trug er ...

Stopp! Ich muss die Gedanken ziehen lassen!

Das war gar nicht so einfach, wie es klang. Vor allem, weil ich mit dem Begriff »innere Stille« nicht wirklich etwas anfangen konnte. Was bedeutete das? Dass man an nichts dachte? War das überhaupt möglich? Eher nicht. Schon das Nachdenken über das Nichtdenken war schließlich ein Gedanke. Ge – danke. Ein seltsames Wort. Wer sich das wohl ausgedacht hatte?

Himmel, was ist mit meinem Gehirn los?

Okay, noch mal von vorne ... *Meine Gedanken sind leer. Meine Gedanken sind leer.* Die Gedanken siiiind frei ...

So, jetzt war es amtlich. Mein Gehirn gehorchte mir nicht. Es war hyperaktiv und brauchte ständig Beschäftigung. Ich versuchte mich wieder auf meinen Atem zu konzentrieren. Erstaunlicherweise funktionierte das sogar. Solange ich meinen eigenen Atemzügen lauschte, blieb es in meinem Kopf relativ ruhig.

»Fühle nun den Boden unter dir.«

Was heißt »fühlen«? Sollte ich etwa mit den Händen darüber tasten? Ich schielte unauffällig zu Colin. Er saß völlig entspannt und mit geschlossenen Augen im Schneidersitz, und seine Hände ruhten locker auf seinen Oberschenkeln. Also doch nicht tasten.

Ich lenkte meine Aufmerksamkeit auf meinen Hintern. Der Fels unter mir fühlte sich warm an. Wie von der Sonne aufgeladen. Dabei saßen wir in Wirklichkeit in einer Halle im vierten Stock der Agency. Ein wahres Wunderwerk der Technik …

Halt! Einatmen, ausatmen. Einatmen, ausatmen. Boden fühlen.

»Der Boden ist unsere Verbindung zur Erde«, murmelte Colin. »Unsere Wurzeln reichen tief in sie hinein und halten uns fest. Spüre bewusst, wie du von der Erde getragen wirst.«

Das kam mir merkwürdig vor. Wenn ich Wurzeln hätte, könnte ich mich doch nicht bewegen, oder? Aber irgendwie schien Colin auch recht zu haben. Ohne die Erde könnten wir Menschen nicht existieren. Während es um die Erde ohne die Menschheit zweifellos besser bestellt wäre - ganz ohne Umweltverschmutzung und Ausbeutung ihrer Ressourcen. Ich war kein Öko-Freak, aber in diesem Moment empfand ich doch Traurigkeit darüber, dass die Menschen ihre Heimat nicht zu schätzen wussten.

Dann geschah etwas Seltsames. Ein Gefühl von Trost und Geborgenheit durchströmte mich, als würde die Erde selbst mich trösten. Ich lächelte, obwohl ich gleichzeitig an meinem Verstand zweifelte. Vermutlich bildete ich mir das alles nur ein, aber es war ein so wohltuendes Gefühl, dass ich es bereitwillig annahm.

»Horche jetzt in den Kosmos hinein. Mit ihm sind wir ebenso verbunden wie mit unserer Erde. Das Universum ist ein Zusammenspiel verschiedenster Energien. Alles ist Energie und fließt durch uns hindurch, auch wenn wir uns dessen die meiste Zeit nicht bewusst sind. Öffne dich und beobachte, wie die Kräfte des Himmels sich mit den Kräften der Erde in dir vereinen.«

Mein Lächeln verschwand und mein hyperaktives Gehirn schaltete sich wieder ein. Albert Einstein hatte gelehrt, dass jede Masse letztlich gleich Energie ist. Selbst das kleinste Materieteilchen strahlte folglich Energie aus. So gesehen, hatte Colin also wieder recht. Wir waren ständig von Energie umgeben. Doch auf welche Weise sollten sich die Kräfte in mir vereinen? Irgendwie überstieg das meine Vorstellungskraft. Ich versuchte, einfach zu beobachten. Aber bis auf die Tatsache, dass mein kleiner Zeh schrecklich zu jucken begann, bemerkte ich keine besonderen Vorkommnisse.

»Und jetzt - schau in dein Innerstes. Die Energie des Wassers schlummert darin. Sieh dich um. Du wirst sie erkennen, sobald du sie gefunden hast.«

Ich schaute also in mein Innerstes. Besser gesagt, betrachtete ich zunächst das Innere meiner Augenlider. Komische Schattenmuster flatterten dort herum. Sie veränderten sich ständig und ließen sich trotz aller Anstrengung nicht fixieren. Außerdem fiel mir auf, dass meine Augen sich andauernd bewegten, auch wenn ich mich noch so sehr bemühte ruhig zu bleiben. Entweder meine Augen ließen sich von den Mustern leiten oder die Muster entstanden durch meine Augenbewegung. Was war zuerst da – das Huhn oder das Ei?

Meine Güte, ich war eindeutig nicht zum Meditieren geschaffen ...

Wasser, wo bist du nur?, flehte ich in meinen Gedanken. *Bitte, zeig dich mir!*

Ich flehte wieder und wieder, so lange, bis ich am Rand der Verzweiflung war. Der Geist des Wassers hatte mir mit dem Orinion seine Kräfte geschenkt und ich war zu blöd, sie heraufzubeschwören. Dabei konnte ich mich noch genau daran erinnern, wie unglaublich es sich angefühlt hatte, als er mir seine Erlaubnis erteilt hatte. Die Macht des Wassers war so heftig durch meine Adern gerauscht, dass ich glaubte, mich darin auflösen zu müssen. Ein unbeschreibliches Erlebnis.

Plötzlich flammte ein dunkelblaues Leuchten vor meinen Lidern auf. Vor Schreck riss ich keuchend die Augen auf.

Das Wasser!

Hastig kniff ich die Augen wieder zusammen und starrte meine Lider von innen an. Schattenmuster tanzten. Von dem blauen Leuchten keine Spur.

Verdammt!

Ich hatte es durch meine hektische Bewegung verscheucht. Warum war ich nur so erschrocken? Verärgert ballte ich meine Hände zu Fäusten und stierte wieder verkrampft die Muster hinter den Lidern an. Inzwischen rauschte der holografische Wasserfall beständig vor sich hin. Er schien immer lauter zu werden. Das eigentlich recht beruhigende Hintergrundgeräusch ging mir plötzlich schrecklich auf die Nerven.

»Lass uns für heute Schluss machen«, meinte Colin.

»Nein.« Ich schüttelte beharrlich den Kopf. »Es war da. Ich habe es ganz deutlich gesehen, Colin. Lass es mich noch einmal versuchen!«

»Jay, so wird das nichts, glaub mir. Mach die Augen wieder auf.«

Enttäuscht löste ich meine verkrampfte Haltung und sah blinzelnd zu Colin hinüber. »Aber es war da! Ich habe die Kraft des Wassers gesehen.«

»Ich weiß.« Er lächelte sanft. »Doch du hättest sie nicht halten können. Dafür steht dein Verstand noch viel zu sehr im Vordergrund. Deine Gedanken blockieren dich.«

»Woher willst du das wissen?«, fragte ich unfreundlich. Die kühle Luft der Projektion wirkte mit einem Mal nicht mehr erfrischend, sondern ließ mich vor Kälte frösteln.

»Ich bin ein Wahrheitsfinder, ein Fínnión, schon vergessen? Als Grad zwei kann ich Gedanken zwar nicht vollständig erfassen, aber ich fühle sie. Das ist schwer zu beschreiben ... Jedenfalls ist bei dir im Kopf noch viel zu viel Unruhe.«

»Okay, du hast recht. Mir fällt es einfach schwer, die Gedanken ziehen zu lassen. Trotzdem würde ich jetzt gerne noch mal von vorne anfangen, ja?« Ich rieb mir fröstelnd die Oberarme und nahm wieder meine alte Sitzposition ein. Ich wollte gerade die Augen schließen, als Colin mich energisch unterbrach.

»Nein, es ist genug.« Um seine Worte zu unterstreichen, ließ Colin den Wasserfall verschwinden und im nächsten Moment waren wir in der Sporthalle zurück. »Dein Dickkopf wird dich in diesem Fall nicht weiterbringen. Ganz im Gegenteil. Erst wenn du deinen Verstand zum Schweigen bringst, wirst du ungehindert in dich hineinschauen können. Und genau das muss gelernt sein, niemand schafft es im Handumdrehen. Wir machen morgen weiter.«

Er stand mit einer geschmeidigen Bewegung vom Boden auf. Missmutig entknotete ich meine Beine und massierte meinen linken Unterschenkel, der bei der eher unbequemen Sitzposition zu kribbeln begonnen hatte. Colin reichte mir seine Hände und zog mich hoch.

»Du hast dich heute gut geschlagen, Jay«, lobte er und sah mir dabei tief in die Augen. »Ich freue mich schon auf morgen.«

Er drückte sanft meine Hände, bevor er sie losließ. Ich spürte, wie sich meine Wangen rot färbten. »Ich freue mich auch«, murmelte ich. »Vielen Dank für deine Hilfe.«

Dann wandte ich mich eilig ab und versuchte möglichst lässig zum Ausgang zu schreiten, auch wenn ich mit meinem eingeschlafenen Bein heftig humpeln musste. Außerdem fühlte ich mich erschöpft wie schon lange nicht mehr. Ich wollte einfach nur unter die Dusche und anschließend in mein Bett fallen.

Dabei war es gerade einmal elf Uhr vormittags.

KAPITEL 4

Ich konnte es natürlich nicht lassen und versuchte nach einer ausgiebigen Dusche, diese ominöse innere Stille ganz für mich allein herauszufinden. Aber außer, dass ich eine Weile übers Nachdenken nachdachte und dabei auf dem Sofa einschlief, erzielte ich keine größeren Erfolge.

Da klopfte es plötzlich an meiner Wohnungstür. Noch bevor ich aufstehen konnte, um sie zu öffnen, trat jemand unaufgefordert ein und musterte mich mit schräggelegtem Kopf.

»Verdammt, Lee!«, schimpfte ich, rappelte mich auf und starrte ihn finster an. »Was soll das? Du kannst doch nicht einfach hier reinplatzen!«

»Ich habe geklopft.«

»Na prima! Normalerweise wartet man nach dem Anklopfen auf eine Antwort. Hast du eigentlich schon mal was von Manieren gehört?« Ich fuhr mir mit beiden Händen über das Gesicht.

Lee lehnte sich entspannt an den Kühlschrank und sah mich weiterhin unverfroren an. »Als ob du bessere Manieren hättest ...«

Ich antwortete mit einem Schnauben und sah auf die Uhr. Mein kleines Schläfchen hatte länger gedauert als geplant. Ich hatte das Mittagessen komplett verschlafen. Na toll, erst wurde ich von dem Idioten geweckt und jetzt musste ich auch noch verhungern.

»Was willst du überhaupt hier?«, blaffte ich Lee an.

»Ich wollte nur mal kurz nachschauen.«

»Ob ich noch da bin oder längst über alle Berge?«

Er antwortete nicht, sondern sah mich einfach nur mit seiner typisch ausdruckslosen Miene an. Für mich war das Antwort genug.

»Das kann doch unmöglich dein Ernst sein!«, platzte ich wütend heraus. »Wieso glaubst du immer noch, dass ich abhauen will? Hältst du mich wirklich für so einen Feigling? Ich habe gesagt, dass ich bleibe, und das werde ich auch tun. Auch wenn du mir noch so sehr auf die Nerven gehst! Ich habe mir diesen ganzen Unsinn ehrlich nicht ausgesucht, aber ich habe mir geschworen, die Sache zu Ende zu bringen. Und das werde ich auch!«

Lee zuckte nicht einmal mit der Wimper. Er ließ mein Gezeter über sich ergehen, als würde es ihn nicht berühren.

Anschließend sagte er nüchtern: »Das wollte ich zwar gar nicht wissen, aber auch gut.«

Dann drehte er sich um und ging.

»Nimm deinen Handabdruck aus meinem Wohnungsscanner raus!«, schrie ich ihm noch hinterher, doch Lee zog einfach die Tür hinter sich ins Schloss.

Spitzenklasse! Das war genau die Art und Weise, wie ich schon immer mal aus einem Mittagsschlaf geweckt werden wollte. Von vollkommen entspannt zu absolut wütend in zwei Sekunden. Die Beschleunigung eines Ferrari war ein Witz dagegen.

Mit grimmigem Gesicht starrte ich die schwarze Scheibe des Fernsehers an. Meine Haare standen in alle Richtungen ab. Ich versuchte sie einigermaßen zu glätten und nahm Kontakt mit meiner Wohneinheit auf.

»Dora?«

»Guten Tag, Jay.«

»Bitte lösche sofort den Handabdruck von Leannán Aherra.«

»Ich habe Sie leider nicht verstanden.«

Ich dachte kurz nach. »Lösche die Registrierung von Leannán Aherra.«

»Ihr Befehl ist unzulässig. Der Zugriff auf eine Registrierung ist nur manuell möglich.«

Ich brauchte zwei Anläufe, mich vom Sofa hochzuwuchten. Beim ersten Versuch musste ich nämlich feststellen, dass so gut wie jeder Zentimeter meines Körpers aus Muskelkater bestand. Gebückt schlurfte ich zu dem unscheinbaren Bedienelement an der Wand neben der Wohnungstür. In kleinen Etappen schraubte ich meinen Rücken in eine aufrechte Position, nur um ratlos das flache Display zu betrachten. Allerhand Dinge zeigte es an. Jedoch leider in einer mir völlig unbekannten Sprache. Es musste sich dabei um Antuerra handeln, die alte Sprache, die alle Tuatha de Dannan beherrschten.

Aber warum war das Bedienelement auf Antuerra einprogrammiert und die Sprachsteuerung nicht?

Mir schwante, dass Lee dafür verantwortlich war. Vermutlich wollte er mich damit von dem Gerät fernhalten.

»Dora, ändere sofort die Sprache des Bedienelements.«

»Ihr Befehl ist unzulässig. Ein Zugriff auf die Spracheinstellung ist nur manuell möglich.«

Offensichtlich war Lees Plan aufgegangen …

***

Das Knurren meines Magens trieb mich irgendwann am Nachmittag in die Kantine hinauf, ins oberste Stockwerk der Agency. Glücklicherweise war ich alleine im Aufzug, denn die Geräusche, die mein Bauch von sich gab, hätten einen Fremden vielleicht dazu verleitet, mich wieder in den Krankenflügel zu verfrachten.

Eigentlich hatten mir die Agenten ja dringend davon abgeraten, die Kantine jemals außerhalb der öffentlichen Essenszeiten zu betreten. Die Zwerge, die dort arbeiteten, verstanden da nämlich keinen Spaß.

Ich wusste nicht viel von ihrem Volk, das sich Mirraka nannte. Sie leiteten das Selbstbedienungsrestaurant und schienen meist schlecht gelaunt zu sein. Ich hatte noch keinen der knapp einen Meter großen Wesen auch nur einmal lächeln gesehen. Wobei das ohnehin nicht so leicht zu erkennen war, da sie über ihre buschigen Haare und Bärte aus hygienischen Gründen Netze stülpen mussten und von ihren Gesichtern nicht wirklich viel zu sehen war.

So mürrisch die Zwerge für gewöhnlich auch wirkten, sie kochten ganz ausgezeichnet. Dass sich die Agenten häufig negativ über die Qualität der Mahlzeiten hier äußerten, konnte ich wirklich nicht nachvollziehen. Die hätten mal die Pampe probieren sollen, die man mir jahrelang im Waisenheim vorgesetzt hatte.

Die Kantine war menschenleer. Die Tische blitzten vor Sauberkeit und jeder Stuhl war sorgfältig geradegerückt. Die Essenstheke war mit gähnender Leere bestückt. Was für ein deprimierender Anblick. Hinter der

Schwingtür, wo sich die Küche verbarg, erklang geschäftiges Geschirrgeklapper. Hoffnungsvoll schaute ich in die Richtung, aus der das Geräusch kam. Wie ein Hund, der im Hinterhof eines Restaurants auf die Küchenabfälle wartete.

»*Garleigh da inumne!*«

Ich wandte mich um und blickte in die finstere Miene eines Zwerges, der hinter mir aufgetaucht war und wenig begeistert über meine Anwesenheit schien. Er trug zwar ein Haarnetz, doch sein rotbrauner Bart war unverhüllt. Ich war überrascht, wie gepflegt er wirkte. Er reichte bis über den Bauch des Zwerges und schimmerte seidig. Außerdem war der Bart kunstvoll geflochten und mit kleinen Perlen verziert. Es sah wirklich hübsch aus.

Ich räusperte mich. »Ähm. Entschuldigung, ich spreche leider kein Antuerra.«

Der Zwerg rollte genervt mit den Augen. »Kein Essen jetzt. Mittag vorbei. Später wiederkommen!«

Nicht die gebrochene Sprache, sondern die Tonlage seiner Stimme verwunderte mich. Sie war für einen Mann um einiges zu hoch. Offensichtlich hatte ich es hier mit einer Zwergin zu tun, wobei mich der wallende Bart in ihrem Gesicht extrem irritierte.

»Ich weiß, dass ich das Mittagessen verpasst habe, und das tut mir auch schrecklich leid«, sagte ich und bemühte mich, möglichst reumütig dreinzuschauen. »Normalerweise würde ich auch bis zum Abendessen warten ... aber ich habe solchen Hunger, dass ich es einfach nicht mehr aushalte.«

Mein Magen unterstützte meine Worte, indem er gerade im richtigen Moment effektvoll losknurrte. Fast schon flehend sah ich zu der Zwergin hinab. Sie musterte mich eine Weile und seufzte schließlich übertrieben auf.

»Setzen dich!«, schnauzte sie mich an und deutete auf den nächstgelegenen Tisch. »Heute mache ich Ausnahme. Nur heute!«

»Danke! Vielen Dank«, jubelten ich und mein Magen gleichzeitig, während die Zwergin mürrisch davonstapfte.

Kaum dass ich mich hingesetzt hatte, kehrte sie mit einem dampfenden Gericht zurück.

»Gorresch«, bellte sie und knallte den Teller vor mir auf den Tisch. »Sonst nix.«

Begeistert blickte ich auf die braune Masse hinunter. »Oh, das ist perfekt. Ich liebe Gorresch!«

Das tat ich wirklich. So unappetitlich der traditionelle Eintopf der Zwerge auch aussah, er schmeckte einfach köstlich. Das Rezept war ein wohlgehütetes Geheimnis der Zwerge, weshalb ich keine Ahnung hatte, was ich da überhaupt aß. Vermutlich war es auch besser so.

Gierig löffelte ich los und gab ein verzücktes Geräusch von mir. Das Gorresch schmeckte heute sogar noch besser als sonst – und nicht nur, weil ich in diesem Moment wohl so ziemlich alles verschlungen hätte.

Die Zwergin hob eine Braue und ging schweigend davon. Ich war überrascht, als sie gleich darauf mit einem Glas Kaola wiederkam und es mir hinstellte. Ich bedankte mich und war völlig verblüfft, als die Zwergin sich auch noch zu mir an den Tisch setzte und mich aufmerksam beobachtete.

»Schmeckt dir gut?«, fragte sie.

»Köstlich!«, schwärmte ich mit vollem Mund und schluckte hastig hinunter. »Etwas anders als sonst. Aber es schmeckt wirklich fantastisch.«

Der griesgrämige Ausdruck der Zwergin lichtete sich und ihre Gesichtszüge wurden beinahe freundlich. Ohne die verkniffenen Falten sah sie auf einmal viel jünger aus. »Ein Rezept meiner Familie das ist.«

»Deine Familie hat einen ausgezeichneten Geschmack«, lobte ich sie und löffelte weiter.

Die Zwergin lächelte, was eindeutig bewies, dass die Mirraka durchaus auch freundlich sein konnten.

»Wie dein Name?«, fragte sie.

»Jay.«

»Ich Kirznrk.«

Ich blinzelte. »Wie bitte?«

»Kirznrk«, wiederholte sie und lachte über meinen ungläubigen Blick. »Kiki auch geht.«

»Ah, das ist leichter für mich. Freut mich, dich kennenzulernen, Kiki. Und vielen Dank noch mal, dass du mich vor dem Verhungern gerettet hast.«

Kiki lehnte sich zurück und trommelte mit ihren kurzen Fingern auf dem Tisch herum. »Bei uns niemand verhungern wird. Bei dir gerne Ausnahme gemacht, weil anders du bist.«

»Anders? Inwiefern?«

»Oh, vieles anders ist. Zum Beispiel, du sehr nett bist. Nicht wie die meisten Agenten hier.«

»Na ja, du bist auch viel netter als deine Kollegen«, erwiderte ich vorsichtig und genoss einen weiteren Löffel voll Gorresch.

Kiki schüttelte den Kopf. »Mirraka ist Volk der Gastfreundlichkeit. Aber nie danke oder bitte und nur über Essen schimpfen, dann kein Freude mehr macht. Die Großgeratenen immer meckern.«

»Die Großgeratenen?«

»Menschen, Tuatha. Alle zu groß geraten«, erklärte Kiki schmunzelnd.

Ich lachte amüsiert. »Das klingt ja witzig. Und ich weiß genau, was du meinst. Mir ist auch schon aufgefallen, dass die Agenten nicht besonders dankbar sind. Sie sehen die Verpflegung hier eher als selbstverständlich an. Dabei ist eure Küche wirklich ausgezeichnet.«

Kiki strahlte übers halbe Gesicht. Vermutlich strahlte sie übers ganze, doch ich konnte ja nur die Hälfte davon sehen. Sie erzählte mir, dass sie erst seit einem halben Jahr in der Agency arbeite und vorher in einem entlegenen Teil der Anderswelt gelebt habe, weshalb sie immer noch Probleme mit meiner Sprache habe.

»Iss, Jay, sonst wird kalt. Wenn nicht reicht, ich noch mehr habe.«

Das ließ ich mir nicht zweimal sagen.

Ich war mir sicher, dass ich die Zwerge künftig aus einem völlig anderen Licht betrachten und sie nicht länger als unfreundlich abstempeln würde. Das zeigte wieder einmal deutlich, dass man sich stets ein eigenes Bild machen sollte und niemals auf vorgegebene Meinungen verlassen durfte. Vorurteile konnten so vieles zerstören. Hätte ich auf die anderen gehört, wäre ich wohl kaum in den Genuss gekommen, mich mit einer Zwergin zu unterhalten, während ich zwei ganze Teller voller Gorresch in mich hineinschaufelte.

***

Nach dem Essen begab ich mich kurzentschlossen zur Bibliothek der Agency im zehnten Stock. Wie immer, wenn ich diesen Gebäudetrakt betrat, fühlte ich mich um Hunderte von Jahren in die Vergangenheit katapultiert. Das geballte Wissen, das hier in zahlreichen Büchern auf schweren Holzregalen lagerte, kam mir beinahe greifbar vor. Die Wälzer in dieser Bibliothek waren in abgegriffene Stoffe und speckiges Leder gebunden, altmodisch und wunderschön.

Ich schritt die wenigen Stufen der Marmortreppe hinunter und wartete an dem wuchtigen Empfangstresen auf Alfred. Der kauzige Bibliothekar mit dem Sprachfehler hatte ein Talent dafür, immer völlig lautlos hinter mir aufzutauchen. Egal wohin ich auch blickte, ich merkte nie, aus welcher Richtung er sich näherte. Für mich war das bereits eine Art Spiel geworden.

Heute wandte ich mich der Treppe zu, während ich wartete. Nach einer Weile drehte ich mich schnell um und schaute zum gegenüberliegenden Fenster.

»Guten Tag, Pfay!«, ertönte es beinahe im gleichen Moment hinter mir.

Absolut erstaunlich …

»Hallo, Alfred«, antwortete ich grinsend und drehte mich zu ihm um. »Wie geht es dir?«

Der alte Mann mit dem dunkelroten Samtfrack strahlte zu mir herauf. »Allef gut. Kann wirklich nicht klagen. Waf kann ich für dich tun?«

»Gibt es hier in der Bibliothek ein Wörterbuch für Antuerra?«

Alfred lachte lauthals auf. Dabei entblößte er seine wenigen verbliebenen Zähne. Sie waren in einem katastrophalen Zustand, was vermutlich auch der Grund für seinen Sprachfehler war.

»Allerliebfte Pfay«, gluckste Alfred amüsiert. »Wenn du Antuerra verftehen willft, dann mufft du ef von Grund auf lernen. Mit einem Wörterbuch kommft du da nicht weit.«

Ich machte ein langes Gesicht. Mir fremde Sprachen anzueignen zählte wahrlich nicht zu meinen Stärken. Mein Talent lag eher in der Naturwissenschaft. Ich rechnete lieber mit komplizierten Formeln, als mich mit der Konjugation von Verben zu beschäftigen.

»Aber schon die Schrift sieht wahnsinnig kompliziert aus«, jammerte ich.

»Und dennoch ähnelt Antuerra deiner eigenen Fprache. Feckfundpfanpfig Buchftaben, ohne Umlaute. Drei Genera bei Fubftantiven. Vier Kafuf, pfei Numeri. Tempuf, Perfon und Moduf werden direkt am Verb geformt. Alfo, fo wie bei euch auch.«

»Aha.« Ich kratzte mich am Kopf. Ich hatte nicht besonders viel verstanden.

»Komm mal mit, ich hab genau daf Richtige für dich!«

Alfred wackelte voran und führte mich zielstrebig durch die Gänge zwischen den Bücherregalen, die bis hoch zur Decke reichten. Ich war während meiner Genesungszeit oft hier gewesen, musste jedoch wieder einmal feststellen, dass ich bisher kaum die Hälfte der Bibliothek gesehen hatte. Sie schien unermesslich zu sein. Viel größer, als es von außen betrachtet eigentlich möglich war.

»Ich finde ef wundervoll, daff du Antuerra lernen möchteft. Dann kannft du hier noch viel mehr lefen! Die meiften Bücher find auf Antuerra verfafft. Aber daf weifft du ja ficher fon.« Er blieb vor einem Regal stehen, zückte sein Monokel und suchte die unterste Buchreihe ab. »Ah! Da ift ef ja!«

Beinahe feierlich überreichte er mir einen echten Wälzer in grünem Stoffeinband. »Die Grundlagen der antuerrischen Sprache – Band 1«, stand auf dem Buchdeckel. Die etwa tausend Seiten waren aus hauchdünnem Papier, wie bei einem Gebetbuch. Ich schielte zurück auf das Regal und zog die Nase kraus.

»Drei Bände? Und das sind nur die Grundlagen? Um Himmels willen!«

»Ach, daf haben vor dir pfon andere gepfafft. Du kriegft daf ficher hin.« Alfred breitete die Arme aus und strahlte mich an. »Denk immer daran, wie viel Wiffen dir danach pfur Verfügung ftehen wird! Ich habe eine ganpfe Abteilung, die fich nur mit der Phyfik bepfäftigt!«

Erstaunlich, wie gut der alte Bibliothekar mich inzwischen kannte. Ich grinste. »Tja, das ist natürlich ein Argument. Dann werde ich gleich damit anfangen, sofern du ein Leseplätzchen für mich frei hast.«

Das war eher eine rhetorische Frage, denn in dieser Bibliothek waren immer Leseplätze frei. Genau genommen hatte ich noch nie irgendjemanden hier angetroffen. Die übrigen Agenten schienen sich nicht für die Bücherei zu interessieren. Sie bezogen ihre Informationen ausschließlich über ihre gläsernen Tablets, die sie immer bei sich trugen. Das war eine Sache, die Alfreds Unmut erregte, obwohl er zugeben musste, dass er manchmal auch froh darüber war. Denn wenn keiner las, brauchte er sich über den Umgang mit seinen kostbaren Büchern keine Sorgen zu machen.

Alfred verstaute sein Monokel sorgfältig in der Brusttasche seines Fracks und wiegte dabei den Kopf, als müsste er etwas Wichtiges überdenken. Dann sah er feierlich zu mir auf. »Du kannft dir daf Buch gerne aufleihen, wenn du magft.«

»Ich darf es ausleihen?« Ich blinzelte überrascht. »Wirklich?«

»Aber paff gut darauf auf! Wehe, ich finde auch nur ein winpfigef Efelfohr darin! Und immer vor dem Lefen die Hände waffen!«

Ich nickte brav und drückte das Buch schützend an meine Brust. »Aber sicher, Alfred. Ich verspreche dir, dass ich gut darauf achtgeben werde. Vielen Dank.«

Er wedelte ungeduldig mit den Händen. »Gut. Und jepft geh, bevor ich ef mir anderf überlege.«

Seine strenge Miene täuschte. Er freute sich sehr darüber, dass ich sein Vertrauen zu schätzen wusste. Ich bedankte mich noch einmal überschwänglich und eilte anschließend zum Aufzug. Nicht dass Alfred es sich tatsächlich noch einmal anders überlegte. Zugetraut hätte ich es ihm.

***

Meine kostbare Errungenschaft fest umklammert, fuhr ich eine Etage tiefer zur Mannschaftsebene. Zu Fuß wäre ich ohne Frage schneller gewesen und ich wusste, dass es für den Notfall auch Treppenhäuser in der Agency gab. Da man es hier im Allgemeinen nicht so mit Beschriftungen hatte, hatte ich nur noch nicht herausfinden können, hinter welcher der vielen Türen sich diese Treppe verbarg. Ich sollte wohl bei Gelegenheit mal nachfragen, falls ein Stromausfall eintrat und man den Lift nicht benutzen konnte.

Samira hatte behauptet, so etwas sei seit der Erbauung des Turms, vor rund fünfhundert Jahren, noch nie passiert. Auf meine Bemerkung hin, dass der Turm bei seiner Entstehung ja wohl kaum über Elektrizität verfügt haben konnte, hatte sie nur milde gelächelt und gemeint: »Glaubst du wirklich, jemand hätte dieses Gebäude ohne Hilfe von Elektrizität bauen können?«

Als ich daraufhin die alten Pyramiden zur Sprache gebracht hatte, war die Gegenfrage gewesen: »Und was denkst du, wer die Pyramiden gebaut hat?«

Dieses kurze Gespräch summte mir immer noch in den Ohren. Seit meinem ersten Tag in der Agency bekam ich ständig solche unfassbaren Informationen hingeknallt. Inzwischen wusste ich, dass alles, was ich über die Geschichte der Menschheit gelernt hatte, nicht der Wahrheit entsprach.

Im Mannschaftsraum von Team 8, der so groß war wie ein ganzes Apartment, traf ich nur auf Samira und Lee. Der Captain hockte vor seinem Computer und hackte konzentriert auf die Tastatur ein. Als ich eintrat, hob er kurz eine Augenbraue. Ich marschierte, ohne ihn eines weiteren Blickes zu würdigen, zur Couch, auf der sich Samira fläzte. Sie hatte sich ein schnurloses Telefon zwischen Schulter und Ohr geklemmt und feilte nebenbei ihre Fingernägel.

»Ah, wenn man von der Sonne spricht, geht sie bekanntlich auf!«, sprach sie fröhlich in das Telefon. »Ja, warte kurz.« Sie hielt mir den schmalen Hörer hin. »Da will dich jemand sprechen.«

»Wer?«, fragte ich skeptisch.

Samira rollte mit den Augen. »Das wirst du gleich sehen.«

Ich setzte mich, legte das Buch neben mich auf die Couch und nahm mit spitzen Fingern den Hörer. »Hallo?«

»Hi, Jay! Na, alles in Butter?«

»Sina!« Ich lachte und ließ mich entspannt zurückfallen. »Ach, du Schande! Mit dir hab ich überhaupt nicht gerechnet!«

»Immer schön ruhig bleiben, Süße. Du tust ja gerade so, als würden uns Welten trennen.«

Sie kicherte ausgelassen. Ihre Stimme erinnerte mich an ein Leben, das eine ganze Ewigkeit zurückzuliegen schien. Sina war früher mal meine Kollegin gewesen. Wir hatten in der Dortwelt zusammen in einem Pub gearbeitet und ich konnte mich noch gut daran erinnern, wie wir im *Green Goose* immer am Tresen gehockt hatten, um uns auf eine arbeitsreiche Nacht vorzubereiten.

»Aber wie geht das denn?«, meinte ich. »Ich dachte, es besteht keine Funkverbindung zwischen der Anderswelt und der Dortwelt?«

»Da liegst du ganz richtig.«

»Und warum können wir dann miteinander telefonieren?«

»Weil ich gerade in der Anderswelt bin, meine Süße. Genauer gesagt in Galega, meiner Heimatstadt.«

»Oh! Ist das weit weg von Avalon?«

»Mit einem Jet ist es ein Katzensprung, aber ich muss dich trotzdem enttäuschen. Wir können uns leider nicht treffen, weil ich in einer Stunde schon wieder abreisen muss. Ich war nur kurz bei meiner Mutter zu Besuch, weil die heute Geburtstag hat. Ich darf die Abendvorlesung nicht verpassen.«

Sina studierte in der Dortwelt Physik, also genau das, wovon ich immer geträumt hatte. An ihrer Stelle würde ich auch keine einzige Vorlesung verpassen wollen. Allerdings kam mir die Sache inzwischen merkwürdig vor.

»Sag mal, Sina, wieso studierst du eigentlich in der Dortwelt? Die Tuatha sind doch viel weiter, was das physikalische Wissen betrifft.«

Sina gluckste. »Ja, du hast völlig recht! Aber ich will eine Beárdros werden. Das sind Leute, die die Menschen Stück für Stück an die wissenschaftlichen Errungenschaften der Tuatha heranführen. Was denkst du, woher der technologische Fortschritt der letzten fünfzig Jahre in der Dortwelt kommt?« Sie kicherte wieder. »Da wurden die menschlichen Forscher immer wieder in die richtige Richtung geschubst.«

»Okay. Wow ... Aber was hat das jetzt mit deinem Studium zu tun?«

»Wenn ich eine Beárdros mit Schwerpunkt Physik werden will, muss ich genau wissen, auf welchem Stand die menschliche Physik im Augenblick ist.«

»Um beim Schubsen nicht allzu sehr aufzufallen?«

»Genau! So, meine Süße, jetzt muss ich leider Schluss machen. Ich bin froh, dass es dir gut geht und ...« In der Leitung knisterte es und Sina senkte ihre Stimme zu einem Flüstern. »Ich drück dir die Daumen. Ich kann zwar immer noch nicht fassen, dass du die Auserwählte bist, aber ich weiß auch, dass du genau die Richtige dafür bist. Du schaffst das. Davon bin ich überzeugt.«

Ich schluckte schwer.

»Mach's gut, Jay! Ich hoffe, wir sehen uns bald.«

Ein regelmäßiges Tuten ertönte und ich ließ den Hörer sinken. So unerwartet, wie es eben zurückgekommen war, war es auch schon wieder weg. Mein altes Leben. Zurück blieb nur eine entfernte Erinnerung daran, die mir zunehmend irreal vorkam.

»Alles okay?«, wollte Samira wissen und musterte mich besorgt.

»Ja, ja, alles gut. Es ist nur ... ich hätte gern ein bisschen länger mit ihr gesprochen.« Nachdenklich reichte ich ihr den Hörer. »Beárdros. Interessant ... Ich hab mal gehört, dass wir den Fortschritt der letzten Jahrzehnte angeblich dem abgestürzten Roswell-UFO zu verdanken haben und den Aliens darin. Die Theorie mit den Aliens war also gar nicht so abwegig. Nur dass ihr diese Außerirdischen seid.«

»Ich lass mich zwar nur ungern mit dem kleinen E.T. vergleichen, aber prinzipiell hast du recht«, erwiderte Samira. Sie schmunzelte. »Und das Roswell-UFO war tatsächlich ein Jet der Agency auf einem Testflug, der aber leider gescheitert ist.«

Ich forschte in ihrem Gesicht nach den Anzeichen eines Scherzes, fand jedoch keinerlei Hinweis darauf.

»Eigentlich können die meisten UFO-Sichtungen uns zugeschrieben werden«, erzählte Samira weiter und begann, sich nebenbei die Fingernägel mit dunkelgrünem Lack zu bestreichen. »Die Tarnvorrichtungen unserer Jets sind fabelhaft, aber die Radargeräte der Menschen werden immer sensibler. Bis die bei einer Sichtung die Befehlskette abgearbeitet haben, ist die Sache allerdings meistens schon von oberster Stelle geklärt.«

»Wie meinst du das?«, hakte ich nach und legte das Lehrbuch auf den Couchtisch.

»Na ja, die Agency hat ihre Leute überall«, meinte sie. »Sogar an den wichtigsten Stellen der menschlichen Regierungen. Die klären das dann und alle sind wieder zufrieden.«

»Das heißt, die Agency hat in jeder Regierungseinrichtung der Welt einen Undercoveragenten sitzen?«

Samira nickte. Sie streckte ihre frischlackierten Finger von sich und begutachtete zufrieden ihr Werk, bevor sie sich der anderen Hand zuwandte. Ich hing eine Weile meinen Gedanken nach, bis Ivan in den Aufenthaltsraum spazierte und bei meinem Anblick leuchtende Augen bekam.

»Na, Lust auf eine Runde *Need for Speed?«,* fragte er mich und wackelte aufgeregt mit seinen nicht vorhandenen Augenbrauen.

Eigentlich war ich viel zu müde für Computerspiele, aber wie hätte ich diesem pelzigen Gesicht schon widerstehen können?

KAPITEL 5

Völlig erschöpft trat ich am nächsten Vormittag aus meiner Dusche. Das Training an diesem Tag war schrecklich anstrengend gewesen. Obwohl ich Colin ausführlich von meinem Muskelkater erzählt hatte, wollte er nicht so wirklich darauf Rücksicht nehmen. Eher im Gegenteil - sobald ich auch nur ansatzweise einen winzigen Schmerzenslaut von mir gab, forderte Colin mich auf, mich noch weiter zu dehnen, noch länger stillzustehen, noch schneller zu laufen ... Manchmal schien es ihm beinahe Spaß zu machen, mich bis an meine Grenzen zu treiben. Von wegen, er wäre zu gutmütig für einen Drill Sergeant! Heute hatte er genau das verkörpert, was ich mir unter diesem ominösen Begriff vorstellte.

Allerdings musste ich zugeben, dass er mit dieser Art mehr Leistung aus mir herausgekitzelt hatte, als ich es alleine jemals geschafft hätte. Wahrscheinlich wäre ich am Morgen nicht einmal aufgestanden, wenn es nur nach mir gegangen wäre.

Unter Colins Anforderungen hatte ich mich an diesem Tag viele Male selbst überrascht und das fühlte sich richtig gut an. Obwohl ich die Energie des Wassers wieder nicht finden konnte, war ich also überaus zufrieden mit mir.

Im Schneckentempo zog ich mir eine frische Praktikantenuniform an. Dass mich Socken jemals vor eine Herausforderung stellen würden, hätte ich nie gedacht. Ächzend streckte ich meinen schmerzenden Rücken durch und griff zur Haarbürste. Dass ich mal einen derartigen Muskelkater haben würde, dass mir sogar das Haarekämmen wie eine Tortur vorkam, hätte ich mir auch niemals vorstellen können.

Tja, wie so vieles in den letzten Wochen.

Während ich meine Haare trocken föhnte, betrachtete ich eingehend mein Spiegelbild. Wie oft hatte Sina versucht, mich von dezenterem Make-up zu überzeugen? Unzählige Male. Ich fragte mich, was sie sagen würde, wenn sie mich mit meinem neuen Look sehen könnte. Ungeschminkt, in kotzgelben Klamotten. Schon bei der Vorstellung an ihren bestimmt überaus verzückten Gesichtsausdruck musste ich grinsen.

Ich stellte den Föhn ab und bürstete meine Haare noch einmal durch. Bei all den verrückten Ereignissen der letzten Zeit hatte ich kaum mehr an meine Vergangenheit gedacht. Tatsächlich gab es darin nur wenig, was mir überhaupt bedenkenswert erschien. Sina nahm einen Großteil davon ein. Bis zu unserem gestrigen Telefonat war mir gar nicht bewusst gewesen, wie sehr ich sie eigentlich vermisste. Sie war für mich weit mehr als nur eine Arbeitskollegin. Sie war eine Freundin. Die einzige Freundin in meinem Leben, der ich uneingeschränkt meine Sorgen hätte anvertrauen können. Und gerade jetzt, wo ich mir zum ersten Mal so eine Freundin wünschte, trennten uns ganze Welten.

Die Türglocke holte mich aus meinen wehmütigen Gedanken. Ich legte die Haarbürste zur Seite, schlurfte zur Wohnungstür und öffnete sie.

Samira stand im Flur. Sie trug enge Jeans und ein schlichtes Shirt und wedelte fröhlich mit einem schwarzen Plastikkärtchen. »Hi, Jay! Ich hab da was für dich!«

Sie drückte mir das Kärtchen in die Hand und trat an mir vorbei in die Wohnung, um sich an meinen Küchentresen zu setzen. Ich drehte die Plastikkarte verständnislos herum. Auf der einen Seite war das Logo der Agency eingestanzt, ein verschnörkeltes A in einem Quadrat, und auf der anderen sah man einen winzigen Mikrochip.

»Danke«, sagte ich höflich. Ich schloss die Wohnungstür und folgte ihr zu meiner Küchenzeile. »Ähm ... was ist das?«

Samira machte ein feierliches Gesicht. »Deine eigene Kreditkarte. Ohne Limit. Gesponsert von der Agency. Genial, oder?«

Ich wog das unscheinbare Kärtchen in meiner Hand.

»Ohne Limit«, wiederholte Samira und sah mich erwartungsvoll an.

»Okay«, meinte ich dazu.

»Gleich so begeistert?« Sie schüttelte fast schon entsetzt den Kopf. »Also, wenn du sie nicht haben willst, dann nehme ich sie.«

»Tut mir leid, aber ich glaube, ich bin gerade etwas überfordert«, erklärte ich und legte die Karte zwischen uns auf den Küchentresen. Während Samira ehrfürchtig darauf hinabsah, betrachtete ich das Ding mit gemischten Gefühlen. Ich war mir immer noch nicht sicher, ob es richtig war, wenn ich mich für meine Dienste am Wohle des Planeten bezahlen ließ. Und dann noch ohne Limit? Ein Begriff, der ohnehin meine Vorstellungskraft sprengte.

Samira überschlug elegant ihre langen Beine und musterte mich amüsiert. »Du hast tatsächlich ein schlechtes Gewissen«, stellte sie fest. »Das ist ja süß!«

Normalerweise ließ ich mir derartige Bezeichnungen nicht gefallen, doch in diesem Fall beschloss ich, es einfach zu tolerieren. Ich schob die Karte mit dem Zeigefinger von mir weg. »Ich brauche sie nicht. Ich hab schon alles bekommen, was ich benötige.«

»Ach ja?« Samira blinzelte unschuldig. »Auch Klamotten in anderen Farben als Ocker?«

Ocker. Eine nette Bezeichnung für das Kotzgelb meiner Uniform. Ertappt zog ich die Nase kraus und sah an mir herunter. Die einzige persönliche Kleidung, die ich noch aus der Dortwelt besaß, war inzwischen zwar gewaschen, aber ziemlich zerrissen. Warum ich sie überhaupt noch aufbewahrte, wusste ich selbst nicht so genau. Anziehen würde ich die Sachen garantiert nicht mehr.

Mit einem kessen Grinsen schob Samira die Karte wieder vor mich. »Bereit für eine Shoppingtour?«

Mein Muskelkater schrie entsetzt auf, doch die Neugier auf die Stadt Avalon trieb ein erfreutes Lächeln auf meine Lippen. Mein Gesichtsausdruck war wohl Antwort genug, denn Samira sprang mit glänzenden Augen auf. »Super! Na, dann los!«

»Moment, ich binde mir nur noch schnell die Haare zusammen.« Ich wandte mich bereits Richtung Badezimmer, als Samira tadelnd mit der Zunge schnalzte.

»Zwäng sie doch nicht immer in diesen hässlichen Knoten«, sagte sie. »Deine Haare sehen doch auch so klasse aus!«

Ich blieb einen Moment unschlüssig stehen. Ich konnte mich ehrlich nicht erinnern, wann ich das letzte Mal mit offenen Haaren vor die Tür gegangen war. Meine dunkelrote Mähne war schön. Das wusste ich selbst, doch sie war für meinen Geschmack viel zu auffällig. Allerdings befand ich mich nun in einer Welt, in der es wohl mehr als nur rote Haare brauchte, um aufzufallen.

Entschlossen warf ich mein Haar schließlich über die Schultern, schnappte mir die Kreditkarte und ging zu Samira, die bereits die Wohnungstür offen hielt.

»Man merkt, dass du mit Sina verwandt bist«, meinte ich im Vorbeigehen noch zu ihr.

***

Wir überquerten den Innenhof der Agency und verließen das Gelände über das östliche Außentor. Samira schien es nicht weiter eilig zu haben und schlenderte in gemächlicher Gangart neben mir her. Vielleicht hatte sie aber auch bemerkt, dass ich derzeit zu einem schnelleren Tempo ohnehin nicht fähig war. Bei unbedachten Bewegungen zog sich mein Muskelkater bis hin zu meiner Nasenspitze. So kam es mir zumindest vor.

Wir folgten der Alleestraße, die um das Hauptgebäude der Agency herumführte, und gelangten zu einem großen Parkplatz. Nur wenige Lücken waren noch frei. Die meisten waren mit Fahrzeugen besetzt, deren seltsames Design mir schon öfter aufgefallen war. Ihre Karosserie war rund, sodass die Wagen wie ein großes Ei wirkten. Auf den ersten Blick war kaum zu erkennen, wo vorne und hinten sein sollte. Sie waren eher in dezenten Farben wie dunkelblau oder dunkelgrün lackiert. In der vordersten Reihe standen fünf dieser Autos in Schwarz, mit dem Logo der Agency an den Seiten.

»Diese Fahrzeuge stehen allen Agenten frei zur Verfügung«, erklärte Samira, während sie auf die schwarzen Fahrzeuge zeigte. »Ich habe deine Registrierung freischalten lassen, falls du einmal einen Ausflug unternehmen willst.«

Ich schürzte die Lippen. »Ich hab keinen Führerschein.«

»Den brauchst du hier nicht.«

»Nicht?«, wiederholte ich ungläubig.

Samira zwinkerte verschmitzt. »Die Fahrzeuge der Anderswelt sind nicht mit den Autos der Dortwelt zu vergleichen. Das wirst du gleich sehen.«

Gespannt folgte ich ihr weiter durch die Blechreihen. Als sie schließlich vor dem mit Abstand auffälligsten Wagen des gesamten Parkplatzes stehen blieb, konnte ich mir ein erschrockenes Schnaufen nicht verkneifen.

»Das ist dein Auto?«, fragte ich ungläubig und starrte das giftgrüne Etwas vor mir an. Ein orangefarbenes verschlungenes Tribal erstreckte sich quer über die Türen. Die Felgen waren in demselben Orange lackiert. Zumindest konnte man bei diesem Fahrzeug die Front erkennen, weil am Heck ein pompöser Spoiler emporragte. Ebenfalls in Orange.

»Bist du verrückt?«, entgegnete Samira auf meine Frage. »Der gehört Joe. Ich finde das Ding fürchterlich, aber was soll ich machen? Joe liebt amerikanische Actionfilme mit diesen aufgeblasenen Autos. Wenn er hier schon auf den Lärm eines Verbrennungsmotors verzichten muss, kann ich ihm seine optischen Spielereien nicht auch noch verbieten.« Sie seufzte schwer und legte nachdenklich den Kopf schief. »Oder vielleicht doch?«

»Kein Verbrennungsmotor?«, fragte ich abgelenkt und umrundete das bunte Gefährt. »Wie werden die Fahrzeuge hier denn angetrieben?«

»Elektromagnetische Leittechnik. Ähnlich den Magnetschwebebahnen in der Dortwelt. Die Straßen der Anderswelt sind mit elektromagnetischen Leitungen versehen, die das Fahrzeug antreiben und auch lenken können. Aber ohne Straße kein Antrieb.«

Ich spähte durch die Seitenscheibe in den Fahrgastraum. Hier war zwar auch alles giftgrün und orange, doch ansonsten sah es völlig normal aus. Zwei Vordersitze, ein Lenkrad und eine Rückbank. Samira trat unterdessen zur Fahrerseite und legte ihre flache Hand auf die Seitenscheibe. Ein Bedienfeld leuchtete im Glas auf.

»Ich hab's nicht so mit dem Selberfahren«, meinte sie und tippte auf der Scheibe herum. »Ich finde es viel entspannender, mich fahren zu lassen.«

Gerade wollte ich fragen, was sie mir eigentlich damit sagen wollte, als plötzlich Leben in den Fahrgastraum geriet. Überrascht beobachtete ich durch das Fenster, wie das Lenkrad im Armaturenbrett verschwand. Die Vordersitze begannen sich zu drehen und fuhren auf unsichtbaren Schienen zurück, bis man bequem auf Rückbank und Vordersitzen gegenüber Platz nehmen konnte. Kaum war der Innenraum mit seinem Umbau fertig, gingen die Türen des Fahrzeugs automatisch auf. Dabei schoben sich die Vorder- und die Hintertür gleichzeitig auseinander wie bei einem Aufzug.

Eine männliche Stimme, die mir sofort bekannt vorkam, erklang aus dem Inneren des Fahrzeugs. *»Willkommen zurück, Samira. Bereit für eine neue Runde?«*

»Echt jetzt?« Ich lachte feixend. *»Vin Diesel?«*

Samira nickte. »Sein Synchronsprecher. Frag nicht, was das für ein Aufwand war!«

Während ich noch mit Staunen beschäftigt war, schwang Samira sich auf einen der umgedrehten Vordersitze und machte es sich bequem. Ich folgte ihrem Beispiel, wählte aber die Rückbank, in der Hoffnung, in Fahrtrichtung zu sitzen. Die Türen auf beiden Seiten verschlossen sich.

»Wo soll's denn hingehen?«

»Avalon, Stadtzentrum.«

»Alles klar. Los geht's!«

Völlig geräuschlos setzte sich der Wagen in Bewegung und rollte gemächlich vom Parkplatz. Ich verkrampfte mich und fühlte mich ziemlich unwohl bei dieser vollautomatisierten Fahrt. Irgendwie kam ich mir ausgeliefert vor. Die Technologie der Anderswelt war überragend, aber eben doch nur Technik. Es brauchte bloß einen kleinen Softwarefehler und dieses Auto könnte zum Amokfahrer werden.

»Entspann dich«, meinte Samira mit einem Lächeln. »Wir nutzen diese Art von Fortbewegung nun seit fast einhundert Jahren. Die Unfallquote der letzten zwanzig Jahre liegt bei null. Selbst im Manuellbetrieb kann man keinen Unfall bauen. Spurassistent, Bremsassistent und Geschwindigkeitskontrolle. Allesamt nicht deaktivierbar.«

Sie tippte auf einem Display in der Fahrertür herum und lehnte sich entspannt zurück, als leise Popmusik aus versteckten Boxen erklang. Ich selbst war von Entspannung zwar noch ein Stück weit entfernt, ließ mich aber schon bald vom Blick durch die Seitenscheibe ablenken.

Die Fahrt führte an der pompösen Frontseite der Agency vorbei. Die perlmuttfarbene Fassade des Turms schimmerte im Sonnenlicht. Es sah wirklich beeindruckend aus.

Wir ließen die Agency hinter uns und gelangten zu den Serpentinen, die hinunter nach Avalon führten. Ich hatte die Stadt erst einmal gesehen. Das war in der Nacht, als ich bei der Agency angekommen war und nicht wirklich viel Sinn für meine Umgebung hatte. Nun hielt ich vor Verblüffung den Atem an.

Avalon lag eingebettet in eine Hügelkette, die in einem kräftigen Grün erstrahlte, als hätte jemand sie angepinselt. Nur wenige Straßen durchbrachen die satte Farbe der großartigen Landschaft. Zwischen den Hügeln sah man in der Ferne ein schier endloses Gewässer glitzern. Ein Meer, auf dem sich kleine Boote tummelten. Die Gebäude von Avalon reichten bis an die Küste. Ich glaubte, einen Strandabschnitt zu sehen, doch dann führte uns die Fahrt bereits tiefer in das Tal und ließ keinen weiteren Rundumblick mehr zu. Die Straße verlief in einer weitläufigen Kurve an dem Meer vorbei. Die Wiesen wurden hier von steilen Felsen abgelöst. Das Wasser schwappte kraftvoll gegen die Klippen. Ich beobachtete fasziniert das Spiel der Wellen und das Aufschäumen der Gischt.

Plötzlich wurde es dunkel um uns herum. Ich blinzelte verwirrt und bemerkte, dass die Straße uns in einen Tunnel geführt hatte. Enttäuscht blickte ich auf die glatten Betonwände neben mir, die von spärlichem Licht erleuchtet wurden.

Samira bemerkte wohl meinen Stimmungsumschwung, denn sie gluckste leise. »Keine Sorge, wir sind gleich da. Die gesamte Stadt ist verkehrsfreie Zone und voll untertunnelt. Eine riesige Tiefgarage, sozusagen. Man parkt nicht vor seinem Haus, sondern einfach darunter.«

»Wow, ein gewaltiger Aufwand so was zu bauen.«

Sie winkte ab. »Ach, für die Zwerge ist das ein Klacks.«

Wir bogen in einen Seitentunnel ab und gelangten zu einem weitläufigen Parkplatz.

»Wir sind da. Avalon, Zentrum«, verkündete unser Wagen und rollte zielstrebig in eine Parklücke. Die Türen glitten auf. *»Bis später!«*

»Bis später!«, antwortete ich automatisch und krabbelte ungelenk hinaus. Mein Körper beschwerte sich ziemlich deutlich über die erneute Anstrengung.

Samira schmunzelte über mein verhaltenes Ächzen. »Ich kann mich gut an meine erste Zeit beim Agententraining erinnern. Da haben sich Muskeln bemerkbar gemacht, von denen ich vorher gar nicht wusste, dass ich sie überhaupt habe. Wirklich furchtbar. Aber glaub mir, der Muskelkater legt sich schneller, als du denkst, und dann macht trainieren sogar richtig Spaß.«

Ich zweifelte zwar an ihrer Vorhersage, freute mich aber trotzdem über ihre Worte. Samira strotzte vor Kraft und Ausdauer. Dass ihr das nicht angeboren war, machte sie mir gleich noch mal um ein ganzes Stück sympathischer, als sie es ohnehin schon war. Sie war in der Dortwelt aufgewachsen und hatte recht spät erfahren, dass sie eine Tuatha de Dannan war. Sie wusste also genau, wie es war, plötzlich mit Parallelwelten und magischen Wesen konfrontiert zu werden und sich in all dem Wirrwarr zurechtfinden zu müssen. Samira war mir daher von Anfang an voller Verständnis begegnet und hatte jede noch so seltsame Frage meinerseits geduldig beantwortet, ohne auch nur eine Braue hochzuziehen. So wie Lee es gerne tat.

Wir durchquerten die Tiefgarage und gingen zu einer nahegelegenen Treppe, die nach oben führte. Sonnenlicht krabbelte über die Stufen zu uns herab. Stimmengewirr und Gelächter waren zu hören, untermalt von den fröhlichen Klängen einer Fiedel. Vielleicht ein Straßenmusiker? Gespannt zwang ich meine rebellierenden Oberschenkel die Treppe hinauf. Ich schirmte meine Augen mit einer Hand ab, bis sie sich an das hellere Licht der Oberfläche gewöhnten.

Avalon war fantastisch!

Eigentlich hatte ich eine hochmoderne Stadt im Stile der Agency erwartet, doch genau das Gegenteil war der Fall. Die Treppe endete auf einem Platz, der mit abgenutztem und buckeligem Kopfsteinpflaster bedeckt war. Altmodische Gebäude mit Fachwerk und kleinen Erkern und Türmen säumten den Platz. Manche davon wirkten so windschief, als könnten sie jederzeit umfallen. Sie waren in unterschiedlichen Farben gestrichen. Unter den meisten Fenstern quollen wunderschöne Blumen aus Kästen hervor.

Um uns herum waren mit Stoff überspannte Marktstände aufgebaut, die allerlei Waren anboten. In einem bunten Durcheinander schlenderten Leute an den Ständen vorbei. Hauptsächlich waren es Tuatha, doch dazwischen drängelten sich immer wieder Zwerge, die lauthals mit den Verkäufern feilschten. Zwei Katzen marschierten an uns vorüber und diskutierten angeregt über irgendetwas. Weiter vorne flitzte eine ganze Gruppe pelziger Tierchen durch die Menge und verursachte einiges Gerangel, weil sie so ziemlich jeden anrempelten, der in ihre Nähe kam. Das Fell der Tierchen war dunkelgrün, doch sie erinnerten mich ein wenig an Pandabären.

»Was sind denn das für Kerlchen?«, fragte ich Samira belustigt.

»Gnome.« Sie schnaubte. »Nervige kleine Biester.«

»Das sind Gnome? Die sind ja voll niedlich!«

»Du musstest ja auch noch nie hinter ihnen aufräumen, wenn sie sich wieder unerlaubt in die Dortwelt geschlichen haben«, murrte Samira.

Ich sah den lustigen Gnomen hinterher. Einer schlug kichernd einen Purzelbaum. »Ich dachte, man kann ohne Registrierung nicht durch ein Portal?«

»Richtig. Aber Gnome sind schlauer, als sie aussehen. Sie können ihre eigenen Portale erschaffen.«

Ich hätte gerne gewusst, wie das denn möglich sein sollte, doch da wurde ich unsanft in Höhe meiner Hüfte angerempelt.

»Gerleigh di tueh!«, moserte der Zwerg und stapfte weiter.

Obwohl er mich angerempelt hatte, klang das nicht sehr nach einer Entschuldigung. Samira bedeutete mir weiterzugehen und führte mich zielstrebig durch das Gewusel des Marktplatzes. Ich wusste gar nicht, wo ich als Erstes hinschauen sollte. Hier war so viel los, dass ich kurzzeitig mit all den Eindrücken überfordert war. Die Auslagen der Stände wechselten sich stetig ab. Von Obst und Gemüse bis hin zu verschiedenen Handwerkswaren war alles dabei. Von irgendwoher duftete es nach gebrannten Mandeln.

Als wir in einer ruhigeren Seitenstraße landeten, konnten sich meine Sinne wieder etwas entspannen. Auch hier bedeckte buckeliges Kopfsteinpflaster den Boden. Die mehrstöckigen Häuser standen zumeist direkt nebeneinander. Nur ab und zu führte ein schmales Gässchen zwischen ihnen hindurch, das gerade einmal breit genug für eine Person war. Ich blickte bei einer dieser Gassen nach oben und stellte fest, dass sich die Häuser am obersten Stockwerk berührten, so schief standen sie. Als würden sie sich aneinander anlehnen.

Avalon war unglaublich. Der Mittelaltercharme, der diesem Ort anhaftete, nahm mich sofort gefangen.

Ich hatte mich in Städten nie wirklich wohl gefühlt. Hier war es jedoch völlig anders. Obwohl die Fassaden unwahrscheinlich alt waren, wirkten sie gepflegt und waren frei von hässlichem Graffiti. Die Straße war uneben, aber kein einziger Kaugummi klebte auf den Pflastersteinen. Weit und breit war kein Müll zu sehen. Die Luft war frei von Abgasen und sonstigem Gestank, den man in solchen Nebengassen normalerweise vorfand.

Samira zog mich in einen unscheinbaren Laden ohne Schaufenster. Es war ein Modegeschäft und der Verkaufsraum war viel größer, als es von außen den Anschein hatte. Angenehme Musik dudelte im Hintergrund vor sich hin. Eine Frau hinter dem Verkaufstresen begrüßte uns freundlich und fragte etwas auf Antuerra.

»Danke«, antwortete Samira. »Wir sehen uns erst einmal um.«

Kurz darauf wühlte sie schon voller Begeisterung durch den ersten Kleiderständer. Sie zog ein weißes Sommerkleid heraus, das über und über mit riesigen Blumen bedruckt war. Prüfend hielt sie es vor mich.

Ich trat hastig einen Schritt zurück und hob entsetzt die Hände. »Oh nein, so was ziehe ich garantiert nicht an!«

»Warum denn nicht? Das würde dir bestimmt stehen.«

»Blumen! Ein Kleid? Nee.«

Samira zuckte mit den Schultern und hielt das gute Stück vor sich selbst. »Okay, dann probier ich es an.«

Sie hängte es sich über den Arm und wühlte weiter. Ich näherte mich ebenfalls einem Kleiderständer und besah mir eines der Preisschilder. Die

Beschriftung war auf Antuerra, doch die Zahl konnte ich lesen. Nur die Währung kannte ich nicht.

»Sind das Dollar?«, fragte ich Samira leise.

»Taler.«

»Und sind zehn Taler viel oder wenig?«

Samira beugte sich zu mir und wackelte verschwörerisch mit den Augenbrauen. »Ohne Limit …«

Das war zwar keine Antwort auf meine Frage nach dem Wechselkurs, aber ich gab mich trotzdem damit zufrieden. Ich beugte mich wie Samira über einen der Kleiderständer und fing an, die Kleidungsstücke zu begutachten. Es überraschte mich ziemlich, dass die Mode der Anderswelt sich nicht von der in der Dortwelt unterschied. Zumindest soweit ich das beurteilen konnte. Für Mode hatte ich mich nie wirklich interessiert. Kleidung musste für mich funktionell und bequem sein. Und natürlich günstig. Meine Shoppingtouren hatten sich daher stets auf Schlussverkäufe und Wühltische konzentriert.

Erfreut zog ich ein schwarzes Oberteil mit Fledermausärmeln heraus und hielt es hoch. Sofort stand Samira neben mir und entriss mir das gute Stück.

»So was wirst du in meiner Gegenwart garantiert nicht kaufen«, sagte sie gebieterisch und hängte das Shirt zurück. Sie ließ einen professionellen Blick über mich gleiten. »Keine Röcke, keine Blumen. Alles klar.«

Nach kurzer Suche hielt sie mir ein anderes T-Shirt hin. Ich musterte es skeptisch.

»Es ist grün«, stellte ich fest.

»Es passt super zu deinen Haaren.«

Mir fiel ein wichtiger Kritikpunkt daran auf und ich deutete auf den Ausschnitt. »Das geht nicht«, flüsterte ich. »Man würde das Amulett sehen.«

Samira nickte zustimmend und suchte weiter.

»Ha!«, stieß sie triumphierend hervor. »Das ist perfekt! Probier das mal an.«

»Das ist auch grün …«

»Zieh es an!«

Ihr Blick machte mir klar, dass sie keinen Widerspruch duldete, darum gab ich mich geschlagen und tappte zu einer Umkleidekabine. Ich hatte gerade einmal meine Uniformjacke ausgezogen, als ein ganzer Stapel Klamotten über der halbhohen Tür landete.

»Meine Güte!«, rief ich erschrocken. Ich nahm die Jeans, die ganz oben lag. »Da pass ich niemals rein!«

Ich hörte Samira abfällig schnauben. »Ich bin Profi. Also halt die Klappe und zieh dich endlich um!«

***

Das Einkaufen mit Kreditkarte war schon verlockend. Im Nachhinein konnte ich nicht einmal sagen, wie viel Geld ich ausgegeben hatte. Durch Samiras Einwirken mindestens dreimal so viel, als ich eigentlich wollte. Sie konnte wirklich sehr beharrlich sein, wenn es um Klamotten ging.

Inzwischen war ich absolut erledigt. Die prallen Einkaufstaschen in meinen Händen schienen mit jedem Schritt schwerer zu werden und ich war durstig wie nach einem Marathonlauf. Offensichtlich musste auch Shopping gut trainiert sein. Samiras Kondition schien von den gefühlten hundert Geschäften nicht einmal angekratzt zu sein.

»Die Jeans steht dir großartig«, lobte sie überschwänglich, während wir durch die verwinkelten Gassen Avalons gingen.

Sie musterte mich immer wieder von der Seite und begutachtete strahlend vor Stolz ihr persönliches Styling-Projekt – also mich. Ich selbst schrieb es meiner Erschöpfung zu, dass ich mich zu Skinny-Jeans, einer weißen Sommerbluse und dazu passenden weißen Sneakers hatte überreden lassen und das Ensemble auch gleich anbehielt. Zusammen mit meinem wehenden roten Haar ergab das eine Jay, die ich selbst nicht mehr kannte und deren Spiegelbild mich jedes Mal in einer Mischung aus Entsetzen und Faszination zusammenzucken ließ.

Ich grinste müde. »Ich muss zugeben, dass diese Hosen um einiges bequemer sind, als sie aussehen.« Alarmiert bemerkte ich, wie Samira das Schild über einem weiteren Klamottenladen fixierte und dabei glänzende Augen bekam. »Ähm, sag mal, können wir vielleicht irgendwo was trinken? Ich bin am Verdursten.«

Samira warf einen Blick auf ihre Armbanduhr. »Oh! Gut, dass du es sagst. Wir sind spät dran. Lass uns die Sachen noch schnell ins Auto bringen und dann ab zum *Klabautermann*. Die anderen warten schon.«

Sofort beschleunigte sie ihre Schritte und ich mühte mich ab, ihr hinterherzukommen.

»Die anderen?«, hakte ich nach.

»Joe, Colin, Lee und Ivan.«

Ich verzog unwillkürlich das Gesicht. Irgendwie fühlte ich mich unwohl, dem Team in meinem neuen Outfit gegenüberzutreten. Was eigentlich dämlich war, denn sie hatten meinen alten Look ja nie wirklich kennengelernt. Eigentlich kannten sie mich nur in Kotzgelb. Mit Ausnahme von Lee, der mich sogar schon mal im Schlafanzug gesehen hatte, woran ich mich nur äußerst ungern erinnerte.

Warum ich plötzlich so nervös war, konnte ich also selbst nicht sagen. Jedenfalls war ich froh, dass meine Kraft noch ausgereicht hatte, mich gegen einen überdimensionalen Sommerhut zu wehren, den Samira mir hatte aufschwatzen wollen.

Wir erreichten den Marktplatz und schlängelten uns im Eiltempo durch die abendliche Betriebsamkeit. Einige Stände wurden bereits geschlossen, während die Leute an anderen noch versuchten, ein Schnäppchen zu ergattern. Das Stimmengewirr des Marktes begleitete uns hinab in die Tiefgarage und verklang erst, als wir Joes Wagen erreichten.

Der enge Kofferraum stellte uns kurz vor ein logistisches Problem. Zumal Samira tatsächlich noch mehr Einkaufstaschen mit sich schleppte als ich. Ich wusste ja nicht, wie oft sie sich eine solche Shoppingtour gönnte, aber die Professionalität, mit der sie die Taschen dann geschickt in den Wagen schlichtete, ließ darauf schließen, dass sie dies nicht zum ersten Mal tat. Ihr Kleiderschrank musste wahrlich bombastisch sein.

Anschließend führte Samira mich zielstrebig durch die Tiefgarage zu einem anderen Aufgang, der näher am *Klabautermann* lag. Langsam erklomm ich die ersten Stufen der Treppe. Meine Beine fühlten sich an wie Blei, während meine Hände unablässig am Saum meiner Bluse herumzupften. Plötzlich hakte Samira sich ohne Scheu bei mir unter und erzählte mir kichernd von einem

Abend, als sie sich mit Sina einmal um einen Rock gestritten hatte, der diesen Streit nicht unbeschadet überlebte. Ich war mir nicht sicher, ob sie mich damit beruhigen oder schlichtweg meine schwachen Beine unterstützen wollte. Am Ende erreichte sie beides und dafür war ich ihr ausgesprochen dankbar.

Die Treppe führte zu einer breiten Straße, wo sich Cafés und Kneipen aneinanderreihten. Kugelige Bäume säumten den Weg. Manche Lokale boten Sitzgelegenheiten auf der Straße an, andere hatten sämtliche Türen und Fenster geöffnet, um möglichst viel vom milden Frühlingsabend einzufangen. Es duftete abwechselnd nach frischgebrühtem Kaffee und gebratenen Speisen. Die meisten Tische waren besetzt. Fröhliche Gespräche untermalten die entspannte Szenerie.

Der *Klabautermann* befand sich in einem rustikalen Haus aus grauen Steinmauern. Dunkelgrüne Läden zierten die Fenster. Ein gusseiserner Zaun umgab den angrenzenden Garten, der mit schweren, hölzernen Tischen und dazu passenden Bänken bestückt war. Hohe Bäume beschirmten die Sitzgelegenheiten mit ihrem Geäst. Hier ließ es sich wirklich aushalten.

Samira löste sich von mir und trat durch das offene Gartentor. Ich sah die anderen erst, als wir beinahe vor ihnen standen. Sie trugen allesamt legere Zivilkleidung. Joe und Ivan studierten geistesabwesend die Speisekarte, während Colin und Lee mich unverfroren anstarrten.

Ich widerstand dem Drang, wieder an meiner Bluse herumzuzupfen, und straffte stattdessen meine Schultern. Ob mir ein unbeschwertes Lächeln gelang, vermochte ich nicht zu sagen. Zumindest antwortete Colin mit einem breiten Grinsen.

Lee zeigte keinerlei Reaktion. Er starrte mich zwar weiterhin an, doch es kam mir beinahe so vor, als würde er durch mich hindurchsehen. Als sich unsere Blicke trafen, wünschte ich mir, nur einmal kurz in seine Gedanken spähen zu dürfen. Doch Lee verriet wie immer nichts von seinem Innersten und wandte seine Augen schließlich von mir ab.

»Da seid ihr ja endlich«, murrte Joe und ließ die Speisekarte sinken. Er schluckte, als er mich sah. »Wow, Jay. Jetzt hätte ich dich beinahe nicht erkannt, so ganz ohne Uniform.«

»Tja«, meinte ich unbeholfen.

»Du siehst hübsch aus«, sagte Colin mit einem Ernst in der Stimme, der mir spürbar die Röte auf die Wangen trieb.

»Danke«, nuschelte ich und setzte mich hastig auf den freien Platz neben Colin, um aus dem Fokus der allgemeinen Aufmerksamkeit zu entfliehen.

Ivan schob mit einer Pfote die Karte von sich und bedachte Samira und mich mit einem vorwurfsvollen Blick. »Können wir jetzt endlich bestellen?«

»Sorry, Leute«, entschuldigte sich Samira, wobei sich ihr schlechtes Gewissen deutlich in Grenzen hielt. »Beim Shopping kann man schon mal die Zeit vergessen.«

Sie ließ sich neben Joe fallen und griff nach der Karte. Ich überflog das Angebot nur kurz, denn ich stellte schnell fest, dass es auf Antuerra verfasst war. Colin bemerkte mein Dilemma und übersetzte mir bereitwillig die verschiedenen Speisen. Da wir in einer Zwergenkneipe waren, fiel meine Wahl natürlich auf das hausgemachte Gorresch und dazu ein alkoholfreies Duruk, das traditionelle Bier der Mirakka.

Nachdem wir unsere Bestellung aufgegeben hatten und sie somit dem Hungertod nicht mehr direkt ins Auge blickten, entspannten sich Joe und Ivan sichtlich.

»Na, wie gefällt dir Avalon?«, fragte mich der Kater.

»Es ist wundervoll«, schwärmte ich begeistert. »Normalerweise mag ich Städte nicht, aber Avalon ist völlig anders. So sauber und gepflegt.«

Colin nickte. »Die Bewohner der Anderswelt achten sehr auf ihre Umwelt und auf ihr Eigentum. Und unser Verkehrssystem trägt natürlich auch zum Erhalt der historischen Fassaden bei.«

»Die elektromagnetischen Fahrzeuge sind wirklich klasse. Diese Technik würde sicher auch gut in die Dortwelt passen.«

Lee gab ein unwirsches Geräusch von sich. »Die Menschen sind nicht dazu bereit, diese Technologie anzunehmen, die ihnen im Übrigen bereits gezeigt wurde.«

»Wie meinst du das?«, hakte ich verdutzt nach.

»Die Möglichkeiten alternative Energien einzusetzen wurden euch unlängst gegeben. Sie wurden nur nicht angenommen, weil das Geschäft mit fossilen Ressourcen um einiges lukrativer ist.«

Seine Stimme klang so vorwurfsvoll, dass ich einen kleinen Stich im Magen verspürte. Ich strich mir eine Strähne hinters Ohr und suchte nach einer möglichst gepfefferten Antwort, die mir aber leider nicht einfallen wollte. Die Bedienung entschärfte schließlich die Situation, indem sie unsere Getränke brachte. Trotzdem wollte ich diesen indirekten Vorwurf nicht einfach so auf mir sitzen lassen.

Ich trank ein paar große Schlucke aus meinem steinernen Krug und sah Lee dann ernst an. »Ihr habt in jeder Regierungseinrichtung Undercoveragenten sitzen. Warum wird diesen Regierungen nicht einfach die Wahrheit gesagt? Dann können sie auf die Industrie einwirken.«

Lee lachte freudlos und schüttelte geringschätzig den Kopf, als hätte ich etwas fürchterlich Dummes gesagt. Schließlich ergriff Colin das Wort.

»Die Menschen dürfen nichts von der Anderswelt wissen, und das hat einen triftigen Grund. Was weißt du über die Vergangenheit der Tuatha de Dannan?«, fragte er mich.

Leider nicht besonders viel. Außerdem verstand ich nicht so recht, was das mit dem Thema zu tun haben sollte. »Ich weiß, dass es die Anderswelt erst seit einem großen Krieg gibt, nachdem sich die Tuatha und viele andere Wesen aus meiner Welt zurückgezogen haben. Was genau damals vorgefallen ist, würde mich allerdings interessieren.«

»Okay, dann gibt es für dich jetzt Geschichtsunterricht im Schnelldurchlauf.« Colin lehnte sich zurück und dachte kurz nach, bevor er zu erzählen begann.

»Vor vielen Millionen Jahren sandte Danu die vier Elemente auf die Erde. Damals waren sie noch jung wie kleine Kinder und tobten ausgelassen über den Planeten. Es dauerte eine Weile, bis die vier ihre Energie gründlich ausgelebt hatten und sich schließlich zu einem ruhigeren Dasein zurückzogen. Der Grundstein für alles Leben war also gelegt und die Evolution konnte beginnen. Darwins Theorie weist einige Lücken auf, doch die will ich jetzt nicht erwähnen. Ich setze zu dem Zeitpunkt wieder ein, als der Mensch zur Erde kam.

Der moderne Mensch, wie wir ihn heute kennen, ist um einiges älter, als die menschliche Wissenschaft annimmt. Irgendwann war die Evolution so weit fortgeschritten, dass Danu ihre Zeit gekommen sah. Mithilfe der Elemente formte sie den Menschen und hauchte ihm Leben ein. Um die Menschheit auf ihrem Weg bestmöglich zu unterstützen, erschuf Danu die ersten Tuatha de Dannan. Sie waren Gelehrte und Vermittler, Anführer, wenn man so will. Die Begabungen, die wir bis heute besitzen, wurden uns damals von Danu gegeben, um unsere Aufgabe als Bewacher der Menschen optimal bewältigen zu können. Zu jener Zeit entstanden auch die meisten anderen Völker. Die Meermenschen, die Zwerge und so weiter.

Für viele Jahrtausende lebten Menschen und Tuatha in völliger Harmonie. Ein friedliches Leben in perfektem Einklang mit der Natur. Leider kam schließlich eine Zeit, in der sich Neid und Egoismus allmählich in die Herzen der Menschen schlich. Nun sah die Dunkelheit ihre Chance gekommen, aus den Schatten zu kriechen. Sie nährte die Zwietracht und plötzlich beherrschten Missgunst und Habgier die gesamte Bevölkerung. Die Menschen fühlten sich untergeordnet und zweitrangig, während viele Tuatha sich als Herrscher ansahen. So brach der Krieg zwischen den Völkern aus. Die Aufzeichnungen berichten, dass er jegliche Auseinandersetzung, die bis dahin stattgefunden hatte, wie einen unbedeutenden Zwist aussehen ließ. Überall herrschte Chaos und die Dunkelheit drohte, die Erde zu verschlingen.

Danus oberstes Gebot lautet, niemals in die Angelegenheiten der Menschen einzugreifen. Doch es kam der Zeitpunkt, da sie das Flehen der unbeteiligten Völker, die im Begriff waren durch den Krieg zwischen Mensch und Tuatha ihre Heimat zu verlieren, nicht länger ignorieren konnte. Die Sintflut ist dir vermutlich ein Begriff, oder?«

Ich hatte seinen Worten so fasziniert gelauscht, dass ich nicht sofort begriff, dass er auf eine Antwort wartete. Ich räusperte mich. »Ähm, ja, natürlich.«

Colin sah mich traurig an. »Das Chaos, das die Erde ergriffen hatte, muss unvorstellbar groß gewesen sein. Sonst hätte Danu sich nicht zu einem solchen Schritt entschlossen. Man sagt, die gewaltige Flut habe einzig aus Danus Tränen bestanden, so schrecklich war es für sie.

Aber nicht nur die Sintflut, sondern auch die Geschichte der Arche hat tatsächlich stattgefunden. Danu brachte es nicht über sich, ihre geliebten Menschen für immer zu verlieren. Sie versammelte die Oberhäupter der unbeteiligten Völker und die letzten Tuatha, deren Herzen noch vollkommen rein waren, und beratschlagte mit ihnen drei Tage und drei Nächte lang. Ein Entschluss wurde gefasst.

Mit Danus Hilfe wurde damals die Anderswelt erschaffen, um den unbeteiligten Völkern einen sicheren Ort zu schenken. An jenem Tag übergab sie auch zum ersten Mal das Orinion an einen Tuatha, der die Erde mithilfe der Elemente komplett von der Dunkelheit befreite. Sein Name war Kardéamon und er war auch der Begründer der Agency.

Nur wenige Menschen überlebten die Flut, sie sind die Urväter der heutigen Zivilisation. Die Vergangenheit wurde während der Flut aus ihren Gedächtnissen gelöscht. So kam es zu einem völligen Neuanfang, dessen Grundstrukturen seit fünftausend Jahren und bis heute erhalten sind.«

»Und darum ist es völlig ausgeschlossen, die beiden Welten jemals wieder miteinander zu vereinen«, schloss Lee an Colins Erzählung an.

Ich schob den steinernen Krug vor mir auf der Tischplatte hin und her und versuchte, die eben gehörten unglaublichen Informationen zu verarbeiten. Mein Blick fiel auf die gefälschte Tätowierung an meinem Handgelenk, die besagte, dass ich selbst zu den Tuatha gehörte und eine Wahrheitsfinderin dritten Grades war. Nicht zum ersten Mal wünschte ich, diese Fähigkeit tatsächlich zu besitzen.

KAPITEL 6

Colins Erzählung verfolgte mich bis zum nächsten Tag. Als ich wankend auf einem weiteren Felsen in der Holografie-Halle stand, musste ich immer noch darüber nachdenken. Nicht einmal Colins neue Konzentrationsübungen konnten mich gänzlich ablenken.

Ich war Danu nur ein einziges Mal begegnet. Das war in der Dortwelt gewesen, als sie mir das Orinion überreicht hatte. Bereits im ersten Augenblick unserer Begegnung hatte ich gespürt, dass dieses Wesen voller Güte war. Inzwischen wusste ich, dass sie das reine Gute verkörperte. Und ich hegte keinerlei Zweifel daran.

Was musste also geschehen sein, dass Danu sich dazu entschied, eine Flut über die Erde zu senden, die jegliche Zivilisation auslöschte?

Bei dem Gedanken an diese Katastrophe lief mir ein eisiger Schauer über den Rücken. Colin hatte keine Zahlen genannt, doch mir war bewusst, dass es unfassbar viele Opfer gegeben haben musste.

»Jay, du kannst jetzt aufhören.«

Ich blinzelte benommen und stellte fest, dass die Holografie verschwunden war und ich, auf einem Bein balancierend, in der schmucklosen Halle stand. Langsam stellte ich meinen Fuß auf den Boden und sah Colin fragend an.

»Sind wir schon fertig?«

Er musterte mich nachdenklich. »Willst du darüber reden?«

»Worüber?«

»Über das, was dich die ganze Zeit beschäftigt.«

»Oh. Ach so.« Ich seufzte schwer. Es hatte keinen Sinn, ihm etwas vorzumachen. Schließlich konnte er meine Gedanken spüren. Mir blieb also gar nichts anderes übrig, als Colin zu erzählen, wie sehr mich die Vergangenheit der Tuatha schockierte.

Er nickte traurig. »Ja, die Geschichte der Menschheit ist alles andere als heiter verlaufen. Ich kann mir vorstellen, dass dich das entsetzt.«

»Die Sache mit der Sintflut war mir ja schon vorher bekannt. Für mich war es allerdings immer nur eine Geschichte aus der Bibel gewesen, die uns Menschen von der Sünde fernhalten sollte. Jetzt weiß ich, dass das alles leider wirklich passiert ist.«

Colin legte den Kopf schräg. »Die Vergangenheit kann man nicht ändern.«

»Das ist mir schon klar.«

»Warum fragst du dich dann, ob es wirklich so geschehen musste?«

Ich zupfte einen Fussel von meinem Shirt. »Hast du dich das denn noch nie gefragt?«

»Nein.« Colin tippte auf die Fernbedienung und verwandelte die schmucklose Halle wieder in den *Denali National Park.* »Für mich bestanden nie Zweifel an Danus Handeln.«

Wir begannen, gemächlich den breiten Weg durch die hügelige Landschaft zu spazieren. Obwohl ich wusste, dass wir uns nur in einer Simulation befanden, atmete ich begierig die laue Luft ein, die mir um die Nase wehte.

»Das Seltsame ist, dass ich ihr Verhalten ebenfalls gut verstehen kann«, meinte ich nach einer Weile. »Danu sah keine andere Möglichkeit mehr. Ich frage mich nur, warum sie nicht schon viel früher eingegriffen hat. Dadurch hätte sie verhindern können, dass es überhaupt so weit kommen konnte.«

»Das hätte sie gewiss getan, wenn sie damit nicht das oberste ihrer eigenen Gesetze gebrochen hätte. Das besagt, dass der freie Wille das wichtigste Prinzip jedes Individuums ist. Danu hat uns erschaffen, doch seither ist sie nur noch eine wohlwollende Beobachterin des Geschehens. Sie gibt Ratschläge und Trost und würde niemals in die Belange der Menschen eingreifen. Der große Krieg war die einzige Ausnahme, denn ohne ihr Handeln wäre unser gesamter Planet wohl zugrunde gegangen.«

»Für den Frieden würde ich meinen freien Willen gerne opfern.«

Colin schnalzte leise mit der Zunge. »Mit solchen Aussagen solltest du vorsichtig sein. Der freie Wille ist genau das, was jeden von uns ausmacht. Überleg mal. Du, dein ganzes Selbst, bist nur zu dem geworden, was du heute bist, weil eine ganze Reihe von Entscheidungen getroffen wurden. Ob nun von dir oder von anderen. Wer wärst du heute, wenn auch nur eine einzige Entscheidung in deinem Leben anders ausgefallen wäre?«

Eine interessante Frage. Zu wem wäre ich geworden, wenn meine Mutter mich damals nicht durch die Babyklappe geschoben hätte? Wenn ich ... nun ja, es gab viele Situationen in meiner Vergangenheit, über die ich auf diese Weise spekulieren könnte. Doch was änderte das? Nichts. Es zermürbte mich nur.

»Keine Ahnung«, antwortete ich schließlich und grinste unbeholfen. »Vermutlich wäre ich nicht ganz so cool geworden.«

»Was wirklich schade gewesen wäre«, bestätigte Colin ernst.

Sein Lächeln trieb mir spürbar die Röte auf die Wangen, darum wandte ich eilig den Blick ab. Wir wanderten weiter durch die blühende Landschaft und hingen unseren Gedanken nach. Plötzlich fiel mir etwas auf. »Du sagst, Danu greift nie in den freien Willen der Menschen ein. Aber so gänzlich freiwillig bin ich nun wirklich nicht hierhergekommen.«

»Und trotzdem hättest du anders entscheiden können.« Colin sah zu dem Denali vor uns auf, als hätte er diese Erkenntnis von dem Berg erhalten. »Man hat immer die Wahl, Jay. Aber Danu wusste von vornherein, wie du dich entscheiden würdest.«

Ich verzog das Gesicht und sah ihn skeptisch an. »Glaubst du wirklich?«

»Natürlich!« Er lachte amüsiert. »Sonst hätte sie dir das Orinion bestimmt nicht gegeben!« Er streckte sich genüsslich und klatschte anschließend auffordernd in die Hände. Mit schelmischen Blick rief er: »Jetzt aber los! Schluss mit Trübsal blasen! Wer zuerst beim Denali ankommt ...!«

Er sprintete los und ich in einigem Abstand hinter ihm her. Obwohl ich vom Training am Tag zuvor immer noch leicht erschöpft war, fühlte ich mich mit jedem Schritt besser. Und ob es nun an der sportlichen Betätigung oder an Colins aufmunternden Worten lag – der Schock und die Unruhe, die mich ergriffen hatten, lösten sich ein wenig.

***

Zerknirscht und unzufrieden schlurfte ich am Nachmittag zurück in mein Apartment. Die Meditation war wieder eine einzige Katastrophe gewesen. Verbissen hatte ich die Augen zusammengepresst und in mich hineingehorcht, nur um immer wieder die gleichen Gedanken zu hören.

Könnte sich die Geschichte wiederholen? Könnte die Dunkelheit abermals solch große Macht über die Erde erlangen?

Immer wieder musste ich an die Sintflut denken. Mir war, als hallten die Schreie der Opfer in meinen Ohren. Ich konnte ihre Angst und die Panik in meinem Brustkorb fühlen.

Meine Hand zitterte, als ich sie auf den Scanner meiner Wohnungstür legte.

Irgendwie wünschte ich, Colin hätte mir nichts über die Vergangenheit erzählt. Andererseits war es absolut notwendig, dass ich Bescheid wusste. Vermutlich beschäftigte mich die ganze Sache auch nur deshalb so sehr, weil ich nach wie vor keine Vorstellung von dieser Dunkelheit hatte. War sie ein Geist? Ein dämonisches Wesen?

Ivan hatte es so beschrieben, dass die Dunkelheit gebündelte Negativität war. Das absolute Gegenstück zu Danu, die das rein Positive in sich vereinte. Beide waren an sich körperlos und existierten nur als reine Energie. Aber nun hatte die Dunkelheit es geschafft, sich einen menschlichen Körper anzueignen. Sie hatte ihn sich gestohlen, ihn besetzt und sich darin eingenistet. Und sie benutzte diesen Körper, um als Füchsin ihr Unwesen auf der Erde zu treiben.

Ich hatte keinerlei Vorstellung, wie eine einzelne Person die gesamte Welt ins Chaos stürzen konnte.

Aber sie konnte es. Ohne Zweifel. Wenn sogar der erfahrene Soldat und sonst so besonnene General Stanson und seine Leute beunruhigt waren – dann musste ernsthaft etwas dahinter sein.

»Dora?«

»Guten Tag, Jay.«

»Bitte einen Cappuccino zubereiten.«

Außer diesem Kaffee brauchte ich dringend noch eine weitere Ablenkung. Da kam mir das Buch mit den »Grundlagen der antuerrischen Sprache« ganz recht. Bisher hatte ich nur einmal kurz hineingeschaut und das Buch mit einem Stirnrunzeln wieder zugeklappt. Es sah nach mächtig viel Arbeit aus. Also genau das, was ich jetzt als Ablenkung brauchte.

Es war herrliches Wetter draußen. Der Himmel war wolkenlos und die Sonne schien – was viel zu verlockend war, als dass ich es mir auf der Couch in meiner Wohnung gemütlich machen konnte. Allerdings standen auf meinem Balkon keine Möbel, weshalb ich beschloss, einen Sofasessel nach draußen zu stellen.

Nur leider war das Ding um einiges schwerer als gedacht und blieb auf halber Strecke im Türrahmen stecken. Ich kletterte darüber und versuchte, es vom Balkon aus nach draußen zu zerren, mit dem Ergebnis, dass es sich völlig verkeilte.

Ächzend richtete ich mich auf und blickte verzweifelt auf das Polstermonster vor mir.

»Brauchst du Hilfe?«

Na toll.

War doch klar, dass mein Nachbar ausgerechnet jetzt auf seinem Balkon saß und mich beobachtete. Irgendwie hockte Lee sowieso immer draußen, wenn ich auch hinauswollte. Vermutlich lauerte er mir dort mit Absicht auf, um mich besser kontrollieren zu können.

»Musst du nicht arbeiten?«, fragte ich kühl, ohne meinen Blick vom Sessel abzuwenden.

»Ich hab heute meinen freien Nachmittag.«

Ich erwiderte nichts. Über die Arbeitszeiten der Agenten hatte ich mir bisher noch keine Gedanken gemacht. Und Lee war der Letzte, von dem ich Genaueres darüber erfahren wollte. Das würde ihm nur wieder eine Gelegenheit bieten, mich als dumm und unwissend hinzustellen. Stattdessen überlegte ich fieberhaft, wie ich das Sesselproblem möglichst elegant lösen könnte.

»Brauchst du Hilfe?«, wiederholte Lee seine Frage von vorhin.

Ich schüttelte genervt den Kopf. Es war wohl der pure Trotz, der mir ungeahnte Kräfte verlieh. Mit einem beherzten Ruck hievte ich den Sessel über die

Balkontürschwelle und zerrte ihn rumpelnd an die gewünschte Stelle. Schnaufend, aber mit erhobenem Kinn kippte ich ihn aufrecht, schob ihn möglichst weit weg von dem unliebsamen Nachbarn und stolzierte zurück in die Wohnung, um auch noch Buch und Kaffee zu holen. Das kleine Tischchen aus dem Wohnzimmer nahm ich bei der Gelegenheit gleich mit.

Dann ließ ich mich zufrieden in mein gemütliches Nest sinken und nippte an meinem inzwischen lauwarmen Cappuccino. Währenddessen schielte ich unauffällig zu Lee hinüber, der vollkommen in das Buch in seinen Händen vertieft zu sein schien. Was er wohl las? Ich konnte mir überhaupt nicht vorstellen, welche Art von Roman ihn begeistern könnte. Zumal er ziemlich viel zu lesen schien. Eigentlich hatte er jedes Mal, wenn ich ihn auf dem Balkon antraf, ein Buch bei sich. Den Titel hatte ich nie erkennen können, doch der Farbe des Einbands nach mussten es verschiedene gewesen sein.

Ich stellte die Kaffeetasse ab und legte den Wälzer auf meine gekreuzten Beine. Meine Sorge, das Lehrbuch könnte meine sprachlichen Fähigkeiten übersteigen, legte sich bereits bei der Einleitung. Das Buch war tatsächlich für Anfänger geschrieben, die keinerlei Ahnung von Antuerra hatten.

Antuerra setzte sich aus zwei Teilen zusammen. Die Symbolik und die eigentliche Sprache. Die Symbolik war sozusagen das Urgestein, die Grundlage für die antuerrische Schrift. Mich erinnerte das ein wenig an die ägyptischen Hieroglyphen, nur dass viele der antuerrischen Symbole bis heute Verwendung fanden. Darunter die Tätowierungen der Tuatha, die ich bis auf mein eigenes Zeichen des Wahrheitsfinders ja nach wie vor noch nicht alle kannte.

Diese Tätowierung war Pflicht für jeden Tuatha und diente als Identifikationsmerkmal, um Missverständnisse zu vermeiden. Grundsätzlich war ich mir nicht ganz sicher, was ich von diesen Pflichttätowierungen halten sollte. Es sollte jedem freigestellt sein, seine Talente zu offenbaren, oder etwa nicht? Ich schrieb mir ja auch nicht aufs Hirn, dass ich mathematisch begabt war.

Auf die Symbolik selbst wurde in dem Lehrbuch nicht weiter eingegangen. Mit dem Vermerk auf die Buchreihe »Grundlagen der antuerrischen Symbolik« war das Thema schon beendet und es folgte eine ausführliche Erläuterung zum antuerrischen Alphabet.

Die antuerrische Sprache selbst umfasste, wie Alfred schon erwähnt hatte, sechsundzwanzig Buchstaben, die dem lateinischen Alphabet ganz ähnlich waren. Der einzige Unterschied bestand darin, dass es lange und kurze Vokale gab.

Die Aussprache war wirklich kompliziert, denn sie veränderte sich je nach benachbartem Buchstaben. Außerdem gab es jede Menge mir unbekannte Laute.

Zumindest falls ich die Erläuterung dazu richtig verstand. Alleine die Erläuterung zur Erläuterung nahm ein ganzes Kapitel ein. Meine Güte!

Ich war so sehr in das Buch vertieft und damit beschäftigt, die ungewohnten Klänge lautlos vor mich hinzumurmeln, dass ich beim Schrillen der Türglocke beinahe von meinem Sessel geplumpst wäre. Unwillkürlich schaute ich zum Nachbarbalkon hinüber, doch der war leer. Keine Ahnung, wann Lee sich davongeschlichen hatte.

Es klingelte abermals, darum wurschtelte ich mich aus meiner überaus bequemen Halbliegeposition und tappte wenig erfreut über die Störung zu meiner Wohnungstür. Ich war überzeugt, dass Lee davorstehen würde und mich durch diese Aktion bloß wieder auf die Palme bringen wollte. Mit entsprechend feindseligem Gesichtsausdruck riss ich die Tür auf und starrte grimmig in den Flur. Er war leer.

Ein Hüsteln lenkte meinen Blick schließlich knapp einen Meter tiefer.

»Hi, Jay!«, begrüßte mich Ivan und sah mit blitzenden Zähnchen zu mir auf.

»Oh!« Verlegen zupfte ich mein T-Shirt zurecht. »Hallo, Ivan. Mit dir hab ich jetzt gar nicht gerechnet.«

»Störe ich?«, fragte der Kater.

»Nein.« Ich trat ein Stück beiseite und winkte Ivan herein. »Ich hab mich gerade mit Antuerra beschäftigt, das ist ganz schön kompliziert.«

»Antuerra? Vielleicht kann ich dir ein bisschen dabei helfen.« Majestätisch schritt er über die Türschwelle.

»Ähm. Vielleicht?« Sein ausgeprägter russischer Dialekt machte es mir schwer, daran zu glauben, von ihm wirklich etwas lernen zu können. Zumindest was die Aussprache anging.

Der Kater durchschaute meine Zweifel sofort und zog eine Schnute. Was aufgrund seiner Anatomie ziemlich interessant aussah. »Ich spreche zweiundvierzig Sprachen fließend. Ich denke schon, dass ich in der Lage bin, dir zu helfen.«

»Zweiundvierzig?«, wiederholte ich ungläubig.

»Ich gehöre zu der Spezies der Felidae Linguae«, erklärte er verschnupft. »Das Verstehen und Erlernen von Sprachen liegt mir im Blut.«

»Wow. Zweiundvierzig.« Ich nickte anerkennend und trat mit einem verhaltenen Grinsen vor ihm auf den Balkon.

»Was treiben denn die anderen aus unserem Team?«, fragte ich, mit einem flüchtigen Seitenblick auf den leeren Nachbarbalkon.

»Ach, die sind nach Neuseeland geflogen. Es gab einen Hinweis auf den Luftgeist, der sich angeblich dort aufhalten soll. Allerdings halte ich den Informanten für absolut zweifelhaft. Diesen Flug hätten sie sich sparen können. Aber auf mich hört ja keiner.«

Ivan bemerkte meine neue Leseecke unter freiem Himmel. »Wirklich nett«, kommentierte er und sprang auf die Armlehne des Sessels. Dann streckte er sich und legte sich der Länge nach hin. »Ja, hier lässt es sich aushalten. Und jetzt zeig mal, wie weit du schon gekommen bist.«

Ich setzte mich neben ihn, legte das Buch in meinen Schoß und blätterte bis zu Seite zehn.

»Aha«, meinte der Kater mit einem Seufzen. »Wir fangen also ganz von vorne an. Na, dann los ...«

Damit begann der wohl interessanteste Sprachunterricht meines Lebens.

KAPITEL 7

Ivan war ein ausgezeichneter Sprachlehrer. Seine Erläuterungen waren so leicht verständlich, dass ich mich bald fragte, weshalb ich fremde Sprachen stets für ein Mysterium gehalten hatte. Ich verabredete mich mit ihm in den folgenden Tagen regelmäßig zum Sprachunterricht und machte im Handumdrehen erstaunliche Fortschritte, vor allem was die antuerrische Aussprache betraf.

Der Umgang mit dem Orinion und meine Trainingseinheiten bei Colin bereiteten mir da leider viel größere Schwierigkeiten. Nur ein einziges Mal gelang es mir, den leuchtend blauen Punkt noch einmal in meinem Innersten wahrzunehmen. Doch ich ließ ihn sofort wieder vor Schreck fallen. Die Meditation blieb für mich also weiterhin eine unlösbare Aufgabe.

Dabei wies Colin nach wie vor eine Engelsgeduld auf, und er schaffte es auf unerklärliche Weise sogar, mich innerhalb einer einzigen Woche für Sport zu begeistern.

Vielleicht war es auch die Regelmäßigkeit, die mir guttat. Endlich lungerte ich nicht mehr herum, sondern hatte einen geordneten Alltag, auf den ich mich stützen konnte: vormittags Training mit Colin, nachmittags Sprachunterricht, abends Vokabeln lernen.

Nachts, wenn die Vokabeln in meinem Kopf verblassten, fing ich häufig an zu grübeln und die Dunkelheit eroberte meine Gedanken. Grausame Bilder suchten meine Träume heim. Angstverzerrte Gesichter tauchten auf und die Sorge schnürte meinen Brustkorb zu. Ich spürte ihre Todesangst tief in mir. Sie würden ertrinken. Und ich war die Flut.

Am Morgen fuhr ich aus dem Bett hoch und rang panisch nach Atem, während heiße Tränen über meine Wangen liefen.

Jeden verdammten Morgen.

Doch anstatt mit irgendjemandem darüber zu reden, stürzte ich mich am nächsten Tag mit noch mehr Eifer in meine Aufgaben.

Eines Morgens riss Colin schließlich der eigentlich so kräftige Geduldsfaden.

»Himmel, Jay! Was ist mit dir los? Kannst du vielleicht endlich einmal Klartext reden? Ich bin ja selbst schon ganz durcheinander, so unruhig und unausgeglichen, wie du jeden Morgen hier auftauchst.«

Ich erschrak über seinen plötzlichen Ausbruch. Er war aufgesprungen und marschierte auf und ab, als müsste er sich beruhigen, während ich benommen vom Boden zu ihm hochblinzelte.

»Äh. Es tut mir leid. Ich wollte nicht ... was auch immer«, erwiderte ich verwundert.

Er rieb sich heftig über das Gesicht und blieb ruckartig stehen. Nachdem er deutlich hörbar durchgeatmet hatte, sah er mich mit seinem gewohnt freundlichen Ausdruck an. »Nein, *mir* tut es leid. Meine Emotionen sind gerade mit mir durchgegangen. Besser gesagt, *deine* Emotionen.«

Verständnislos legte ich den Kopf schräg.

»Nun ja, Gedanken und Emotionen liegen nahe beieinander«, erklärte Colin. Er stoppte die Projektion des Wasserfalls und fuhr sich durch seinen blonden Haarschopf. »Jay, du musst über deine Sorgen sprechen. Wovor hast du denn solche Angst?«

»Ich habe keine Angst«, sagte ich steif. Ich stand auf und verschränkte trotzig meine Arme. »Ich bin nur genervt. Weil ich keine Fortschritte mache. Das ist alles.«

Colin schüttelte langsam den Kopf. Er betrachtete mich nachdenklich. »Wir wissen beide, dass das nur zum Teil der Wahrheit entspricht. Wenn du nicht mit mir darüber reden willst, ist das völlig in Ordnung. Aber bitte, rede mit irgendjemandem!«

Einen kleinen Moment lang war ich versucht, ihm von meinen Träumen zu erzählen. Doch dann wurde mir bewusst, wie lächerlich es klingen musste, dass sich die Trägerin des Orinions, die Auserwählte, von ein paar Albträumen derart aus dem Konzept bringen ließ.

Er lächelte. »Glaub mir, du brauchst dich deswegen nicht zu schämen.«

Meine Güte, der Typ konnte ja wirklich in meinen Gedanken lesen wie in einem offenen Buch! Bisher war mir das noch nie so aufgefallen. Jetzt machte mich sein nachsichtiges Lächeln vollkommen nervös. Und auch sauer. Meine Gedanken und Gefühle gingen niemanden etwas an!

Colin verzog das Gesicht. »Tut mir wirklich leid, aber je mehr deine Emotionen hochkochen, desto deutlicher nehme ich sie wahr.«

»Verdammt!«, schrie ich und raufte mir die Haare. Ich wollte noch etwas dazu sagen, hatte aber keine Ahnung, was. Aufgewühlt wandte ich mich von Colin ab und stapfte mit geballten Fäusten davon.

Ich wusste, dass ich mich gerade wie ein störrischer Teenager verhielt, aber ich konnte einfach nicht anders. Ich musste weg von Colin.

Erst als ich den Innenhof der Agency erreicht hatte, lösten sich meine verkrampften Finger. Meine Schritte beschleunigten sich und ohne dass ich darüber nachgedacht hätte, trugen meine Beine mich durch das östliche Außentor.

***

Der Smaragdwald empfing mich mit seiner wohltuenden Ruhe und dem Trost, den nur die Natur mir geben konnte. Dankbar ließ ich mich davon umhüllen und schloss genießerisch die Augen, während ich unter den beeindruckenden Baumkronen entlangwanderte, und ich beruhigte mich ein wenig.

Der arme Colin, er hatte es wirklich nicht verdient, dass ich derart in die Luft gegangen war. Ich würde mich auf jeden Fall heute noch bei ihm entschuldigen.

Am Ufer des Waldsees verharrte ich einen Moment und genoss wieder einmal die Schönheit der Szenerie.

Die Strahlen der Mittagssonne brachen sich in den sanften Wellen und ließen das Wasser funkeln, zauberhaft und wunderschön. Es hätte sich wohl kaum mehr von den todbringenden Fluten in meinen Träumen unterscheiden können.

Ich ging in die Hocke, tauchte eine Hand in das seichte Wasser und strich mit den Fingern langsam hindurch. Kühl und erfrischend fühlte es sich an. Angenehm. Als ich die Hand wieder hob, beobachtete ich, wie aus anfänglichen Rinnsalen, kleine Tropfen wurden, die über meine Haut rannen. Testend bewegte ich meine Finger und lenkte die Tröpfchen dadurch immer wieder in eine andere Richtung. Trotz aller Versuche konnte ich sie nicht davon abhalten, der Schwerkraft zu folgen und sich nach und nach einen Weg zurück in den See zu bahnen. Nicht einmal ein paar kleine Tröpfchen ließen sich von mir kontrollieren.

Ein leises Plätschern lenkte meinen Blick zur Mitte des Sees. Mariam war dort aufgetaucht und winkte mir fröhlich zu. Sie tauchte wieder unter, um einen Moment später nahe dem Ufer erneut den Kopf aus dem Wasser zu strecken.

»Jay! Wie schön, dass du es rechtzeitig hierhergeschafft hast. So können wir uns ja noch verabschieden!«

Ich runzelte fragend meine Stirn. »Verabschieden? Gehst ... äh ... Schwimmst du etwa weg?«

Mariam nickte aufgeregt und hielt wie zur Erklärung einen hellblauen Plastikkoffer hoch.

»Oh, das wusste ich ja gar nicht«, sagte ich überrascht. »Ich bin nur zufällig hier. Wirst du lange wegbleiben?«

»Hat dich meine Nachricht nicht erreicht?« Sie rümpfte die Nase. »Wusst ich's doch, dass dieser Memo einen Vogel hat ... Egal. Jetzt bist du ja hier.« Sie strahlte übers ganze Gesicht. »Ich habe über deine Worte nachgedacht, Jay, und ich glaube, es ist tatsächlich an der Zeit für eine Aussprache mit meiner Mutter. Darum reise ich jetzt nach Atlantis.«

Ich schluckte schwer, denn ich wusste genau, was das zu bedeuten hatte. Sollte sie sich tatsächlich mit ihrer Mutter versöhnen, würde Mariam in Atlantis bleiben. Und ich würde sie nie wiedersehen.

Tapfer lächelte ich über diesen Gedanken hinweg. »Es wird alles gut werden«, versicherte ich ihr. »Und irgendwann komm ich dich dann in Atlantis besuchen.«

Mariam kicherte, während sie mir einen kleinen Gegenstand aus dem Wasser reichte. »Ich habe ein Abschiedsgeschenk für dich mitgebracht.«

Interessiert betrachtete ich die längliche, rosafarbene Muschel in meiner Hand. »Oh! Die ist aber hübsch. Vielen Dank!«

»Sie ist nicht nur hübsch, sondern auch äußerst praktisch«, belehrte Mariam mich. »Es ist eine Nasada-Muschel, die dich auf der ganzen Welt als Freund der Meermenschen ausweist. Hier und in der Dortwelt. Mit ihr hast du uneingeschränkten Zutritt zu all unseren Unterwasserstädten. Und falls du in der Nähe eines Gewässers einmal Hilfe benötigen solltest, brauchst du uns nur zu rufen. Wir müssen dem Ruf einer Nasada-Muschel folgen, das ist eines unserer höchsten Gesetze.«

Gerührt hielt ich die Muschel gegen das Licht und bestaunte das Schimmern des zarten Rosé. »Was für ein kostbares Geschenk! Das hab ich doch gar nicht verdient.«

»Doch das hast du. Glaub mir.« Mariam zwinkerte mir aufmunternd zu. »Du brauchst nicht traurig zu sein, Jay. Das ist kein Abschied für immer. Das fühle ich in meinen Schuppen. Außerdem lasse ich dich ja auch nicht allein hier zurück.« Sie deutete in Richtung Wald. »Der Sohn des Windes beobachtet dich schon wieder. Er scheint ganz vernarrt in dich zu sein!« Ihr glockenhelles Lachen wehte über den See. »Warum so schüchtern? Komm heraus, Himmelskind! Jay wird dich schon nicht beißen!«

Angestrengt starrte ich auf das Dickicht hinter mir und versuchte herauszufinden, wen Mariam da gerade angesprochen hatte. Doch kein einziges Blättchen rührte sich. Woher wusste die Nixe, dass sich im Gebüsch jemand verbarg?

»Ich muss jetzt los, Jay. Mein Ticket für das Portal zur Dortwelt ist nur eine halbe Stunde gültig.« Sie winkte überschwänglich. »Mach's gut!«

Und dann war sie auch schon mit einem leisen Gluckern verschwunden. Ich glaubte noch, eine helle Silhouette durch das klare Wasser davonhuschen zu sehen, doch das konnte auch Einbildung gewesen sein.

»Mach's gut, Mariam«, flüsterte ich und schloss meine Finger fest um die kostbare Muschel. Ich blickte eine Weile auf den See hinaus und kämpfte die aufkommenden Tränen nieder. Während ich die Nasada-Muschel in der Innentasche meiner Jacke verstaute, erklang hinter mir ein Rascheln. Ich drehte mich in Richtung Waldrand um und fixierte mit schräg gelegtem Kopf die Stelle, wo ich meinen geheimnisvollen Beobachter vermutete.

»Ich finde es ziemlich unhöflich, heimlich aus dem Gestrüpp heraus Leute zu beobachten. Und ein bisschen gruselig ist das ehrlich gesagt auch.«

Ein tiefes Prusten antwortete mir. Oder war es ein Niesen?

»Gesundheit!«, sagte ich vorsichtshalber.

Die dichten Stauden des Unterholzes bewegten sich kurz. Dahinter war eine dunkle Gestalt zu erkennen, deren Umrisse ich jedoch nicht ausmachen konnte. Ich wartete noch einen Moment ab, bevor ich ungeduldig die Arme verschränkte.

»Wenn du nicht rauskommen willst, dann gehe ich jetzt. Versteckspielen hab ich noch nie leiden können.« Auffordernd tippte ich mit der Fußspitze auf den steinigen Uferboden. »Also?«

Da kam plötzlich Bewegung in das Gebüsch. Ein paar Zweige knackten leise, als etwas aus dem Schatten des Dickichts heraustrat.

Mir klappte vor Staunen der Mund auf. Nie zuvor hatte ich ein schöneres Geschöpf zu Gesicht bekommen als dieses, das nun scheu aus der Deckung kam und vor mir stehen blieb.

»Meine Güte …«, hauchte ich wie verzaubert.

Vor mir stand ein Hengst. Schwarz wie die Nacht. Mit einem Körperbau, der vor Kraft nur so strotzte. Sein Fell glänzte herrlich in der Sonne. Die dichte Mähne wallte bis zu seinem Schulterblatt hinunter. An seinen Flanken ruhten zwei zusammengefaltete gefiederte Flügel.

Ich glaubte meinen Augen nicht zu trauen. Es war ein geflügeltes Pferd, ein Pegasus!

Ich schlug mir entzückt die Hand vor den Mund. Mir war, als wäre der Hengst direkt meinen Träumen entsprungen. Der berühmte Pegasus hatte nicht umsonst auf einem Poster über meinem Bett im Heim gethront. Ich liebte die Legende um das Sinnbild der griechischen Dichtkunst. Ich hätte nie im Leben geglaubt, dass diese Geschichte wahr sein könnte.

Ein ungestümes Kichern entfuhr mir. Der Hengst zuckte nervös mit seinen großen Flügeln. Die Federn raschelten leise.

»Bitte, hab keine Angst vor mir«, sagte ich eilig und hob beruhigend meine Hände. »Ich werde dir ganz bestimmt nichts tun …«

Der Hengst beobachtete mich mit seinen dunklen Augen, als könnte er genau verstehen, was ich sagte.

»Kannst du sprechen?«, fragte ich vorsichtig.

Er schüttelte den Kopf und wirkte dabei irgendwie amüsiert.

»Na ja, hätte ja sein können. Immerhin gibt es hier auch sprechende Katzen.« Ich grinste breit. »Ich bin Jay, aber das weißt du ja sicher schon von Mariam.«

Der Hengst nickte kaum merklich. Er schien angestrengt nachzudenken. Schließlich stieß er ein Schnauben aus, das ich vorhin fälschlicherweise als Niesen verkannt hatte, und er gab sich einen Ruck. Beherzt kam er auf mich zu. Seine gewaltigen Hufe knirschten laut im Kies des Seeufers.

Ich hielt ganz still und wartete geduldig ab. Knapp zwei Meter vor mir blieb er abrupt stehen. Er reckte seinen langen Hals in meine Richtung. Ganz langsam streckte ich meine Hand aus, um ihn daran schnuppern zu lassen.

Mit geblähten Nüstern sog er meinen Geruch ein. Dabei streifte sein Atem warm über meine Haut. Es kitzelte, doch ich bewegte mich keinen Zentimeter.

»Siehst du«, meinte ich, als er seine Nase wegzog, »alles in Ordnung.«

Der Hengst schnaubte und schüttelte den Kopf.

»Hey, soll das heißen, ich stinke?«, scherzte ich.

Er stampfte mit einem Huf auf und gab ein glucksendes Geräusch von sich. Er lachte!

»Ich glaub's ja wohl nicht.« In gespieltem Tadel stemmte ich meine Arme in die Hüften. »Dafür, dass du so schüchtern tust, bist du aber ganz schön frech!«

Er senkte den Kopf und blickte von unten zu mir auf, was wohl einer Entschuldigung gleichkam. Ich winkte kichernd ab.

»Schon gut, so empfindlich bin ich nicht. Und jetzt befreie ich dich mal von dem Gestrüpp, das sich in deinem Schweif verfangen hat, okay? Das nervt doch bestimmt.«

Gemächlich schritt ich an ihm vorbei. Er war wirklich groß. Sein Rücken war so hoch, dass ich gerade über ihn drüber schauen konnte. Der Hengst blieb ganz ruhig stehen, wandte aber den Kopf nach hinten, um genauer sehen zu können, was ich gerade tat. Dabei zuckten seine Ohren unablässig.

Vorsichtig und mit einem kleinen Sicherheitsabstand angelte ich nach der Schlingpflanze, die sich bei ihm verfangen hatte. Ich entknotete der Reihe nach die langen Schweifhaare und zupfte nach und nach den Trieb heraus.

»Meine Güte, seit wann hängt das denn schon da drin?«, murmelte ich. Mit einem Seitenblick auf die muskulösen Hinterbeine des Hengstes merkte ich noch an: »Übrigens sollte ich mich wohl eher vor dir fürchten als du vor mir. Du könntest mich doch im Nullkommanichts an den Waldrand befördern.«

Ich stockte, als er sein Hinterbein hob. »Äh ...«

Glucksend stellte er es wieder auf den Boden. Ich lachte mit ihm. Der Hengst schien einen großen Sinn für Humor zu haben.

Ich löste den letzten Knoten und warf alles beiseite. »Ist doch gleich viel besser, oder?«

Wie um ihn zu testen, peitschte der Hengst mit seinem Schweif durch die Luft und traf dabei meinen Arm.

»Autsch«, beschwerte ich mich und der Hengst sah mich erschrocken an.

»Nein!«, rief ich eilig. »Halb so schlimm. Ehrlich!«

Der Hengst schnaubte wieder laut. Dabei fiel mir ein knorriger Zweig auf, der sich in seiner Mähne verfangen hatte. Ich seufzte leise.

»Du solltest dringend mal zu Friseur, weißt du das?«

Diesmal blieb er stehen, als ich zu ihm ging. Nur seine zuckenden Ohren verrieten, wie angespannt er eigentlich war. Mit ruhigen Bewegungen begann ich, seine Mähne von dem kleinen Zweig und diversem anderen Blattwerk zu befreien. Dabei kämmte ich mit meinen Fingern durch das lange Haar und arbeitete mich so Stück für Stück seinen Hals entlang bis zum Widerrist hinauf.

Diese Tätigkeit hatte etwas Beruhigendes und die Wärme des Körpers unter meinen Händen etwas Tröstendes. Ich erfreute mich an der Stille um uns herum, die nur ab und an vom leisen Geraschel des Gefieders unterbrochen wurde, wenn der Hengst sein Gewicht verlagerte. Endlich hatten auch seine Ohren zur Ruhe gefunden. Er schien die Pflegeeinheit ganz und gar zu genießen.

Als ich bei seiner Rückenpartie angelangt war, tastete ich vorsichtig mit den Fingerspitzen über die Federn seiner Flügel. Der Hengst ließ mich gewähren, darum verstärkte ich meine Berührung und strich mit der flachen Hand über den gefiederten Bogen, der aus seiner Schulter wuchs. Als wollte der Hengst meine Erkundung unterstützen, folgte er meiner Bewegung und entfaltete sanft den Flügel zu seiner vollen Größe. Ausgestreckt war er ein ganzes Stück länger als das Tier selbst.

»Wow«, flüsterte ich. »Wunderschön.«

Der Hengst hob seine Schwingen an, damit ich über das Fell an seinem Bauch streicheln konnte. Weich und samtig fühlte es sich an, einfach nur wunderbar.

Außerdem duftete er ganz herrlich. Ein bisschen nach frisch gemähtem Gras, versehen mit einer Note, die mir gänzlich unbekannt war. Ich mochte den Geruch und hätte am liebsten meine Nase in seine Mähne gedrückt, um möglichst viel davon einzusaugen.

Plötzlich riss der Hengst den Kopf hoch und trippelte von mir weg. Er blähte die Nüstern und lauschte in Richtung Wald.

»Was ist los? Was hast du denn?«

Doch er reagierte nicht darauf, sondern breitete seine mächtigen Schwingen aus, ging kaum merklich in die Knie und stieß sich vom Boden ab. Ein leises Rauschen begleitete den Hengst, während er davonflog.

Ich blieb verdutzt zurück. Mein Blick huschte zwischen seiner immer kleiner werdenden Gestalt am Himmel und dem ruhig vor mir liegenden Waldrand hin und her. Ich fragte mich besorgt, was den Hengst so erschreckt haben könnte.

Angespannt lauschte ich auf die Geräusche des Waldes und versteifte mich, als ich Schritte vernahm.

Dass ausgerechnet Lee aus dem Schatten des Waldes trat, ließ mich entnervt aufstöhnen. Fast schon unbeteiligt spazierte er auf mich zu.

»Hi, Jay«, sagte er und deutete mit dem Daumen hinter sich. »Die Bäume haben mir verraten, dass du hier bist.«

Missmutig blickte ich den verräterischen Waldrand an und verschränkte meine Arme. »Klasse, Lee. Du hast ihn verscheucht. Vielen Dank auch.«

»Wen?«, fragte er verwundert und legte den Kopf leicht schräg, als würde er den Pflanzen zuhören, die ihm antworteten. Dann weiteten sich seine Augen. »Du hast Kaleidos gestreichelt?«

»Ist das der Name des geflügelten Hengstes?« Ich lächelte in mich hinein. »Kaleidos klingt wirklich hübsch.«

Lee kam noch ein Stück näher. »Du hast ihn *gestreichelt?*«

Ich reckte trotzig mein Kinn. »Ja, ist das etwa verboten, oder was? Ich hab ihn nicht dazu gezwungen!«

»Das ist mir schon klar.«

Sein ungläubiges Getue ging mir fürchterlich auf die Nerven. Die eben noch erlangte innere Ruhe verpuffte innerhalb weniger Sekunden.

»Was willst du überhaupt hier?«, blaffte ich ihn an.

»Ich wollte nach dir sehen«, sagte er ganz ruhig. »Colin hat mir von eurem Training erzählt.«

»Na toll.« Ich wandte mich um, stapfte zum Ufer und blickte auf den See hinaus. Dass Colin über meine Probleme beim Training gesprochen hatte, gefiel mir überhaupt nicht. Und ausgerechnet mit Lee, der mir ja ohnehin nichts zutraute.

Ich hörte Lees Schritte hinter mir im Kies. Er trat neben mich, bückte sich nach einem Stein und ließ ihn mit einem geschickten Wurf über die Wasseroberfläche hüpfen.

»Wovor hast du Angst?«, fragte er schließlich völlig unvermittelt.

Ich zuckte zusammen. »Ich habe keine Angst.«

»Da sagt Colin aber was anderes.«

»Ach ja?« Meine Unterlippe begann zu zittern. »Und sein Wort zählt wohl mehr als meines, stimmt's?«

»In diesem Fall schon.«

Schwungvoll fuhr ich zu Lee herum. Ich konnte mich nicht länger zurückhalten. Die Worte sprudelten nur so aus mir heraus, während ich vor Wut bebte.

»Nur in diesem Fall?«, schnappte ich. »Dass ich nicht lache! Dir ist doch scheißegal, was ich zu sagen habe! Für dich bin ich nichts weiter als ein erbärmlicher Mensch, der als Träger des Orinions völlig ungeeignet ist. Nur weil mir eure bescheuerten Mutantengene fehlen und ich mich nicht mit irgendwelchen Blumen unterhalten kann! Verdammt!«

Lee blickte über meine Schulter, als würde ihn gar nicht interessieren, was ich zu sagen hatte. »Jay ...«

»Soll ich dir mal was sagen?«, schimpfte ich weiter. »Vielleicht hast du ja recht! Vielleicht bin ich wirklich ungeeignet. Vielleicht hat Danu sich geirrt. Ich habe keine Ahnung, wie ich die Kräfte des Orinions nutzen kann, und ja, das macht mir tatsächlich eine Scheißangst! Was passiert, wenn ich versage? Wird es dann wieder ...?«

»Jay!« Lee packte mich an den Schultern und drehte mich ruckartig in Richtung See. »Sieh doch!«

Völlig perplex starrte ich die mannshohe Wassersäule an, die sich unbemerkt neben mir erhoben hatte und nun rauschend in sich zusammenfiel. Nur die sich ringförmig ausbreitenden Wellen verrieten noch, dass an dieser Stelle eben etwas Unglaubliches geschehen war.

»Wa... wa...war ich das?«, stotterte ich verdattert.

»Nun ja, ich war's bestimmt nicht«, erwiderte Lee und klang dabei nicht minder erstaunt als ich selbst.

Wir starrten eine Weile schweigend auf die Wasseroberfläche, die nun wieder ruhig und völlig harmlos vor uns lag. Ich hatte keine Ahnung, was da gerade passiert war. Langsam tastete ich nach dem Orinion unter meinem T-Shirt. Es fühlte sich ganz normal an. Allerdings bemerkte ich, als ich mich bewegte, dass Lees Hände nach wie vor auf meinen Schultern ruhten. Ich fühlte die Wärme, die von ihm ausging, ganz deutlich durch den Stoff meiner Jacke. Eine sehr angenehme Wärme. Einen Moment ließ ich mich davon umhüllen und merkte, wie ich mich unwillkürlich an diese warmen, stützenden Hände lehnte. Mir war, als läge ein Versprechen in dieser Berührung, doch ich konnte es nicht verstehen. Zunehmende Verwirrung flatterte in meinem Bauch, bis ich es nicht mehr aushielt.

Irritiert tauchte ich unter Lees Händen hindurch und trat einen Schritt zur Seite. »Ähm, ja. Das war … interessant.«

»Kann man wohl sagen.«

Seine dunklen Augen ruhten nachdenklich auf mir. Falls ich seinen Blick richtig deutete, meinte er damit allerdings nicht unbedingt das merkwürdige Wasserphänomen. Ich wandte mich von ihm ab und schaute wieder auf das Wasser des Sees hinab. Ich war so durcheinander, dass ich am liebsten hineingesprungen wäre, um mir die ganze Verwirrung einfach abzuwaschen. Nachdem mein Zorn von vorhin verraucht war, wurde mir bewusst, was ich eben alles gesagt hatte. Darunter auch etwas, das ich bisher erfolgreich von mir weggeschoben hatte. Die Angst zu versagen. Die Angst, dass sich die Geschichte mit der Sintflut wiederholen könnte, wenn ich die Dunkelheit nicht besiegen konnte.

Lee gab sich neben mir offenbar einen Ruck. »Zumindest wissen wir jetzt, dass du durchaus auf die Kräfte des Orinions zurückgreifen kannst«, sagte er leise. »Komm, lass uns jetzt gehen.«

War das alles, was er dazu zu sagen hatte? Hatte er meinen Zornesausbruch etwa schon wieder vergessen?

Mit geballten Fäusten lief ich hinter ihm her. Ich hasste mich dafür, ihm gegenüber derart die Fassung verloren zu haben. Es war ihm offensichtlich völlig egal, was in mir vorging. Er versuchte nicht einmal, meine Vorwürfe zurückzuweisen. Jetzt hatte ich den Beweis dafür, dass er mich tatsächlich für unfähig und ungeeignet hielt.

Als wir den Wald betraten, kam es mir so vor, als würde sich der Schatten der Bäume direkt über meine Seele legen.

Normalerweise war es mir egal, was andere über mich dachten. Mein Selbstbewusstsein hatte über die Jahre hinweg einen dichten Panzer um mich errichtet, der die Meinung anderer wirkungslos an mir abprallen ließ. Umso überraschender traf mich nun der stechende Schmerz in meiner Brust.

Schon lange hatte ich mich nicht mehr so verletzt gefühlt wie in diesem Moment. Während ich Lee durch den Smaragdwald folgte, fragte ich mich, warum ausgerechnet er meinen Panzer durchbrechen konnte. Wieso war es mir so wichtig, was er von mir hielt? Warum bettelte ich geradezu nach seiner Anerkennung?

In tiefen Zügen atmete ich den betörenden Duft des Waldes ein und versuchte den Schmerz aus meinem Herzen zu verbannen. Immerhin hatte ich gerade eine Wassersäule produziert!

Ich sollte mich nicht um den Mann mit den breiten Schultern vor mir kümmern, sondern lieber herausfinden, wie es mir eben gelungen war, diese Wassersäule zustande zu bringen.

In meinem Wutanfall hatte ich alles um mich herum vergessen und nicht bemerkt, dass sich das Wasser aus dem See einfach selbstständig gemacht hatte. Man kann nicht behaupten, dass ich diese Macht unter meiner Kontrolle hatte. Trotzdem kam mir das eben erlebte Phänomen wie ein Hoffnungsschimmer vor. Irgendwie hatte ich die Energie des Wassers freigesetzt. Offensichtlich war ich doch zu etwas zu gebrauchen.

Ich war völlig in meinen Gedanken versunken, darum blinzelte ich überrascht, als Lee plötzlich vom Weg abbog und vorsichtig durch das Unterholz zu einer hohen Fichte stakste. Einer der unteren Äste war am Stamm abgebrochen und wurde nur noch von der dünnen Rinde gehalten. Lee legte seine Hand auf die Bruchstelle, nickte kaum merklich und fasste an seinen Gürtel. Er zückte ein Jagdmesser, das daran hing.

Interessiert beobachtete ich, wie Lee die Rinde geschickt durchtrennte und den Ast endgültig vom Stamm der Fichte löste. Er legte abermals seine Hand auf die Stelle und murmelte leise vor sich hin. Dann sah er lächelnd hinauf zum Wipfel.

Es war faszinierend, wie liebevoll er diesen Baum behandelte. So fürsorglich hatte ich Lee noch nie gesehen. Einen winzigen Augenblick lang beneidete ich die Fichte.

Hastig schüttelte ich diesen merkwürdigen Gedanken aus meinem Kopf. Was war denn heute los mit mir?

Kurz darauf trat Lee zurück auf den Waldweg.

»Er hatte Schmerzen«, erklärte er mir, »darum habe ich den Ast entfernt.«

Ich sah ihn überrascht an. »Bäume haben Schmerzen?«

»Natürlich. Jedes Lebewesen kann Schmerzen haben. Warum sollten Pflanzen da eine Ausnahme machen?«

Ich ging nachdenklich neben Lee her. »Aber das würde ja bedeuten, dass jeder Blumenstrauß, jeder gefällte Baum …?«

»Genau das bedeutet es«, antwortete Lee schlicht.

Ich erinnerte mich bestürzt daran, wie oft ich in meinem Leben gedankenlos ein Blatt oder eine Blüte abgezupft hatte, nur um sie gleich darauf achtlos beiseite zu werfen. »Wie schrecklich!«, hauchte ich entsetzt.

Wieder musterte Lee mich mit seinem undurchdringlichen Blick.

»Die Natur verzeiht vieles«, erwiderte er schließlich in besänftigendem Tonfall. »Solange wir ihre Gaben zu schätzen wissen. Blumen sehen es sogar als Ehre an, mit ihrer Schönheit Freude zu bereiten. Leider betrachtet der Mensch das alles als Selbstverständlichkeit und hat jegliche Achtsamkeit verloren.«

»Dann muss man die Menschen darüber aufklären«, sagte ich überzeugt. »Wenn sie Bescheid wüssten, würden sie sich bestimmt anders verhalten.«

Lee stieß ein abschätziges Lachen aus. »Glaubst du das wirklich? Wissen bedeutet Verantwortung. Doch damit wollen die Menschen nichts zu tun haben. Sie sind nicht blind, sondern verschließen absichtlich ihre Augen.«

Im ersten Moment wollte ich widersprechen, doch ich spürte, dass Lee recht hatte. Dabei sollten die Menschen doch längst begriffen haben, wie verantwortungslos sie mit der Umwelt umgingen.

Wir traten aus dem Wald und wanderten schweigend über die weitläufige Wiese. Eine leichte Brise fuhr darüber hinweg und ließ das hohe Gras wie eine grüne Welle wogen. Bunte Wiesenblumen tanzten fröhlich darin.

Wunderschön!, rief ich ihnen lautlos zu. *Euer Tanz ist wunderschön!*

Die Windbö traf auf mein Gesicht und streichelte über meine Wangen. Es kam einer geflüsterten Antwort gleich. Ab sofort würde ich jede noch so kleine Pflanze vorsichtig behandeln und mit ganz anderen Augen sehen.

Nachdem wir ein gutes Stück Weg zurückgelegt hatten, holte Lee mich leider ziemlich barsch in die Wirklichkeit zurück. »Du musst heute übrigens alleine mit Ivan zu Abend essen. Wir anderen haben noch etwas zu erledigen.«

Ich biss mir enttäuscht auf die Unterlippe. »Was habt ihr denn noch zu tun?«

»Wir wollen einem Hinweis auf den Erdgeist nachgehen. Und nein, du kannst nicht mitkommen.«

»Das hätte ich …«

»Sei still!«

Empört schnappte ich nach Luft und stemmte die Hände in die Hüften. Lee rollte seufzend mit den Augen und deutete auf einen Schwarm Schmetterlinge, der in einem bunten Durcheinander auf uns zu tollte. Das erklärte zwar, warum er mir gerade über den Mund gefahren war, besänftigte meinen Ärger jedoch keineswegs. Es waren die sogenannten Arístos-Schmetterlinge. Sie schnappten jedes gehörte Wort auf und plapperten es so lange nach, bis sie es wieder vergaßen. Das konnte genauso witzig wie nervtötend sein.

Unauffällig ließ ich mich ein Stück zurückfallen und streckte meine Hand nach den Schmetterlingen aus. Wenig später landeten gleich zwei der hübschen Arístos auf meinem Arm, während der Rest um unsere Köpfe herumschwirrte. Grinsend flüsterte ich den beiden Faltern etwas zu.

»Lee stinkt!« - »Er stiiiiinkt!« »Leeeee stinkt!«, antworteten sie prompt.

Unter dem vielstimmigen Piepsen dieser frechen Tiere erreichten wir schließlich das Außentor der Agency und

sogar der Wachmann konnte sich ein Schmunzeln nicht verkneifen.

KAPITEL 8

Am nächsten Vormittag betrat ich mit gemischten Gefühlen die Ausbildungsebene. Ivan hatte mir erzählt, dass die Mission am Abend zuvor bis in die frühen Morgenstunden gedauert habe, weshalb keines der anderen Team-Mitglieder zum Frühstück erschienen war. Ob Colin also zum Training kommen würde, wusste ich nicht. Und wie ich mich für mein kindisches Verhalten vom Vortag entschuldigen sollte, wusste ich erst recht nicht.

Doch Colin wartete bereits im Flur vor der Holografie-Halle auf mich. Er lehnte an der Wand und sah mir lächelnd entgegen. Erleichtert stellte ich fest, dass er keinesfalls sauer auf mich war. Colin sah müde aus, doch das lag eindeutig an seinen nächtlichen Überstunden.

»Guten Morgen«, begrüßte er mich.

Ich knetete meine Hände und suchte nach geeigneten Worten. Schließlich brachte ich nur hervor: »Tut mir leid wegen gestern.«

»Ich weiß.«

»Liest du etwa schon wieder meine Gedanken?«, fragte ich scherzhaft.

Er stieß sich von der Wand ab. »Nein, das ist gar nicht notwendig. Es steht dir nämlich deutlich ins Gesicht geschrieben.«

»Ah.«

»Jay, mach dir keine Sorgen. Ich weiß, dass deine Wut nichts mit mir zu tun hatte. Und dein Gefühlsausbruch hat dir offenbar gut getan.« Er sah mich forschend an und schmunzelte. »Kein Vergleich zu gestern.«

Und damit hatte er völlig recht. Es war, als hätte ich meine Gedanken grundlegend neu sortiert. Seit dem wundersamen Ereignis am See war meine Angst davor, dass ich als Trägerin versagen könnte, einer starken Entschlossenheit gewichen. Ich wollte mein Schicksal in die Hand nehmen und nicht von vornherein klein beigeben. Sogar mein immer wiederkehrender Traum hatte sich verändert. In dieser Nacht war ich nicht die Flut gewesen, sondern ich hatte mich ihr entgegengestellt. Die Wassermassen hatten sich vor mir zu einer gewaltigen Säule emporgehoben, die bis hinauf zum Himmel reichte. Drohend, aber auch zögerlich. Als wüsste das Wasser nicht, wie es sich mir gegenüber verhalten sollte.

Keuchend und erleichtert war ich aufgewacht. Bis auf den Schweiß auf meinem Rücken war mein Bett diesmal trocken geblieben.

Colin und ich gingen in den Vorraum der Halle und hängten unsere Jacken an die Garderobe. Dabei fiel mein Blick auf ein großes Pflaster an Colins Oberarm.

»Was ist passiert?«, fragte ich erschrocken.

Colin winkte ab. »Es war nicht schlimm. Wir hatten nur eine kleine Meinungsverschiedenheit mit einem Mirraka-Clan, die fast ein wenig aus dem Ruder gelaufen wäre. Die Wogen haben sich aber schnell wieder geglättet.«

»Ich dachte, ihr habt nach dem Erdgeist gesucht?«

»Das ist richtig«, antwortete Colin. Er öffnete die Tür zur großen Halle und bedeutete mir hineinzugehen. »Aber der Hinweis erwies sich als falsche Fährte. Darum sind wir zu unseren Informanten geflogen, dem Clan der Mirraka im Nordgebirge der Anderswelt, um sie zur Rede zu stellen. Die wissen nämlich ganz genau, wo sich der Erdgeist aufhält, und wollen es uns nur nicht sagen.«

Ich blieb stehen. »Aber sie müssen es uns sagen!«

»Rechtlich gesehen leider nicht.«

»Was soll das denn bedeuten?«

Colin wiegte den Kopf. »Zwischen den Tuatha und den Mirraka besteht leider kein Abkommen, wie es bei den Meerleuten der Fall ist. Die Meerleute haben sich vor vielen Jahren bereit erklärt, die Agency zum Wohle der Anderswelt in allen Belangen zu unterstützen. Die Zwerge tun das auch, aber nur in ihrem eigenen Ermessen. Wir können sie also zu nichts zwingen.«

Verwundert kratzte ich mich an der Nase. Die Reaktion der Zwerge war für mich nicht nachvollziehbar. Wenn das Orinion nicht zum Wohle der Anderswelt war, was dann? Ich sah Colin stirnrunzelnd an. »Habt ihr ihnen denn nicht gesagt, warum ihr den Erdgeist sucht?«, fragte ich ihn verwirrt.

»Nein«, antwortete er nur und ging an mir vorbei zur Mitte der Halle.

»Warum nicht?« Sein Schweigen war Antwort genug. Kopfschüttelnd folgte ich ihm quer durch die Halle. »Ihr vertraut ihnen nicht und wundert euch gleichzeitig darüber, dass sie euch nicht vertrauen?«

Colin zuckte mit den Schultern. »Das ist Politik.«

»Nein, das ist lächerlich. Es ist doch völlig klar, dass die Mirraka euch nicht leiden können, wenn ihr euch überall so hochnäsig benehmt wie hier in der Kantine.«

»Wie meinst du das?«, fragte Colin verwundert.

»Hast du dich nie gefragt, ob die Zwerge noch genauso unfreundlich wären, wenn ihr ab und zu mal Danke sagen würdet?«

Er blickte mich völlig überrascht an. »Die Zwerge werden für ihre Arbeit bezahlt. So wie jeder hier. Und bei mir bedankt sich schließlich auch keiner.«

Unglaublich, dass sogar Colin, der quasi die Freundlichkeit in Person war, nicht verstand, worauf ich hinauswollte. Wahrscheinlich war es sinnvoller, wenn ich die Sache selbst in die Hand nahm. Die Zwergin Kiki hatte zu mir gesagt, dass ich anders sei. Vielleicht war ich anders genug, um den Aufenthaltsort des Erdgeistes erfahren zu dürfen.

»Ach, vergiss es einfach«, tat ich die Sache ab und stellte mich Colin gegenüber in unsere gewohnte Aufwärmposition. »Lass uns lieber mit dem Training beginnen. Heute bin ich voll motiviert!«

Colin lächelte und tippte auf seinem Armband herum. »Ich weiß. Lee hat mir von deiner Wassersäule erzählt.«

Erschrocken riss ich die Augen auf, während die Simulation startete. Wackelnd versuchte ich, mein Gleichgewicht zu finden. »Ach ja? Was hat er denn sonst noch erzählt?«, brachte ich angestrengt hervor.

»Dass du dabei ziemlich wütend warst. Ich vermute, dass du dadurch die Blockade in deinem Verstand schlichtweg vergessen hast und die Kraft des Wassers deshalb auch fließen konnte.«

Ich verdrängte die Frage, worüber sich die beiden denn sonst noch unterhalten hatten, und versuchte mich zu sammeln. Als ich völlig reglos auf dem

Felsen stand, sah ich zu Colin hinüber. »Welche Blockade meinst du? Ich wüsste nicht, dass ich irgendeine habe.«

Colin musterte mich neugierig. »Du hast es wirklich noch nicht erkannt?«

»Na, was denn?«, hakte ich genervt nach, was mich kurz aus dem Gleichgewicht brachte.

»Deine Angst, Jay«, sagte er sanft. »Die Angst ist der größte Feind des Verstandes und sie hat sich bei dir eingenistet. Du hast Angst zu versagen und gleichzeitig fürchtest du dich vor der Macht des Wassers.«

In seiner Stimme lag keinerlei Vorwurf, nur Verständnis und Mitgefühl. Mir war klar, dass Lee ihm bis ins Detail von dem Vorfall am See berichtet hatte, und dafür hätte ich ihm am liebsten ins Gesicht geschlagen. Andererseits stimmte es mich augenblicklich nachdenklich.

»Wie kommst du darauf, dass ich mich vor dem Wasser fürchte?«, fragte ich leise. Das konnte er nicht von Lee erfahren haben, denn es war nicht einmal mir selbst bewusst gewesen.

Colin zögerte kurz. »Das konnte ich gestern spüren«, sagte er. »Du hast ständig die Sintflut vor Augen und setzt sie mit der Energie des Wassers gleich. Du hast Angst, dass du diese Energie nicht in den Griff bekommst.«

Instinktiv war mir bewusst, dass Colin recht hatte. Und seine Worte erklärten auch meine schrecklichen Albträume. Es war sicher ein Fehler gewesen, dass ich nicht schon viel früher mit ihm gesprochen hatte.

»Danke«, flüsterte ich und schenkte Colin ein Lächeln. Ob er es aus diesem Lächeln las oder aus meinen Gedanken, jedenfalls schien er sofort zu verstehen, wofür ich ihm dankte.

Er erwiderte mein Lächeln und zwinkerte verschmitzt. »Dann können wir ja endlich loslegen. Zur Not machen wir dich halt einfach wütend, damit du deine volle Kraft erreichst.«

»Na toll, ich bin also so etwas wie der Hulk?«, stöhnte ich auf.

»Was ist ein Hulk?«

»Nicht so wichtig. Lass uns anfangen.«

***

Das Training wurde zwar kein voller Erfolg, doch es war einigermaßen zufriedenstellend. Ich fand das blaue Leuchten diesmal viel schneller als jemals zuvor. Es war die konzentrierte Energie des Wassers, die in mir schlummerte. Ganz langsam wuchs sie vor meinem inneren Auge zu einer blitzenden Lichtkugel, fast schon vorsichtig, als wollte sie mich nicht erschrecken. Ich konnte das Licht in aller Ruhe betrachten und spürte die Kraft, die von ihm ausging. Doch als ich mutig meine Hand danach ausstreckte, war das Leuchten wieder verschwunden.

Ich war darüber keineswegs enttäuscht. Tatsächlich merkte ich, dass mich bereits das stille Betrachten der Energie extrem viel Kraft gekostet hatte. Colin hatte immer wieder betont, dass mentales Training viel anstrengender sei als rein körperliches, und darin konnte ich ihm nun recht geben. Das ständige Fokussieren meiner Konzentration laugte mich mehr aus als jeder Dauerlauf.

Obwohl alles in mir nach einem kleinen Schläfchen schrie, fuhr ich nach dem Training gleich hinauf in die Kantine, um mit Kiki über den Erdgeist zu sprechen. Colin erzählte ich nichts von meinem Plan. Ich wollte nicht, dass er mitkam, denn dann wäre jegliches Gespräch umsonst. Dabei wusste ich sowieso nicht, ob die Mirraka mir gegenüber aufgeschlossen sein würden. Aber einen Versuch war es allemal wert.

Die Kantine lag menschenleer vor mir. Bis zur offiziellen Mittagszeit war es noch eine gute halbe Stunde und keiner der Agenten kreuzte außerhalb der Öffnungszeiten hier auf. Ich wartete eine Weile vor der blitzblanken Essensausgabe und starrte die Tür zur Küche an, hinter der es geschäftig rumorte. Während ich überlegte, einfach über den Tresen zu klettern und an die Tür zu klopfen, schwang sie plötzlich auf. Ein Zwerg trug eine dampfende Schale aus der Küche herein und blieb wie versteinert stehen, als er mich erblickte. Einen Moment dachte ich, er würde mir den heißen Brei ins Gesicht schleudern, doch stattdessen stellte er die Schale klirrend in die Auslage.

»Was willst du?«, schnauzte er mich an. »Essenszeit ist erst in einer halben Stunde!«

Ich legte ein beschwichtigendes Lächeln auf. »Ich weiß. Tut mir leid, dass ich störe, aber ich muss ganz dringend mit Kiki sprechen.«

»Mit Kiki? Warum?«

»Na ja …« Ich senkte verschämt die Stimme. »Es geht um Frauensachen.«

Das war mir spontan eingefallen und ich war selbst überrascht, wie gut es funktionierte. Der Zwerg warf verzweifelt die Arme in die Luft und grummelte irgendwas von »Weiber!«, während er in die Küche zurückstapfte. Hinter der Tür erklang hitziges Stimmengewirr in einer mir unbekannten Sprache, die zum Großteil aus Knurrlauten zu bestehen schien. Kurze Zeit später stolperte Kiki heraus.

»Ah, Jay! Du bist!«, rief sie erleichtert. »Dachte Gesundheitskomitee macht wieder Probleme.«

Ich winkte ab. »Nein, nein. Ich habe nur eine Frage an dich.«

»Was ich tun kann für dich?«

Kiki blickte freundlich zu mir auf. Sie musste sich auf ihre Zehenspitzen stellen, um überhaupt über den Tresen blicken zu können. Ich wiegte den Kopf.

»Ähm, kannst du vielleicht mal rauskommen? Ich will, dass das unter uns bleibt.«

Sofort tauchte sie unter der Essensausgabe durch und trat neben mich. Ich ging in die Hocke, damit wir zumindest ungefähr auf gleicher Höhe waren.

»Jetzt ich bin aber gespannt«, meinte Kiki und klappte ihr Haarnetz hinter die Ohren, um ja nichts zu verpassen.

»Okay«, begann ich. »Ich weiß, dass es euch Mirraka sehr wichtig ist, Geheimnisse zu hüten. Aber ich muss dich jetzt etwas fragen, das von wirklich großer Bedeutung ist.«

»Ich verrat nicht Rezept von Gorresch!«

Ich hob beschwichtigend die Hände. »Nein, nein, darum geht es nicht. Wobei ich das auch gerne hätte … Also, es geht um eine Sache, die für uns alle wirklich entscheidend ist.« Ich holte tief Luft. »Ich muss unbedingt den Geist der Erde finden.«

Augenblicklich versteifte sich die Zwergin. »Weiß nichts von Erdengeist.«

»Das glaube ich dir nicht und normalerweise würde ich einfach akzeptieren, dass du es mir nicht sagen willst, aber es ist sehr, sehr wichtig, dass ich ihn finde.«

»Warum?«, fragte Kiki und verschränkte die Arme.

Ich überlegte kurz. Dann zog ich den Reißverschluss meiner Jacke auf. »Weil ich auch ein Geheimnis mit mir trage.«

Die Zwergin sog scharf die Luft ein, als ich den Ausschnitt meines T-Shirts nach unten zog, um ihr das Orinion zu zeigen. Fasziniert und erschrocken zugleich starrte sie das Amulett an, bis ich das T-Shirt wieder losließ und den Reißverschluss hochzog.

»Du musst mir versprechen, dass das unter uns bleibt. Eigentlich hätte ich es dir niemals zeigen dürfen, aber ich vertraue dir.«

»Du vertrauen mir kannst. Versprochen.« Kiki zupfte eine Weile an ihrem Haarnetz herum, bevor sie flüsterte: »Warum es hier? Was steht bevor?«

»Die Dunkelheit ist zurückgekehrt.«

Die Zwergin erschauderte. »Schrecklich.«

»Kiki, ich muss den Erdgeist ganz dringend finden«, sagte ich und sah ihr fest in die Augen. »Nur mit seiner Kraft haben wir eine Chance, die dunklen Mächte zu besiegen.«

Sie nickte langsam und ballte entschlossen eine Faust. »Ich dir helfen werde. Leider ich wirklich nicht weiß, wo Erde ist. Aber mein Garako weiß. Ich mit ihm reden werde.«

»Danke«, seufzte ich erleichtert. Wer oder was auch immer ein Garako war. Doch Kikis Blick sagte mir, dass sie sich mit aller Macht dafür einsetzen würde, ihm den Aufenthaltsort der Erde zu entlocken.

Ich stand auf und schüttelte meine Beine aus, die in der Hocke bereits zu kribbeln begonnen hatten. Kiki sah beinahe feierlich zu mir auf.

»Dein Geheimnis bei mir sicher ist, Jay.«

»Ich weiß«, antwortete ich mit einem Lächeln.

***

Kurze Zeit später saß ich mit Samira, Joe und Ivan beim Mittagessen. Colin und Lee waren noch nicht aufgetaucht. Vermutlich tauschten sich die beiden wieder irgendwo über meine Fortschritte aus. Nun ja, Lee durfte gerne erfahren, wie gut das letzte Training verlaufen war.

Seit meinem gestrigen Wutausbruch hatte ich ihn nicht mehr gesehen. Ich ärgerte mich immer noch darüber, ausgerechnet vor ihm derart die Kontrolle verloren zu haben. Und dass er kaum darauf reagiert hatte, machte alles nur noch schlimmer.

Meine Erinnerung trug mich noch ein kleines Stückchen weiter zurück und ließ meinen Ärger verpuffen.

Kaleidos ...

Was für ein wundervoller Name für ein wundervolles Geschöpf. Ich konnte immer noch nicht fassen, dass es diesen geflügelten Hengst wirklich gab. Es war, als wäre er direkt meinen Träumen entsprungen. Und ich wollte ihn unbedingt wiedersehen.

Dabei kam mir auch Lees seltsames Verhalten wieder in den Sinn, als er von meiner Begegnung mit Kaleidos erfahren hatte. Er war ja geradezu entsetzt gewesen. Ich beschloss, mein Treffen mit dem geflügelten Hengst vorerst für mich zu behalten, um weitere derartige Reaktionen zu vermeiden.

Während ich die Unterhaltungen der Teammitglieder rund um den Tisch verfolgte, zog ich kurz in Erwägung, ihnen von meinem Gespräch mit Kiki gut eine halbe Stunde zuvor zu erzählen. Doch schließlich entschied ich mich dagegen. Lee würde bestimmt total ausflippen, wenn er später erfuhr, dass ich einer Zwergin meine wahre Identität enthüllt hatte. Sollte ich tatsächlich über sie den Aufenthaltsort der Erde herausfinden, würde er noch früh genug davon erfahren.

»Was ist eigentlich ein Garako?«, fragte ich beiläufig, während ich die letzte Nudel auf meinem Teller aufspießte.

»Garako ist die Bezeichnung für den Stammesführer eines Zwergenclans«, erklärte Samira. »Das ist eine Art Häuptling. Warum fragst du?«

»Ach, das Wort hab ich letztens bei Lee aufgeschnappt«, log ich, während ich weiterkaute. »Ja, diese Zwerge ... Wieso seid ihr euch eigentlich so sicher, dass die Mirraka den Aufenthaltsort der Erde kennen?«, fuhr ich möglichst unauffällig fort.

»Weil sie von der Erde erschaffen wurden«, antwortete Samira mir.

Ich blickte sie verwundert an. »Ich dachte, dass alles Leben von Danu und den vier Elementen kommt?«

»Ja, aber Danu sieht uns Menschen als ihre Kinder an, und die Elemente haben ihrerseits Völker erschaffen, denen sie sich besonders verbunden fühlen. Was jedoch nicht bedeutet, dass sie ein Wesen dem anderen vorziehen. Ich glaube, dass sie das naturgemäß auch gar nicht könnten. Jedenfalls hat jedes Element mit Danus Hilfe ein Geschöpf geformt, dem es seine Kräfte zuordnete. Die Erde schuf das Volk der Mirraka, das Wasser schuf die Meerleute …«

»Ja klar!«, fuhr ich dazwischen. »Das hat Mariam mir schon mal erzählt. Und welches Volk stammt von der Luft?« Ich grinste in Ivans Richtung. »Du sicher nicht, Ivan, sonst hättest du nicht solche Flugangst.«

Mein anfängliches Glucksen verstummte sofort wieder. Ich wusste zwar, dass der Kater schnell etwas in den falschen Hals bekam, doch mit dieser Reaktion auf meinen harmlos gemeinten Scherz hatte ich keinesfalls gerechnet.

Er starrte mit trübem Blick ins Leere. Dann sprang er wortlos von seinem Stuhl und trabte davon.

Verdutzt sah ich ihm nach. »Meine Güte, was hat er denn?«

»Ivan spricht nicht gerne über seine Herkunft«, sagte Samira. »Aber das konntest du nicht wissen.«

Sogar Joe, der nie eine Gelegenheit verstreichen ließ, den Kater zu foppen, schaute betrübt drein. »Weißt du, auch bei den Tuatha liegen einige Schatten über der Vergangenheit. Es gibt kaum ein größeres Vergehen, als sich in Danus Schöpfung einzumischen. Eine Gruppe von Forschern hat es trotzdem getan. Sie vermischten verschiedene DNA miteinander und züchteten teils überaus groteske Wesen heran.« Er schüttelte angewidert den Kopf. »Das muss man sich mal vorstellen. Sie schufen Wesen, die manchmal nicht einmal annähernd lebensfähig waren! Das war eines der größten Verbrechen in der Geschichte der Tuatha.«

Ich konnte seine Empörung verstehen. Selbst die Menschen in meiner Welt hatten inzwischen mit solchen Genmanipulationen begonnen, auch wenn sie sich offiziell noch auf Obst- und Gemüsesorten beschränkten.

Ich räusperte mich. »Die Felidae Linguae sind also ein Ergebnis dieser verbotenen wissenschaftlichen Experimente? Gibt es denn auch noch andere solcher Wesen?«

»Nein«, antwortete Samira. »Die sprechenden Katzen waren die einzigen, die lebens- und fortpflanzungsfähig waren. Sie wurden freigelassen und fanden mit Hilfe der Agency ihren Platz in der Anderswelt. Heute haben sie ihre eigenständige Lebensform und ihre Traditionen, trotzdem werden sie ihre Herkunft niemals vergessen.«

»Das tut mir leid«, sagte ich niedergeschlagen.

»Mach dir keine Sorgen«, munterte Joe mich auf. »Ich kenne Ivan schon sehr lange. Er wird sich jetzt ein paar Tage zum Schmollen in sein Häuschen verziehen, und dann stolziert er wieder hier herein, als ob nichts gewesen wäre. Wirst schon sehen.«

KAPITEL 9

Die Energie des Wassers leuchtete vor mir auf. Aufmerksam betrachtete ich die wunderschöne blaue Kugel. Ich spürte förmlich die feinen Vibrationen, die davon ausgingen.

Ich habe keine Angst vor dir …

Langsam trat ich näher. Nahm die verschiedenen Nuancen des sich stetig wandelnden Blaus in jeder Einzelheit wahr. Die Kugel wich ein Stück vor mir zurück.

Nein, ich habe keine Angst.

Vorsichtig tat ich einen Schritt nach dem anderen. Ich näherte mich der Energie wie einem scheuen Tier, das zwar neugierig, doch jederzeit zur Flucht bereit war. Dabei verhielt es sich genau umgekehrt. Ich spürte, dass das Wasser achtsam mit mir umging, als ob es mich nicht schon wieder verängstigen wollte.

Ich hob meine Hand und spürte die Vibrationen der Energie in meinen Fingern. Es kribbelte seltsam, aber nicht unangenehm. Davon ermutigt, machte ich einen beherzten Schritt nach vorne und tauchte meine Hand in die schwebende Kugel.

Da explodierte die Sphäre plötzlich mit einem grellen blauen Licht, das vor meinen geschlossenen Lidern aufflackerte. Die Druckwelle traf mich hart und warf mich zurück.

Keuchend riss ich die Augen auf. Ich brauchte einen Moment, um mich zu orientieren. Über mir sah ich einen klaren Himmel, grauen Felsboden zu meinen Füßen und rechts ein rauschenden Wasserfall … Ein paar Meter vor mir kauerte Colin auf allen vieren, hustend und triefend nass vom Scheitel bis zur Sohle. Die Explosion der Sphäre war offensichtlich nicht nur in meiner Vorstellung geschehen.

Ich schlug mir erschrocken die Hand vor den Mund. Colin setzte sich auf und wischte sich übers nasse Gesicht. Er lachte.

»Na, das nenn ich mal eine Dusche!«, rief er fröhlich herüber. Er tippte auf sein Armband und beendete die Projektion des Wasserfalls. Eine große Pfütze schimmerte auf dem Boden der Holografie-Halle.

»Oh Mann!«, brachte ich hervor und rappelte mich auf. Ich beäugte erschrocken das feuchte Desaster.

Colin wrang notdürftig sein T-Shirt aus und kam mit einem breiten Grinsen zu mir herüber. Ich musterte ihn besorgt. »Bist du verletzt? Hab ich dir wehgetan?«

»Hm, hätte vielleicht ein wenig wärmer sein können, aber ... nein, Quatsch. Mir geht es gut!«

Ich raufte mir die Haare und sah immer wieder zwischen der unfassbar großen Lache auf dem Boden und dem triefenden Colin hin und her.

»Es tut mir so leid«, stammelte ich. »Das wollte ich nicht.«

Colin sah mich ernst an. »Was redest du denn da? Genau darauf haben wir doch die ganze Zeit hingearbeitet! Jay, du hast gerade die Energie des Wassers entfacht!«

»Ja, aber doch nicht so! Ich wollte es dir doch nicht ... Was ist eigentlich genau passiert?«

»Das hab ich selbst nicht so genau gesehen.« Er zuckte mit den Schultern. »Plötzlich hat mich so was wie ein Wasserball erwischt und nach hinten geworfen.«

Ich verzog entsetzt das Gesicht.

»Jay«, sagte Colin sanft. Er nahm meine Hände und blickte mich fest an. »Mir ist nichts passiert. Du hast gerade zum ersten Mal bewusst das Wasser entfacht und das ist wunderbar. Ich bin stolz auf dich.«

Mein Herz schlug höher. Ich konnte mich nicht erinnern, diesen Satz jemals in meinem Leben gehört zu haben. Wohlige Wärme breitete sich in meinem Brustkorb aus und ich fühlte mich richtig gut. Es war ein wunderbares Gefühl.

Ich lächelte dankbar zu Colin auf. »Du solltest dich lieber umziehen. Deine Finger sind eiskalt.«

»Ich sagte doch – das Wasser hätte ruhig wärmer sein dürfen.« Er schmunzelte und ließ meine Hände los.

Ich nickte einsichtig. »Okay, beim nächsten Mal werde ich darauf achten.«

»Sehr freundlich.«

Fröhlich schritten wir nebeneinander auf den Ausgang zu.

»Sollten wir das nicht aufwischen?«, fragte ich und deutete mit dem Daumen hinter mich.

Colin winkte ab und lächelte verschmitzt. »Keine Sorge, ich rufe den Reinigungsdienst. Der ist hier in der Agency so einiges gewöhnt.«

Wir verabschiedeten uns im Vorraum voneinander und ich fuhr hinunter zum Innenhof des Gebäudes.

An dem quadratischen Springbrunnen ließ ich mich auf den Stufen nieder und reckte mein Gesicht der Sonne entgegen. Ihre Wärme strich sanft über meine Wangen. So entspannt und zufrieden wie in diesem Moment hatte ich mich lange nicht mehr gefühlt. Nach vielen Tagen voller Sorgen und Selbstzweifel hatte ich nun endlich wieder den Eindruck, die Fassung zurückerlangt zu haben.

Colin war stolz auf mich und ich durfte das ebenfalls sein. Heute war ich den Kräften des Orinions ein großes Stück näher gekommen. Ich hatte mich bewusst mit der Energie des Wassers verbunden. Nun musste ich nur noch lernen, diese Energie zu lenken.

Als ich darüber nachdachte, verstand ich auch bald, warum mir das nicht sofort gelungen war. Ich war mit der Lichtkugel zu ungeduldig gewesen. Ich hätte nicht gleich so tief in die Energie eintauchen dürfen. Dafür wusste ich einfach noch zu wenig von ihr. In Zukunft würde ich es langsamer angehen lassen.

Da fiel plötzlich ein Schatten über mein Gesicht. Ich blinzelte und erkannte Lee, der vor mir stand und mit seinen breiten Schultern die Sonne abschirmte.

»Hi«, sagte er.

»Hi«, antwortete ich.

»Kommst du mit zum Essen?«

»Ist es schon so spät?«

»Jap.«

Na klasse, das erste Gespräch unter vier Augen seit meinem Wutausbruch und dann so was. Allerdings war klar, dass Lee mich niemals auf den Vorfall ansprechen, geschweige denn sich bei mir entschuldigen würde. Warum auch? Er hatte ja kein Problem damit, dass ich ihm mein Herz ausgeschüttet habe.

Ich erhob mich von der Bank und streckte mich demonstrativ gelassen. Mir ging es hervorragend. Daran konnte nicht einmal Lee etwas ändern.

Schweigend machten wir uns auf den Weg in das Agency-Gebäude. Die Stille war förmlich aufgeladen. Wie eine Mauer stand sie zwischen uns und machte mich zunehmend nervös, was ich verkrampft zu verbergen versuchte.

Ich zuckte zusammen, als Lee das Wort ergriff.

»Wie war dein Training?«, fragte er, während wir auf den Fahrstuhl warteten.

»Das Training war mega!«, schwärmte ich, um einiges inbrünstiger als eigentlich gewollt. »Ich hab den Dreh jetzt raus. Echt krass, was ich mit dem Wasser alles anstellen kann. Stell dir vor, ich hab Colin einfach umgeblasen. Wie mit einem Wasserwerfer oder so was.«

Der Fahrstuhl öffnete seine Türen und wir traten ein. Erst als ich meine vermeintlich lässige Pose einnahm, sah ich die skeptischen Falten auf Lees Stirn.

Er drückte auf den Knopf zur Kantine. »Du hast Colin angegriffen?«

In seiner Stimme lag kein Vorwurf, doch seine Miene zeigte mir überdeutlich, was er gerade dachte.

»Quatsch, ich hab ihn nicht angegriffen«, wehrte ich ab.

»Das hast du aber gesagt.«

Der Aufzug schoss in den oberen Stock. Gleichzeitig schoss meine Laune in den Keller.

»Habe ich nicht!«, fauchte ich.

Lee musterte mich von oben herab. »Du hast ihn ›umgeblasen‹. Das klingt für mich nach einem Angriff.«

»So war das nicht! Es war keine Absicht!«

»Ach so?« Er hob fragend eine Braue. »Ich dachte, du hättest den Dreh jetzt raus?«

Meine Hände ballten sich zu Fäusten. Seine Augen ruhten abwartend auf mir. Ich wollte so vieles sagen und bekam doch keinen Ton heraus. Wie ein Kloß steckten die Worte in meiner Kehle fest. In meiner Brust rumorte ein Schmerz, den ich weder verstand noch zulassen wollte. Es kostete mich viel Kraft, diesen Schmerz in mir niederzuringen und gleichzeitig Lees dunkelblauen Augen standzuhalten. Auf gar keinen Fall wollte ich mir noch einmal die Blöße geben und vor ihm die Fassung verlieren. Mir wäre es wie ein Zugeständnis einer Schwäche vorgekommen. Einer Schwäche, die ich nicht haben wollte.

Der Aufzug stoppte und holte mich zurück in die Wirklichkeit. Mit einem lauten Seufzen wischte ich mir eine lose Haarsträhne aus der Stirn und schenkte Lee ein bemühtes Lächeln.

»Danke für dein Interesse an meinem Trainingsfortschritt. Solltest du auch mal eine kleine Abkühlung brauchen, sag einfach Bescheid!«

Lee wirkte verwundert, als ich beschwingt an ihm vorbei aus dem Aufzug trat. Meine Schultern waren gestrafft und mein Kinn hoch erhoben. Der Panzer meines Selbstbewusstseins wurde mit jedem Schritt, der mich von Lee entfernte, härter.

Ich würde mich ihm gegenüber nie wieder verletzlich zeigen, auch wenn er mich noch so sehr provozierte.

Ich war stark. Ich war unverwundbar!

Und doch wollte der Schatten auf meinem Herzen nicht gänzlich verschwinden …

***

Nachdem ich etwa eine Stunde lang sinnlos auf die bedruckten Seiten gestarrt hatte, gab ich schließlich auf. Ich schlug Band eins der »Grundlagen der antuerrischen Sprache« zu und sah auf meine Küchenuhr. Eigentlich sollte Ivan längst hier sein, um mit mir Satzbau und Aussprache zu üben, doch er blieb seit gestern Mittag verschwunden.

Joe hatte nochmals betont, dass er dieses Verhalten bei dem Kater nicht zum ersten Mal erlebte, und mir geraten, noch eine Weile abzuwarten. Doch je länger Ivan auf sich warten ließ, umso ungeduldiger wurde ich. Auch wenn Joe darauf beharrte, dass der Kater im Augenblick mit niemandem sprechen wollte, beschloss ich, Ivan jetzt aufzusuchen, um es selbst herauszufinden. Ich wollte nicht noch länger untätig hier herumsitzen.

Zugegeben, ganz selbstlos war mein Spaziergang zum Smaragdwald dann auch wieder nicht. Das wundervolle Wetter lud förmlich zu einem solchen Ausflug ein. Außerdem hoffte ich, den geflügelten Hengst wiederzusehen.

Kiki hatte noch nichts von sich hören lassen. Auf meine vorsichtige Nachfrage hin, ob ich sie sprechen könnte, bekam ich nur die mürrische Antwort eines ihrer Kollegen, dass sie krank sei. Ich vermutete, dass sie sich krankgemeldet hatte, um in Ruhe mit dem Garako sprechen zu können.

Ein flatternder Schwarm Arístos begleitete mich auf meinem Weg über die blühende Wiese. Sie umschwirrten mich voller Hoffnung, ein gesprochenes Wort von mir aufzuschnappen, und zogen enttäuscht davon, als sich der Schatten des Waldrands über mich legte und ich immer noch schwieg.

Ich ging langsam über den weichen Boden des Waldweges und suchte nach dem unauffälligen Pfad, der zu Ivans Häuschen führte. Ich war erst einmal dort gewesen und das war schon eine Weile her. Damals hätte ich kaum geglaubt, dass sich zwischen dem dichten Farn und den Büschen ein Weg verbarg.

Als ich bereits befürchtete, längst vorbeimarschiert zu sein, fand ich ihn endlich. Zumindest hoffte ich, dass es der richtige Pfad war. Vorsichtig schlängelte ich mich durch das dichte Unterholz, kletterte über große Wurzeln und tauchte unter tiefhängenden Ästen hindurch. Das vielstimmige Gezirpe verborgener Insekten bildete dabei eine fröhliche Hintergrundmusik. Ein Vogel zwitscherte lautstark mit.

Erst als ich Ivans Häuschen erreichte, wusste ich, dass ich den richtigen Weg genommen hatte. Das Haus bestand aus einem Geflecht aus Ästen, Laub und Wurzeln und der Eingang war gerade groß genug, dass ich den Kopf hineinstrecken konnte.

Was ich jedoch fürs Erste lieber bleiben ließ. Ich wollte schließlich nicht mit der Tür ins Haus fallen.

»Ivan?«, fragte ich behutsam. Ich klopfte auf einen Baumstamm neben mir. »Bist du da?«

Im Inneren des Häuschens raschelte es leise. Ich wartete kurz ab, dann ließ ich mich im Schneidersitz auf der kleinen Lichtung vor dem Eingang nieder.

»Ich kann dich hören, Ivan«, sagte ich schließlich.

»Geh weg!«, zischelte es.

Ich verschränkte die Arme. »Hast du mich gerade angefaucht?«

»Ja!«

»Und warum, wenn ich fragen darf?«

Er fauchte erneut. Diesmal klang es nicht ganz so aggressiv. »Weil du gehen sollst.«

»Das tue ich erst, wenn du mir erklärt hast, was dein Problem ist.«

Wieder raschelte es im Inneren des Häuschens. Kurz darauf erschien Ivans pelziges Gesicht im Eingang. Ich war mir nicht sicher, ob Katzen weinen können, aber seine bernsteinfarbenen Augen wirkten so betrübt, als hätte er es gerade getan. Am liebsten hätte ich ihn auf den Arm genommen und gestreichelt, doch ich hielt mich zurück.

»Was mein Problem ist? Das kannst du dir doch selber denken! Meine ganze Rasse ist ein Laborunfall«, sagte er verschnupft.

»Na und?«, sagte ich.

Er starrte mich an, als wäre ich schwer von Begriff. »Ich bin einem verbotenen Experiment entsprungen. Mich dürfte es eigentlich gar nicht geben!«

»Also, ich bin ziemlich froh darüber, dass es dich gibt. Wer dafür verantwortlich ist, das ist mir schnurzegal.«

Langsam schob Ivan sich aus dem Hauseingang heraus und setzte sich vor mich. Er wich meinem Blick aus und wusste offensichtlich nicht, was er sagen sollte. Ich strich mit der flachen Hand über das Gras vor mir und ergriff dann abermals das Wort.

»Niemand kann sich seine Wurzeln aussuchen. Entscheidend ist, was man daraus wachsen lässt.«

Der Kater legte den Kopf schräg. »Meine Güte, das war ja fast schon poetisch.«

»Tja, scheinbar bist du nicht der Einzige, der sprachlich begabt ist.«

Er zeigte seine spitzen Zähnchen. Ich grinste breit. Das Eis war gebrochen. Erfreut beobachtete ich, wie der Glanz in seine bernsteinfarbenen Augen zurückkehrte.

»Hinsichtlich der Sprache bin ich dir weit überlegen«, sagte Ivan. »Vergiss nicht, dass ich diesbezüglich genetisch optimiert wurde.«

»Genetisch optimiert ... Das klingt eigentlich ganz cool. Wie ein Supersoldat, oder so was.«

Ivan überlegte. »Supersoldat. Ja. Das klingt wirklich nach mir.«

Wir lachten gemeinsam auf. Natürlich schwang weiterhin Trauer in Ivans Schnurren mit, doch seine Freude über meine Aufmunterungsversuche war offenbar echt. Er würde seine Herkunft nie vergessen, aber ich wünschte ihm, dass er sie eines Tages akzeptieren konnte. Ein Schritt, den ich selbst auch hinter mich bringen musste und der mich schon viele heimliche Tränen gekostet hatte. Immerhin hatte ich irgendwann hinnehmen müssen, dass meine Eltern mich nicht haben wollten, auch wenn das nicht meine Schuld war. Ich hatte Jahre gebraucht, es zu verstehen, doch seitdem wusste ich, dass meine Zukunft nur in meinen eigenen Händen lag.

Plötzlich krachte es neben uns im Dickicht. Erschrocken sprang ich auf, konnte allerdings nicht erkennen, woher der Lärm kam. Ivan blieb völlig gelassen sitzen und rollte mit den Augen.

»Was soll denn das?«, rief er dem immer noch knackenden Unterholz entgegen. »Du bist doch viel zu groß für diesen Bereich des Waldes. Schon vergessen?«

Das Knacksen stoppte und ein lautstarkes Schnauben ertönte. Dieses Geräusch kam mir erfreulich bekannt vor.

»Ist das etwa Kaleidos?«, fragte ich begeistert.

Ivan nickte, während es hinter mir wieder heftig krachte. »Meine Güte, jetzt warte doch! Wir kommen zu dir raus, bevor du noch im Gestrüpp stecken bleibst!«

Freudig bahnte ich mir neben Ivan einen Weg durch das dichte Unterholz. Der stattliche Hengst hätte niemals hier durchgepasst.

»Kaleidos hat mir erzählt, dass ihr euch begegnet seid«, sagte Ivan und duckte sich unter einem der tief hängenden Äste hindurch.

Verblüfft hielt ich inne. »Kannst du etwa mit Pferden sprechen?«

»Ich kann mit allen Tieren sprechen.« Ivan hüstelte. »Na ja, mit fast allen. Reptilien, Fische und Insekten mal ausgenommen.«

Überall im Wald waren Spuren von Kaleidos zu erkennen, der sich offenbar einen Weg durch den Wald erkämpfen wollte. Die hüfthohen Farne waren plattgedrückt und sämtliches Gestrüpp zur Seite gebogen. Ein dicker knorriger Ast war von einem Stamm abgebrochen, und ich fragte mich unwillkürlich, ob der Baum gerade Schmerzen erlitt.

Ein Schnauben ließ mich nach vorne blicken. Der Waldboden fiel sanft ab und vor uns lag eine ovale Lichtung, die mit saftigem Gras bewachsen und von Dickicht umgeben war. Sonnenlicht fiel durch das dichte Blattwerk. Kaleidos stand inmitten dieses Lichtkegels. Sein schwarzes Fell glänzte so sehr, dass es mich beinahe blendete. Der Hengst war noch viel schöner, als ich ihn in Erinnerung hatte.

Ivan grüßte ihn und wies dann mit dem Kopf auf das zerstörte Unterholz. »Was sollte das denn?«

Kaleidos blähte die Nüstern und stampfte mit einem Vorderhuf auf.

»Ja, ja«, erwiderte der Kater.

Ich knetete ungeduldig meine Finger. »Was hat er gesagt?«

»Er wollte dich unbedingt sehen. Und er will wissen, ob es dir wieder bessergeht.« Ivan sah mich fragend an. »Ging es dir denn nicht gut?«

»Nein, nein«, tat ich ab und lächelte Kaleidos an. »Es war nur eine kleine Stimmungsschwankung.«

»Das kann passieren, nicht wahr?« Der Kater zwinkerte mir zu. Dann wandte er sich wieder an den Hengst. »Kaleidos, gibt es Neuigkeiten? Hast du den Luftgeist inzwischen gefunden?«

Der Hengst schüttelte heftig den Kopf, so dass seine schwarze Mähne wild herumschleuderte.

Ich blickte verwundert zwischen den beiden hin und her, bis Ivan schließlich zu einer Erklärung ausholte: »Kaleidos sucht für uns nach dem Geist der

Luft. Die geflügelten Pferde sind die Kinder des Windes. Kaleidos wurde schon vor Wochen mit dieser Suche beauftragt. Leider war er bisher erfolglos.«

Der Hengst schüttelte wieder unwirsch den Kopf. Ivan hob entschuldigend eine Pfote. »So war das nicht gemeint! Ich weiß, dass die Luft das unbeständigste Element ist. Sie hält sich nie lange an einem Ort auf.«

Vorsichtig näherte ich mich dem Hengst und streichelte über seine dichte Mähne. Seine Ohren zuckten, doch er blieb völlig gelassen stehen.

»Könnte ich fliegen, wäre ich wohl auch jeden Tag woanders«, meinte ich gedankenverloren und strich behutsam über die weichen Federn seiner Schwingen. »Es muss wundervoll sein, so frei und ungebunden umherzuschweifen.«

Kaleidos wand seinen langen Hals und stupste mich mit seiner Nase an, als wollte er mir recht geben. Ich kicherte leise und begann damit, seine Mähne mit meinen Fingern zu kämmen.

»Gnah!«, machte Ivan. »Jeden Tag woanders? Das wäre nichts für mich. Ich bin eher der häusliche Typ. Was gibt es Schöneres, als ins traute Heim zurückzukehren?«

Seine Worte stimmten mich nachdenklich. Während ich die langen Haare des Hengstes entknotete, fragte ich mich, wo denn mein eigenes Zuhause war. War es das Waisenheim? Die Agency? Ich fühlte mich zwar längst nicht mehr so fremd in meinem hochmodernen Apartment wie zu Beginn meines Aufenthalts, aber als Zuhause konnte ich es dennoch nicht bezeichnen. Ich konnte mich nicht daran erinnern, so etwas jemals besessen zu haben.

Wieder stupste Kaleidos mich mit seiner Nase an. Er schien zu spüren, dass ich wehmütig geworden war, und wollte mich wohl aufmuntern, indem er mit seinen Nüstern an meiner Jacke herumwuselte.

Ich beschwerte mich halbherzig über den vollgesabberten Stoff und lauschte amüsiert Ivans Erklärung, dass man ja von einem Grasfresser nichts anderes als erhöhten Speichelfluss erwarten könne. Kaleidos Antwort musste gesessen haben, denn der Kater plusterte sich daraufhin so empört auf, dass ich mir ein Grinsen nicht verkneifen konnte. Ich schlichtete den Streit, indem ich geschickt vom Thema ablenkte.

»Welches Volk wurde eigentlich vom Feuer geschaffen?«, fragte ich Ivan.

Der Kater glättete sein gesträubtes Fell, tappte zum Rand der Lichtung und streckte sich entspannt auf dem Boden aus.

»Die Feuerelfen«, antwortete er, während er sich auf den Rücken rollte. »Die können uns aber nicht helfen, weil wir sie gar nicht erst fragen können.«

»Warum nicht?«

»Nun ja, ihr Lebensraum ist das Feuer. Sie wohnen im Magma der gefährlichsten Vulkane. Und wenn sie an die Erdoberfläche kämen, würden sie sofort zu Gestein erkalten.«

Ich zupfte ein Blatt aus Kaleidos' Mähne. »Ist das nicht schrecklich langweilig? Den ganzen Tag in Magma herumzuschwimmen?«

Ivan räkelte sich träge im Sonnenschein. »Keine Ahnung. Ich hab's noch nicht ausprobiert.«

KAPITEL 10

Die Energie des Wassers leuchtete vor mir auf. Ich war richtig begeistert, wie schnell ich inzwischen zu ihr fand. Ein paar tiefe Atemzüge, meine Umgebung völlig ausgeblendet, und – schon war sie da. Wie ein alter Freund, der darauf wartete, dass man ihn rief.

Ich streckte die Arme aus, hielt aber diesmal kurz vor der Sphäre inne und wartete ab. Ich spürte die Vibrationen der Energie auf meiner Haut kribbeln. Während ich in das ungewohnte Gefühl hineinhorchte, reagierte die Lichtkugel auf mich. Ihre Oberfläche formte filigrane Fühler, die sich langsam zu mir vortasteten. Sie berührten mich und wanden sich wie zarte Ranken einer Kletterpflanze um meine Fingerspitzen.

Ich ließ es geschehen und konzentrierte mich auf das Gefühl dieser Verbundenheit. Es war faszinierend, stark und mächtig.

Das Licht flackerte.

»Das ist genug«, hörte ich Colin von hinten in mein Ohr flüstern. »Lass los!«

Erschöpft schlug ich die Augen auf und stellte fest, dass ich meine Hände nicht nur im Geiste ausgestreckt hatte. Meine Oberarme zitterten. Von meinen Fingerspitzen tropfte Wasser. Vor mir glitzerte eine riesige Pfütze auf dem Boden.

Colin beendete die Projektion und half mir auf. Ich wankte leicht und rieb mir über die Stirn, als könnte ich so den plötzlichen Schwindel vertreiben, der mich erfasst hatte.

»Das war wirklich beeindruckend, Jay«, sagte Colin stolz. »Die Wassersäule ging beinahe bis zur Decke.«

»Ach ja? Das hätte ich gerne gesehen.«

»Wenn du weiterhin solche Fortschritte machst, wird dir das bald gelingen. Im Augenblick ist deine Konzentration noch nicht ganz ausgereift. Darum ist es auch so anstrengend für dich. Als würdest du einen Muskel trainieren, den du nie zuvor bewegt hast. Er wird jeden Tag stärker und irgendwann bewegt er sich ganz von alleine.«

Langsam legte sich der Schwindel. Ich ließ meine verkrampften Schultern kreisen. »Das klingt gut. Ich werde weiter daran arbeiten. Vielleicht sollten wir auf zwei Trainingseinheiten am Tag aufstocken?«

Colin lachte kopfschüttelnd. »Dein Bestreben in allen Ehren, aber der Schuss könnte nach hinten losgehen. Du darfst deinen Geist nicht überfordern und musst ihm Ruhepausen gönnen, sonst tauchen deine Barrieren wieder auf. Dann müssten wir von vorne anfangen.«

»Das will ich auf keinen Fall!« Ich zog eine Schnute. »Dann lassen wir es lieber bei einmal am Tag.«

»Geduld ist keine deiner großen Stärken, was?« Colin boxte mir kameradschaftlich auf den Oberarm.

Ich tat überrascht. »Wie kommst du denn darauf?«

Er grinste nur breit und ging neben mir her zum Hallenausgang. Wir schlüpften in unsere Jacken, die wir im Vorraum zurückgelassen hatten.

***

Die Türklingel schrillte und ich schreckte vom Sofa hoch. Zerknirscht stellte ich fest, dass ich das Mittagessen wieder einmal verschlafen hatte. Auch wenn ich momentan keinen Hunger verspürte, hätte ich gerne gewusst, ob Kiki inzwischen wieder zurück war. Beim Frühstück hatte man mir mitgeteilt, dass sie immer noch krank war. Allmählich machte ich mir Sorgen um die Zwergin. Hatte sie mit dem Garako Ärger bekommen oder war ihr gar etwas zugestoßen?

Es klingelte erneut.

»Ja, ja! Ich komme schon!«

Ich schlurfte zur Tür und ließ Ivan herein, der zum Sprachunterricht gekommen war.

Der Kater sprang auf den Couchtisch und klappte mit beiden Vorderpfoten den Buchdeckel des Lehrbuchs auf. Ich ließ mich vor ihm auf dem Sofa nieder und rieb mir den Schlaf aus den Augen.

»Verrat bitte niemals Alfred, dass du das Buch angefasst hast«, sagte ich. »Er würde ausflippen.«

»Der alte Kauz soll mal ruhig bleiben. Ich hatte schon zig Bücher in meinen Pfoten und noch nie ist eines meinen Krallen zum Opfer gefallen!«

Müde winkte ich ab. »Ja, aber du weißt doch, wie er ist. Also behalten wir das lieber für uns.«

Ivan blätterte grummelnd zu der Stelle, wo wir stehen geblieben waren. Ich beobachtete ihn missmutig. Mein Interesse am Sprachunterricht war heute eher gering. Was hauptsächlich daran lag, dass ich noch nicht richtig wach war.

»Warum warst du nicht beim Essen? Lee hat nach dir gefragt.«

Ich stockte. »Warum? Was wollte er?«

»Wahrscheinlich wollte er nur wissen, wie es dir geht.« Ivan schaute fragend vom Buch auf. »Was sonst?«

Ächzend legte ich meinen Kopf in den Nacken. »Na, das wäre ja mal was ganz Neues!«

Ich spürte den Blick des Katers auf mir ruhen.

»Lees Verhalten mag oft undurchsichtig sein «, sagte er schließlich, »doch er hat stets seine Gründe.«

Ich schnaubte. »Und warum versucht er mich ständig schlechtzumachen und bei jeder Gelegenheit auf die Palme zu bringen?«

Der Kater wiegte diplomatisch den Kopf. »Vielleicht lässt du dich einfach zu leicht von ihm provozieren. Wahrscheinlich will er dich nur genau im Auge behalten. Immerhin ist er für dich verantwortlich.«

»Er vertraut mir nicht«, erwiderte ich. »Das ist das Problem.«

Wieder betrachtete mich Ivan eine Weile, bevor er fragte: »Vertraust du ihm denn?«

Darauf wusste ich im ersten Moment keine Antwort. Davon abgesehen, dass ich im Grunde niemandem tiefstes Vertrauen entgegenbrachte, fragte ich mich, inwieweit ich es Lee schenken konnte. Oder besser gesagt, wollte. Ich ahnte, dass Lee mein Leben mit aller Macht beschützen würde. Das war schließlich seine Aufgabe als Captain von Team 8 und er nahm sie äußerst ernst. Doch konnte ich ihm wirklich vertrauen, so wie er sich mir gegenüber verhielt?

»Können wir über etwas anderes reden?«, bat ich Ivan. »Das Thema gefällt mir nicht.«

Der Kater seufzte. »Ihr Zweibeiner seid aber auch kompliziert«, murmelte er in seine Schnurrhaare hinein. »Na schön, dann fangen wir heute mit Lektion einhundertsechzehn an …«

Das war mir jedenfalls lieber, als mir wieder einmal den Kopf über Lee zu zerbrechen. Ich lauschte also dankbar Ivans Erläuterungen zur Deklination aktiver Verben und wiederholte artig sämtliche Vokabeln, bis der Kater mit meiner Aussprache zufrieden war.

Wir waren noch nicht allzu lange in den Unterricht vertieft, als es an der Tür klingelte.

»Wer ist das?«, fragte ich.

»Woher soll ich das wissen?«

Ich ging zur Tür und lugte durch den Spion. »Da ist ein Memo! Er hat ein Papier im Schnabel.«

»Dann solltest du ihn vielleicht hereinlassen«, meinte Ivan trocken.

Ich tat wie geheißen. Der kleine Vogel schwebte ein paar Sekunden vor meinem Gesicht und betrachtete mich eingehend aus seinen Knopfaugen. Dann schwirrte er an mir vorbei, ließ ein Papierröllchen auf den Küchentresen fallen und sauste wie der Blitz davon.

Verwundert schloss ich die Wohnungstür und nahm die Botschaft in die Hand. Ich brauchte eine Weile, bis ich die krakeligen Zeilen entziffert hatte.

Garako dich sehen will. Heute Abend, Felsbruchtal. Kiki

Ich atmete erleichtert auf. Kiki war wohlauf und hatte den Garako überzeugen können. Zumindest schloss ich das aus ihrer Nachricht.

»Und?«, wollte Ivan wissen. »Was steht drin?«

Nachdenklich sah ich den Kater an. Ich hatte keine Ahnung, wo das Felsbruchtal war, geschweige denn, wie ich da hinkommen sollte. Ivan könnte mir gewiss dabei helfen. Allerdings wusste ich nicht so recht, inwieweit er meine Entscheidung, Team 8 bei dieser Mission zu umgehen, unterstützen würde.

»Kannst du ein Geheimnis wahren?«, fragte ich ihn ernst.

Der Kater richtete sich auf. »Natürlich. Katzen sind die Väter der Verschwiegenheit!«

Ich grinste übers ganze Gesicht. »Wenn das so ist, dann habe ich großartige Neuigkeiten. Ich könnte allerdings deine Hilfe gebrauchen. Aber nur, wenn du mir schwörst, es keinem zu verraten!«

Ivan hob feierlich eine Pfote. »Ich schwöre es bei meinen Schnurrhaaren!«

***

»Ich fühle mich wirklich nicht wohl dabei, Jay«, merkte Ivan an, während wir über die Wiese vor dem Smaragdwald schritten.

»Das hast du bereits erwähnt«, erwiderte ich gelassen.

»Ich halte das für keine schlaue Idee«

»Das hast du ebenfalls bereits erwähnt. Und ich sage jetzt noch mal: Wenn du nicht mitkommen willst, gehe ich eben alleine hin.«

Der Kater schnaufte lautstark. »Das halte ich erst recht für unklug.«

»Hör mal, Ivan. Wenn ich einen anderen aus dem Team mit zu dem Garako schleppen würde, würden wir garantiert nichts von ihm erfahren. Du weißt genauso gut wie ich, wie die Tuatha und die Mirakka zueinander stehen.«

»Lee wird mich umbringen!«, heulte der Kater neben mir auf.

»Nein, nicht dich, sondern eher mich«, erwiderte ich ernst. »Aber dieses Risiko nehme ich gern auf mich, wenn ich den Aufenthaltsort der Erde herausfinden kann. Und falls uns das nicht gelingt, wird Lee nichts von unserem kleinen Spaziergang erfahren.«

Ivan gab eine Art Knurren von sich und lief endlich ein bisschen schneller. Mit zuckender Schwanzspitze stolzierte er an mir vorbei. Er hatte seine Entscheidung getroffen, zeigte mir jedoch deutlich, was er von der ganzen Aktion hielt.

Beschwingt folgte ich ihm. Eine Stunde hin, eine zurück, dazwischen ein kurzes Gespräch mit dem Zwergenoberhaupt ... wir würden sicher pünktlich zum Abendessen zurück in der Agency sein. Und Lee würde wahrscheinlich gar nicht erst merken, dass wir weg waren. Und wenn, wäre es auch egal.

Schließlich verstieß ich mit diesem Ausflug gegen keinerlei Regel. Niemand hatte mir verboten, zu einem Ort namens Felsbruchtal zu wandern.

Wir betraten den Smaragdwald und folgten dem Hauptweg bis zur Gabelung. Dort bogen wir nicht in Richtung See ab, sondern zur anderen Seite, wo der Weg sanft anstieg und immer tiefer in den Wald hineinführte.

Aufmerksam betrachtete ich diesen mir unbekannten Teil des Waldes. Die Abstände zwischen den Bäumen wurden größer, die Stämme immer gewaltiger. Das Laubwerk bildete hoch über unseren Köpfen ein dichtes Dach. Das dämmrige Licht wurde nur von vereinzelten Sonnenstrahlen durchbrochen, die einen Weg durch das Geäst gefunden hatten.

Über uns knackte es bedenklich. Ivan und ich blieben gleichzeitig stehen und blickten verdutzt nach oben. Gleich darauf brach ein dunkler Schatten durch das Blattwerk und schlug dumpf vor uns auf dem Boden auf.

Ich war unwillkürlich in Deckung gegangen und blinzelte erschrocken hinter einem Baumstamm hervor. Ivan standen sämtliche Haare zu Berge. Er hatte sich zum Doppelten seiner Größe aufgeplustert und schimpfte lautstark zu dem Schatten vor sich hinauf: »Kaleidos! Hast du den Verstand verloren? Uns so zu erschrecken!«

Der Hengst ließ einsichtig den Kopf hängen und raschelte mit seinen angelegten Flügeln.

Ich atmete erleichtert auf.

Kaleidos sah derart verlegen drein, dass ich ihm schon gleich wieder verziehen hatte. Ich verließ meine Deckung und ging auf ihn zu.

»Wir sind auf dem Weg zum Felsbruchtal«, sagte Ivan zu ihm. »Du kannst uns gerne begleiten.«

Der Hengst hob fragend seinen Kopf.

Doch das Fell des Katers sträubte sich. »Auf gar keinen Fall!«

»Was ist denn los?«, wollte ich wissen.

Ivan rümpfte die Nase. »Kaleidos hat vorgeschlagen, uns dort hinzufliegen.«

Mit großen Augen schaute ich den Hengst an. Mein Mädchenherz schlug höher. »Ich darf mit dir fliegen?«, quiekte ich entzückt. »Oh, das wäre wunderbar!«

»Kommt überhaupt nicht infrage!«, blaffte Ivan. Er hockte sich auf den Boden und stierte mich bockig an. Fehlte nur noch, dass er die Arme verschränkte. »Ich. Werde. Nicht. Fliegen!«

Ich zog kurz in Erwägung, den sturen Kater einfach hierzulassen, verwarf den Gedanken jedoch gleich wieder. Sanft streichelte ich über Kaleidos' schlanken Hals. »Danke trotzdem für das Angebot.«

Der Hengst nickte kaum merklich. Er sah zu Ivan hinunter, der immer noch bockte.

»Ich soll dir sagen, dass dieses Angebot jederzeit steht«, brummte der Kater.

»Wow«, flüsterte ich. »Das ist … ich weiß gar nicht, was ich dazu sagen soll.«

»Dann sag nichts«, murrte Ivan und stand auf. »Genug herumgetrödelt. Lasst uns gehen.«

Ivan stand auf und schritt erhobenen Hauptes an uns vorbei. Kaleidos und ich tauschten einen kurzen Blick, bevor wir ihm folgten.

Der breite Waldweg führte stetig bergauf. Ich merkte zum ersten Mal, dass mein Training mit Colin Wirkung zeigte. Obwohl Ivan ein schnelles Tempo vorlegte, geriet ich nicht aus der Puste.

Hätte mir vor wenigen Wochen jemand prophezeit, dass ich mich einmal in Begleitung eines sprechenden Katers und eines geflügelten Hengstes auf den Weg zum Oberhaupt eines Zwergenclans machen würde, hätte ich ihn sicher für verrückt erklärt. Jetzt erschien es mir völlig normal.

Je weiter wir hinaufkamen, umso mehr veränderte sich unsere Umgebung. Felsen in unterschiedlichsten Formen und Größen ragten zwischen den hohen Bäumen auf. Der weiche Untergrund des Weges wurde von kantigen Steinplatten abgelöst. Mein Zeitgefühl sagte mir, dass wir nicht mehr weit von unserem Ziel entfernt sein konnten.

Ein Stück vor uns lichtete sich das Dunkel des Waldes und dann endete der Weg plötzlich an einer Felskante.

Vorsichtig trat ich näher an die Kante und spähte fasziniert in den Abgrund hinunter. Vor mir lag eine imposante Schlucht, wie ich sie mitten im Wald keineswegs erwartet hätte. Es sah aus, als hätte eine riesengroße Axt den Boden gespalten. Eine in den Stein gehauene Treppe führte im Zickzack nach unten. In der Mitte des Tals waren massige Monolithen kreisförmig angeordnet. Ich kniff die Augen zusammen. Aus einigen der Felsen schien an der Spitze eine dünne Rauchsäule emporzusteigen.

»Diese Steine rauchen«, stellte ich verwundert fest.

»Das sind keine Steine. Das sind die Häuser der Zwerge. Dort unten ist das Felsbruchtal.«

Die Stimme des Katers bebte.

Ich wandte mich fragend zu ihm. »Was ist los?«

»Alles gut«, schnaufte er. »Ich muss mich nur kurz sammeln. Kann gleich losgehen.«

Ich nickte verständnisvoll. »Die Treppe sieht sehr massiv aus, Ivan«, meinte ich beruhigend

»Nicht die Treppe bereitet mir Sorgen, sondern der Abgrund darunter.« Er schüttelte sich voller Grauen und atmete ein paar Mal durch. »Okay.«

Ivan begann tapfer den Abstieg. Dabei presste er sich so eng wie möglich an die seitliche Felswand. Wenn ein Absatz kam, wo die Treppe ihren Verlauf wechselte, robbte Ivan bäuchlings über den Boden, um sich auf der anderen Seite gleich wieder an die sichere Wand zu drücken.

Sein Theater hatte allerdings auch für mich etwas Gutes, denn es lenkte mich ganz hervorragend von der schwindelerregenden Höhe der Treppe ab. Kaleidos machte es sich einfach. Er breitete seine Schwingen aus und schwebte gemächlich neben uns her.

Elegant setzte er als Erster auf dem Boden des Tals auf. Seine Hufe klapperten laut über den glatten Fels. Kurz darauf ertönte aufgeregtes Stimmengewirr vom Kreis der Steine her. Kiki stolperte zwischen zwei der Felsen hervor und eilte uns entgegen. Im ersten Moment hätte ich sie beinahe nicht erkannt, so ganz ohne Kochschürze und Haarnetz. Sie trug ein bodenlanges Kleid aus dunkelblauem Leinen, das mit allerlei Perlen verziert war. Ihre Haare waren zu einem hohen Pferdeschwanz gebunden, der ihr bis zur Hüfte hinunterreichte. Keine Ahnung, wie Kiki sie alle unter dieses Haarnetz stopfen konnte. Ihr Bart war zu einem hübschen Zopf geflochten, der sie trotz allem sehr weiblich wirken ließ.

»Hallo, Jay«, begrüßte sie mich und beäugte mit unverhohlener Skepsis Ivan, der gerade die letzten Stufen hinabrobbte. »Du nicht alleine bist.«

In ihrer Stimme schwang ein leichter Vorwurf mit. Doch der Kater war zu sehr damit beschäftigt, sich über den festen Boden unter seinen Füßen zu freuen, als dass er es bemerkt hätte. Ich trat näher zu Kiki und lächelte.

»Ivan hat mir den Weg gezeigt. Und Kaleidos hat sich uns spontan angeschlossen. Bis auf die beiden weiß niemand, dass du mich eingeladen hast.«

»Sohn des Windes nicht das Problem ist«, meinte Kiki. »Wir ihn gut kennen. Aber geschwätziger Kater ein Agent ist. Garako nicht Agency traut.«

»Das stimmt«, meldete sich Ivan zu Wort, »aber ich bin vor allem Jays Freund, der sie begleitet hat.«

Kiki blickte unschlüssig zwischen Ivan und mir hin und her. Schließlich erlöste eine mir unbekannte Stimme sie von ihrer Entscheidung.

»Seid im Felsbruchtal willkommen, Jay und Freund von Jay!«

Ein anderer Zwerg hatte sich unbemerkt zu uns gesellt. Seine gesamte Erscheinung schien an die Felsen rundherum angepasst. Angefangen von seinem grauen weiten Gewand über das wallende graue Haar, bis hin zu seinen grauen Augen, die freundlich zu uns aufblickten. Sogar seine Haut wirkte irgendwie gräulich.

Das graue Männlein schien der Garako zu sein, und ich wusste absolut nicht, wie ich mich ihm gegenüber verhalten sollte. Um den Aufenthaltsort der Erde zu erfahren, durfte ich ihn keinesfalls verärgern. Er war der Anführer dieses Clans. Also so etwas wie ein König. Vielleicht erwartete er ein ähnlich geschwollenes Gerede wie Herokla in Atlantis?

Ich neigte respektvoll mein Kinn. »Guten Abend, Herr Garako. Es ist mir eine wahre Freude, heute bei Ihnen sein zu dürfen. Eure Einladung ist eine große Ehre für uns.«

Dann machte ich sogar noch einen kleinen Knicks.

Der Garako beobachtete meine Bemühungen mit hochgezogenen Augenbrauen.

»Hast du zu viel *Game of Thrones* gesehen?«, fragte er.

»Ähm … nein?«

»Warum redest du dann so komisch?« Der Garako lachte schallend und winkte ab. »Ich habe dich eingeladen, um *dich* kennenzulernen. Nicht, um zu sehen, wie du glaubst, sein zu müssen. Und nun folgt mir, bitte.«

Ivan und ich tauschten einen kurzen Blick, bevor wir hinter Kiki und dem Garako zum Steinkreis gingen. Der Kater schien ebenfalls keine Erfahrung im Umgang mit Zwergenoberhäuptern zu haben, denn er zuckte nur ratlos mit den Schultern. Kaleidos hingegen wirkte völlig entspannt und schritt zwischen die Felsen, als wäre er hier regelmäßig zu Besuch.

Die Steinblöcke waren gewaltig, etwa doppelt so groß wie ich, und sie hatten einen Durchmesser von mindestens vier Metern. Von Nahem konnte man deutlich erkennen, dass diese Felsen tatsächlich Häuser waren, mit kleinen runden Fenstern und einer hölzernen Eingangstür. Es war unvorstellbar, mit wie viel Mühe sie gebaut worden sein mussten. Einen solchen Monolithen aus dem Fels zu schlagen, war bereits aufwändig, ihn dann auch noch komplett auszuhöhlen, kam mir beinahe unmöglich vor.

Die Zwerge schienen sich alle in ihre Häuser zurückgezogen zu haben. Aus dem Inneren der Steinblöcke ertönten geschäftige Geräusche. Es klang nach dem Klappern von Geschirr. Die Mitte des Platzes wurde von einem riesigen steinernen Tisch beherrscht. Er war oval und bot etwa vierzig Personen Platz. Der Garako bedeutete uns mit einer ausladenden Geste, am schmalen Ende dieses Tisches Platz zu nehmen.

Der Tisch war sehr niedrig und die Bank rundherum ebenfalls. Ich hatte einige Mühe, meine Beine so zu platzieren, dass sie nicht auf der anderen Seite wieder herausragten, und kam mir ein bisschen vor wie am Kindertisch eines Schnellrestaurants. Ivan setzte sich neben mich, und Kaleidos blieb hinter mir stehen. Ich spürte seinen warmen Atem über meinen Kopf streichen.

Der Garako wartete geduldig ab, bis ich eine bequeme Sitzposition gefunden hatte, und betrachtete mich die ganze Zeit aufmerksam.

»Natürlich hat Kirznrk mir gesagt, weshalb du hier bist«, begann er. »Bitte erzähl mir nun, was unsere Welt bedroht.«

Ivan wollte einen Einwand erheben, doch ich ließ ihn gar nicht erst zu Wort kommen. Ich beugte mich leicht nach vorne, senkte die Stimme und berichtete dem Garako ausführlich vom roten Orden, von der Füchsin und der Gefahr der Dunkelheit. Dabei sah ich dem Zwerg fest in die grauen Augen. Ich konnte deutlich erkennen, wie seine Sorge, während ich erzählte, wuchs.

»Die Bedrohung durch den roten Orden wurde lange Zeit verkannt«, schloss ich meinen Bericht. »Und die Dunkelheit, beziehungsweise die Füchsin, hat sich überhaupt erst vor Kurzem zu erkennen gegeben. Die Zeit drängt. Ich muss so schnell wie möglich die Kräfte des Orinions erwecken, um die Dunkelheit zu bekämpfen.«

Der Garako legte seine gefalteten Hände auf die Tischplatte und dachte nach. Ich hielt den Atem an und hoffte sehr, dass er mir gleich den Aufenthaltsort der Erde mitteilen würde.

»Warum hat Danu dich auserwählt?«

Überrascht stieß ich lautstark die angehaltene Luft aus. Was sollte ich denn darauf antworten? Ich kratzte mich am Ellbogen und beschloss einfach ehrlich zu sein.

»Die gleiche Frage stelle ich mir selbst, seit ich das Amulett zum ersten Mal angelegt habe«, sagte ich leise.

»Und ich habe die Antwort darauf«, behauptete Ivan ernst. »Jay ist mutig, entschlossen und willensstark. Außerdem hat sie das Herz am richtigen Fleck. Für mich ist also ganz klar, weshalb sie die Auserwählte ist.«

Kaleidos brummte leise und wuselte mit den Nüstern durch mein Haar, als wollte er die Worte des Katers unterstreichen.

Eine angenehme Wärme erfüllte mich. Ich war gerührt von Ivans Worten. Ohne aufzublicken, hob ich eine Hand und legte sie auf Kaleidos' Wange. Verlegen lächelte ich zu dem Kater hinab und versuchte all meine Dankbarkeit, Freude und Erleichterung in dieses Lächeln zu legen. Ein schöneres Kompliment hatte ich in meinem ganzen Leben noch nicht bekommen.

Der Garako beobachtete meine Reaktion ganz genau und sagte dann: »Ich darf eine solche Entscheidung ohne die Zustimmung des großen Rates nicht fällen.«

Mein Lächeln fiel enttäuscht in sich zusammen. Neben mir sog Ivan lautstark die Luft ein. Der Garako strich langsam über seinen Bart.

»Aber besondere Situationen erfordern besondere Entscheidungen«, fuhr der Zwerg schließlich fort und dann gab er sich innerlich einen Ruck. »Dein Kampf wird über unser aller Wohl entscheiden, darum werde ich dir die Auskunft geben, die du haben möchtest. Die Erde lebt zurzeit in der Dortwelt. In der Nähe der peruanischen Stadt Tarapoto, beim Stamm der Seroqua.«

Ich blinzelte ein paar Mal, bis ich begriff, was er da eben gesagt hatte.

»Danke«, flüsterte ich erstickt. »Vielen, vielen Dank.«

Kiki grinste breit. Der Garako nickte mir nur wohlwollend zu und breitete die Arme aus.

»Und nun lasst uns zum angenehmen Teil dieses Besuchs kommen«, sagte er feierlich und klatschte zweimal in die Hände.

Das Geräusch hallte laut von den hohen Felswänden wider, und im selben Augenblick erwachte das ganze Dorf zum Leben. Die Türen flogen auf und die Bewohner traten schwatzend aus ihren Häusern. Ehe ich mich's versah, befand ich mich in einer bunten Menschenmenge, und innerhalb von Sekunden war der riesige Tisch unter all den rasch herbeigebrachten Speisen kaum mehr zu erkennen. Überall waren lachende Gesichter zu sehen, dampfende Schüsseln, duftende Brotkörbe und überquellende Obstplatten. Irgendwer drückte mir einen steinernen Krug in die Hand, und ohne Scheu setzte sich ein fremder Zwerg neben mich und prostete mir zu.

»Greift zu!«, forderte der Garako uns auf. »Wir Mirakka sind nicht umsonst das Volk der Gastfreundlichkeit!«

Mit großen Augen ließ ich meinen Blick über die unzähligen Köstlichkeiten schweifen. Kiki streckte mir eine Schüssel entgegen.

»Auch ein Geheimrezept meiner Mutter ist«, sagte sie. »Du unbedingt probieren musst!«

Das ließ ich mir natürlich nicht zweimal sagen.

***

Wenige Stunden später trotteten Ivan und ich durch das östliche Tor der Agency und erreichten plaudernd und kichernd den Innenhof. Zu einer schnelleren Gangart waren wir mit unseren vollen Bäuchen nicht fähig.

Die Essenszeit der Kantine war längst vorbei, denn die Sonne würde bald hinter den Wipfeln des Smaragdwaldes untergehen. Mich kümmerte unsere Verspätung nicht weiter. Ich war überzeugt davon, alles richtig gemacht zu haben. Ivan schien ebenso entspannt zu sein, was wohl hauptsächlich an dem zweiten Krug Duruk lag, den er sich während des Festmahls genehmigt hatte. Ein beschwipster Kater war wirklich ein Vergnügen. Ich hatte wohl noch nie so viel gelacht wie auf unserem Heimweg. Einen Großteil des Weges hatte Ivan damit zugebracht, voller Inbrunst russische Volkslieder durch den Wald zu schmettern. Kaleidos hatte beinahe erleichtert dreingeschaut, als wir uns am Waldrand von ihm verabschiedeten. Mein ohnehin überstrapazierter Bauch tat mir vor Lachen inzwischen schon richtig weh.

»Jaaa, die Katzen in Ruschland wischen, wie man feiert«, beendete Ivan gerade eine lustige Erzählung über die Hochzeit seines Cousins. Er ging in einer Schlangenlinie vor mir her und wandte immer wieder den Kopf, ob ich ihm denn auch zuhörte. »Ich musch aber schon irgendwie schugeben, dasch die Mirakka auch wasch drauf haben. Wenn maaa… oh – oh.«

Er blieb wie angewurzelt stehen. Ich konnte gerade noch ausweichen und musste nicht lange nach dem Grund für seine nervös zuckende Schwanzspitze suchen.

Wenige Meter vor uns standen General Stanson und Lee im Innenhof und diskutierten leise. Offenbar versuchte Lee den General gerade von irgendetwas zu überzeugen.

Doch noch ehe wir uns an ihnen vorbeischleichen konnten, traf mich Stansons Blick. Er sagte etwas zu Lee und deutete in meine Richtung. Ich reckte mein Kinn vor und ging entschlossen auf die beiden zu. Von Ivan hatte ich wohl keine Unterstützung zu erwarten, denn er versteckte sich hinter mir. Lee starrte mich an, als wollte er mich gleich in Grund und Boden stampfen. Ich beschloss, ihn einfach zu ignorieren.

»Guten Abend, Sir«, sagte ich mit fester Stimme zum General. »Ich habe tolle Neuigkeiten.«

Der Chief ließ nicht erkennen, was er von meinem Auftritt hielt. »Guten Abend, Jay. Welche Neuigkeiten sind das denn?«

»Ivan und ich kommen gerade vom Felsbruchtal. Dort hatten wir ein nettes Gespräch mit dem Garako.« Ich sah mich kurz nach unerwünschten Mithörern um und senkte vorsorglich die Stimme. »Er hat mir gesagt, wo sich der Erdgeist aufhält. Der ist wohl gerade in Peru, bei einem Volk namens Seroqua.«

»In Peru?«, wiederholte der Chief. »Nun, das ist wirklich interessant. Viele unserer Hinweise deuteten bisher in Richtung Südamerika. Das könnte also durchaus stimmen. Leannán, ich gehe davon aus, dass Team 8 in Bereitschaft ist?«

Lee brachte keinen Ton heraus. Er nickte stumm, während die Ader an seiner Schläfe beinahe explodierte.

»In Ordnung«, meinte der Chief gelassen. »Ich bitte um Meldung bei Ihrer Ankunft. Angenehme Reise, Jay!«

Beinahe ungläubig sah ich ihm hinterher. Das war alles, was er dazu zu sagen hatte? Und dann ließ er mich einfach stehen, alleine mit Lee, dessen Finger bereits unheilvoll zuckten?

Ich schluckte schwer. Bevor ich reagieren konnte, meldete sich Ivan zu Wort.

»Har har!«, gab er von sich. »Der Schief war ja määäächtig beeindruckt!«

Lee war kalkweiß vor Zorn. Er trat ein Stück näher und stierte zu Ivan hinunter, der zwischen meinen Beinen hervorlugte. »Bist du etwa betrunken?«

»Ich? Pff! Nee ...« Und dann huschte der Kater mit ungeahnter Geschwindigkeit davon und ließ mich vollends im Stich. Am liebsten wäre ich ihm hinterhergerannt, doch ich hob tapfer den Kopf und blickte in Lees dunkelblaue Augen, die gefährlich blitzten.

Keiner von uns sagte ein Wort. Wir starrten uns reglos an. Mein gesamter Körper war angespannt, jederzeit bereit zur Verteidigung. In welcher Art sie auch nötig sein würde.

Lee hatte seine Lippen derart zusammengepresst, dass die Muskeln an seinen Wangen deutlich hervortraten. Er war unsäglich wütend, was an und für sich ja nichts Neues war. Hinter dem Nebel seines Zorns flackerte allerdings noch etwas anderes.

Erleichterung?

Mein Herzschlag raste. Die Zeit um uns herum schien für einen Moment stillzustehen. Ich verspürte den Drang, mich bei Lee zu entschuldigen, bekam aber keinen Ton heraus. Die völlig gegensätzlichen Emotionen, die seine Augen widerspiegelten, verwirrten mich mit jeder Sekunde mehr. Er stand so nah vor mir, dass ich einen Hauch seines Aftershaves wahrnehmen konnte. Je mehr ich davon einatmete, desto mehr wühlte mich Lees Nähe auf. Und das, obwohl mehr als eine Armlänge Abstand zwischen uns lag.

Im Augenwinkel sah ich, wie Lee seine Hände zu Fäusten ballte.

»Abflug in fünfzehn Minuten«, knurrte er, machte auf dem Absatz kehrt und ging davon.

KAPITEL 11

Der Jet pflügte durch die Wolken des Anderswelthimmels. Nur das regelmäßige Surren der Antriebe war zu hören. Jeder aus Team 8 schien seinen Gedanken nachzuhängen. Außer Joe, der *Candy Crush* auf einem Tablet spielte.

Ich wusste nicht mehr über Peru, als dass es in Südamerika liegt. Von der Stadt Tarapoto hatte ich noch nie gehört. Was aber nicht weiter schlimm war, denn auch die anderen Crewmitglieder schienen diese Stadt nicht zu kennen. Colin war der Einzige, der mit den Informationen des Garako etwas anzufangen wusste.

»Die Seroqua leben tief im Regenwald, an der Grenze zu Brasilien, und stehen unter Artenschutz«, erzählte er.

»Artenschutz?«, fragte ich. »Ich dachte, das sind Menschen?«

»Ja, das sind sie auch.« Er schmunzelte über meinen verwunderten Gesichtsausdruck. »Bei der Agency gibt es ein spezielles Schutzprogramm für menschliche Urvölker. Die Andersweltregierung musste hier eingreifen, um zu verhindern, dass die Industriestaaten diese naturverbundenen und friedlichen Minderheiten völlig ausrotten. Dabei geht es nicht nur um Krieg oder Sklaverei. Fast genauso schlimm sind die sogenannten Missionare, die überzeugt davon sind, mit ihrer Pseudoaufklärung Gutes zu tun.« Er schnaubte entrüstet. »Sie glauben, einem uralten Volk, das seit Jahrtausenden viel mehr über diesen Planeten weiß, als sie je wissen werden, etwas beibringen zu können. Dabei zerstören sie nicht nur ihre Traditionen, sondern ziehen diese Menschen in eine Welt hinein, in der Habgier und Machtstreben herrschen.«

Joe gab einen abschätzigen Laut von sich, ohne von seinem Tablet aufzusehen. Da kein weiterer Kommentar folgte, sprach Colin weiter: »Die Agency schützt die Ureinwohner vor dem Einfluss des modernen Menschen. Was nicht bedeutet, dass wir sie auch von jeglicher Technologie fernhalten. Es gibt einige isolierte Völker, deren Dörfer inzwischen hochmodern ausgerüstet sind. Von den meisten davon hat noch nie ein Mensch gehört. Und so soll es auch bleiben.«

»Verrückt«, erwiderte ich und schüttelte den Kopf. »Besitzen die Seroqua etwa auch eure Anderswelt-Technologie?«

Diesmal antwortete Lee, was mich schwer verwunderte. Vor allem weil sein Tonfall schon fast als normal zu bezeichnen war.

»Die Seroqua stehen erst seit den Sechzigerjahren unter Artenschutz«, sagte er. »Sie werden in unser technologisches Förderprogramm aufgenommen, wenn sie sich weitere fünfzig Jahre bewiesen haben.«

Ich überschlug kurz die Zahlen in meinem Kopf. »Sie werden hundert Jahre lang beobachtet, bevor man ihnen ein Smartphone in die Hand drückt?«

»Eine kurze Zeitspanne, wenn man bedenkt, dass sie innerhalb eines einzigen Tages den Fortschritt eines ganzen Jahrtausends zur Verfügung gestellt bekommen«, sagte Lee trocken.

Auch wenn es irgendwie seltsam war, dass die Agency ganze Völker unter »Artenschutz« stellte, konnte ich ihre Beweggründe gut nachvollziehen. Diese alten Völker mussten dringend bewahrt werden. Sie hatten keine Ahnung von Generatoren und Plasmabildschirmen, wussten jedoch etwas viel Wichtigeres: wie man ein glückliches Leben im Einklang mit der Natur führt.

Wer auch immer die Seroqua waren – ich konnte mir gut vorstellen, warum sich der Erdgeist in diesem Urwaldstamm wohlfühlte.

»Wenn die Seroqua bereits seit fünfzig Jahren beobachtet werden, warum ist dann niemandem aufgefallen, dass sich die Erde bei ihnen aufhält?«, fragte ich.

»Tja«, meinte Lee und wandte sich mit einem kritischen Blick zu mir um, »wer sagt, dass sie auch wirklich dort ist? Das müssen wir erst herausfinden.«

Damit drehte er sich wieder nach vorne und ich steigerte mich innerlich in meinen Ärger hinein. Mit Ärger wusste ich allerdings fast besser umzugehen als mit dieser Verwirrung von vorhin. Und der Ärger ließ auch den schmerzhaften Stich in meiner Magengegend sofort wieder verschwinden.

Es waren keine zehn Minuten vergangen, als Lee sich plötzlich aus dem Cockpit meldete: »Portal neun Strich null drei in fünfhundert Metern.«

Samira lenkte den Jet durch die wabernde Sphäre am Himmel.

»Schaut mal, wie schön!«, rief sie, kaum dass wir das Portal hinter uns gelassen hatten. »Ist schon eine Weile her, dass ich über das Amazonasbecken geflogen bin.«

Wir gingen in einen leichten Sinkflug, wodurch auch ich einen Blick auf die Landschaft werfen konnte. Sogar Joe unterbrach für einen Augenblick sein Computerspiel, um das atemberaubende Bild des Regenwaldes von oben zu betrachten.

Eine schier unendliche Fläche aus verschiedensten Grüntönen tat sich unter uns auf. Der Amazonas wand sich wie eine Schlange mitten hindurch. Dazwischen blitzten immer wieder kleinere Flüsse zwischen den dichten Baumwipfeln hervor. Ein leichter Dunst schwebte an manchen Stellen über dem Grün. Der Himmel über Brasilien war merklich dunkler als der in der Anderswelt.

»Oh, geht hier etwa die Sonne schon unter?«, fragte ich enttäuscht.

Lee seufzte genervt. »Wir fliegen in Richtung Westen.«

»Sorry, mein innerer Kompass hat scheinbar eine Fehlfunktion«, gab ich mit einem Augenrollen zurück.

Colin erklärte: »Hier ist die Sonne erst vor einer Stunde aufgegangen.«

Wir näherten uns immer mehr dem Boden. Plötzlich lichtete sich das Grün der Baumwipfel und gab den Blick auf eine riesige kahle Stelle frei. Ich sah schwere Lastwagen über eine staubige Straße rollen. Ihr Ziel war offenbar der Rand eines Rodungsgebietes, wo gewaltige Maschinen schon darauf warteten, die nächsten Bäume aus diesem Urwald zu zermalmen.

Es war ein furchtbarer Anblick. Ich schluckte schwer und war froh, als sich die Nase des Jets wieder anhob und wir das Elend hinter uns ließen. Alle schwiegen und ich konnte spüren, dass wir über diese sinnlose Zerstörungswut gleichermaßen betroffen waren. Mir war, als könnte ich die Klageschreie der Bäume hier oben hören, und ich fragte mich, ob Lee sie tatsächlich wahrnehmen konnte.

»Landeerlaubnis erteilt«, sagte Samira in die Stille hinein.

Sie drosselte das Tempo und lenkte den Jet in eine scharfe Kurve, wobei ich einen kurzen Blick auf die Stadt unter uns erhaschen konnte. Ich war überrascht, dass wir ziemlich nahe beim Zentrum zu landen schienen.

Mit einem sanften Ruck setzten wir auf dem Boden auf. Wir standen in einer gläsernen Halle, deren Scheiben mit schlierigem Moos bedeckt waren. Erst als ich aus dem Jet kletterte, begriff ich, dass dieses Gebäude von außen als Gewächshaus getarnt war. Ich blickte nach oben und sah gerade noch, wie sich eine breite Luke in der Decke schloss.

»Willkommen in Tarapoto!«, schallte es uns entgegen. Ein älterer Mann mit silbernen Krauslöckchen wartete mit ausgebreiteten Armen vor dem Jet. Seine Haut war sonnengegerbt und sah beinahe so aus wie das Leder eines Medizinballs. Mit seiner ausgewaschenen Latzhose wirkte er eher wie ein Gärtner als wie ein Agent der Agency.

Lee marschierte schnurstracks auf ihn zu.

»José Villalba?«, fragte er den Mann mit seiner gewichtigen Captain-Stimme.

»Der bin ich«, antwortete José und grinste breit. Seine Zähne waren wohl auch sonnengegerbt. Zumindest hatten sie die gleiche Farbe wie seine Haut. »Captain Aherra, nehme ich an?«

Lee neigte zur Antwort nur leicht den Kopf und José grinste einfach weiter.

»Unser Fahrzeug steht bereit«, sagte er. »Wir werden etwa eine Stunde unterwegs sein.«

Er bedeutete uns mitzukommen und stieß die Tür des Hangars auf. Schwüle Tropenluft schlug uns entgegen. Trotz der frühen Morgenstunde spürte ich, wie sich die ersten Schweißperlen unter meinem Haarknoten im Nacken bildeten. José führte uns an mehreren Gewächshäusern vorbei. Von außen sahen sie völlig normal aus. Man konnte sogar die Umrisse von Pflanztischen durch die bemoosten Scheiben erkennen. Niemand würde jemals auf die Idee kommen, dass sich hinter diesen Gärtnereien sozusagen Garagen für hochmoderne Flugzeuge verbargen.

Wir betraten ein flaches Gebäude und gelangten durch einen schmalen Gang hinter den Verkaufstresen einer Art Blumenladen. Zwischen gebundenen Sträußen, Topfpflanzen und farblich sortierten Schnittblumen tauchte eine alte Frau mit einer Gießkanne auf. Sie trug einen Strohhut und eine bunt geblümte Schürze, die perfekt ins Bild passte. Ihre Apfelbäckchen kamen mir sofort bekannt vor.

»Guten Morgen, Mary!«, flötete Colin und bestätigte damit meinen Verdacht.

»Guten Morgen, Colin«, antwortete sie und sah uns der Reihe nach freundlich an. »Leannán, Joselion, Samira, Jessica … Willkommen in Peru! Ich wünsche euch eine angenehme Fahrt in den Regenwald.«

»Danke, bis später!« Samira winkte und folgte José, der durch die Eingangstür des Ladens nach draußen trat. Ein kleines Glöckchen bimmelte, als er sie aufschwang.

Ich musterte die alte Frau neugierig und erinnerte mich an meinen ersten Tag in der Agency. »Einen schönen Gruß von Mary«, sagte ich.

»Oh, vielen Dank!« Mary strahlte übers ganze Gesicht. »Das ist aber nett, dass sie an mich gedacht hat. Einen schönen Gruß zurück!«

Joe gackerte amüsiert über meinen dümmlichen Blick und schob mich zur Tür.

»Woher will sie denn wissen, welche Mary ich gemeint habe?«, flüsterte ich ihm zu.

»Ach, Mary weiß alles.«

Ich war mir ehrlich nicht sicher, ob er mich auf den Arm nahm. Als ich jedoch auf den Gehweg vor dem Laden trat, wurde ich schnell von dem Mary-Mysterium abgelenkt. Die Straße war gesäumt von flachen Gebäuden, von denen die höchsten gerade mal zwei Stockwerke besaßen. Die Fassaden wirkten alt und bei den meisten blätterte der Putz ab. Bunte Tafeln mit spanischer Beschriftung hingen über einigen der Eingangstüren, die mit Metallgittern vor Dieben gesichert waren. Die Läden hatten noch geschlossen, denn die Stadt schien gerade erst zu erwachen. Es herrschte kaum Verkehr und der bestand hauptsächlich aus Motorrollern. Eine Art motorisierte Rikscha knatterte lautstark an uns vorbei. Das einzige Auto weit und breit parkte auf der gegenüberliegenden Straßenseite. José ging zielstrebig darauf zu.

Es war ein großer Pick-up, dessen Lack einmal dunkelblau gewesen sein musste. Inzwischen bestand der Großteil der Karosserie aus Rost und das ganze Gefährt sah nicht unbedingt vertrauenserweckend aus. Anstelle eines Daches gab es nur einen Rohrrahmen, über den man wohl bei Bedarf eine Plane spannen konnte. Auf der Ladefläche standen zwei dürftig gepolsterte Sitzbänke. Eine Heckklappe gab es nicht. Insgesamt sah der Geländewagen ziemlich abenteuerlich aus.

José schwang sich auf den Fahrersitz und warf den Motor an. Nach einigem Orgeln startete er mit tiefem Gebrumm. Lee hatte den Beifahrersitz gewählt, und ich kletterte zu den anderen auf die Ladefläche. Nachdem ich mir heftig den Kopf am Rohrrahmen gestoßen hatte, fiel ich ächzend neben Colin auf die Sitzbank.

»Na toll«, schimpfte ich und rieb mir über die schmerzende Stelle.

Colin verzog mitfühlend das Gesicht, während Joe breit grinste.

»Eine Kopfnuss erhöht das Denkvermögen«, behauptete er.

Samira sah ihn schmunzelnd an. »Vielleicht sollten wir diese Theorie bei dir mal austesten.«

»Alle bereit?«, fragte José. »Dann kann's ja losgehen.«

Der Geländewagen machte einen Satz nach vorne, so dass ich beinahe hinten hinuntergefallen wäre.

José gackerte fröhlich. »Die Lady ist ein kleiner Morgenmuffel, aber das wird schon.«

Es blieb tatsächlich bei diesem einen Bocksprung und der Wagen rollte mit gleichmäßigem Tuckern los. Trotzdem rutschte ich sicherheitshalber näher an Colin heran, der seinen linken Arm lässig über die Bordwand hängen ließ. Samira machte es sich ebenfalls gemütlich und lehnte sich mit dem Rücken gegen den Beifahrersitz.

Während wir die Straße entlangfuhren, unterhielt Lee sich angeregt mit José. Aufgrund des Motorenlärms konnte ich nur Wortfetzen mitbekommen, aber es ging dabei wohl um den Regenwald. Lee wirkte José gegenüber ziemlich aufgeschlossen und geradezu freundlich. Als José einmal erklärend auf eine Seitenstraße deutete, erhaschte ich einen Blick auf seine Tätowierung.

Er sah nicht nur aus wie ein Gärtner, sondern er war auch einer. Ein Garróiar zweiten Grades, wenn ich das richtig erkennen konnte. Jedenfalls war mir sofort klar, warum Lee sich so gut mit ihm verstand.

Nachdenklich nagte ich an meiner Unterlippe und fragte mich, wie Lee sich wohl mir gegenüber verhalten würde, wenn ich auch eine Tuatha wäre. Würde er mich dann mit anderen Augen sehen? Bestimmt. Was geradezu lächerlich war, denn das würde nichts an meiner Person ändern. Genauso lächerlich war, dass ich mir schon wieder Gedanken über diesen Idioten machte. Er war den Ärger doch gar nicht wert. Dieser engstirnige, dämliche ...

Ich hielt in meinem Gedanken inne, als ich Colins Blick bemerkte. Er betrachtete mich aufmerksam und spürte ganz offensichtlich, was in meinem Kopf vorging. Mit zusammengekniffenen Augen starrte ich ihn finster an.

Raus aus meinem Kopf!

Ich wusste ja, dass er nicht mit Absicht in meinen Gedanken herumstocherte. Trotzdem nervte es mich. Ich konzentrierte mich und errichtete im Geiste eine schützende Mauer in meinem Kopf, um Colin zu verdeutlichen, dass er sich wenigstens bemühen sollte, meinen Gedanken fernzubleiben. Colin sah mich einen Moment lang völlig irritiert an. Dann lachte er leise und nickte kaum merklich.

Der Motor des Geländewagens brummte laut, während er zwischen den Gebäuden der Stadt entlangfuhr. Wir passierten einen Platz mit hohen Palmen, in dessen Mitte ein silbergrauer Obelisk stand.

Jenseits der Stadt erhob sich eine dunkelgrüne Hügelkette und je weiter wir das Zentrum hinter uns ließen, umso mehr veränderte sich die Umgebung. Die Gebäude wurden kleiner und wirkten noch schäbiger und ziemlich heruntergekommen. Dazwischen standen Bäume und blühende Sträucher, die das trostlose Bild mit den verblichenen Blechdächern jedoch kaum aufhellen konnten.

Wenig später hatten wir die Stadt ganz verlassen. Der Fahrtwind wehte mir um die Nase, und die kurvenreiche Straße wand sich um einen der Hügel herum. Zu unserer Rechten öffnete sich ein weitläufiges Tal. So weit ich sehen konnte, war die gesamte Fläche um uns herum bewaldet. Nur wenige Fahrzeuge und Roller kamen uns entgegen und erinnerten uns daran, dass wir nicht die einzigen Menschen auf der Erde waren.

Plötzlich bremste José ohne Vorwarnung ab und bog rumpelnd in einen Feldweg ein. Ich wurde unsanft gegen Colin geschleudert. Nur seiner schnellen Reaktion hatte ich es zu verdanken, dass ich nicht von der Bank auf den Boden polterte. Er schlang seinen Arm um meine Taille und drückte mich an sich.

Ich blinzelte erschrocken. Wobei ich nicht sagen konnte, ob mich nun Josés Fahrweise erschreckt hatte, oder einzig der Umstand, dass ich nicht nur halb auf Colins Schoß saß, sondern mich auch noch mit einer Hand an seiner Brust abstützte. Sein Atem streifte meine Wange, die sich sofort glühend heiß anfühlte.

»Hoppla!«, sagte er amüsiert.

Hastig zog ich meine Hand von seiner muskulösen Brust und richtete mich auf. »Sorry, darauf war ich nicht vorbereitet.«

Colin löste seinen Griff und ließ den Arm wieder über die Bordwand hängen. Seine braunen Augen blitzten schelmisch. »Ich mag Überraschungen.«

Ich rutschte grinsend ein Stück von ihm weg, als ich bemerkte, dass Lee uns über den Rückspiegel beobachtete. Dabei fiel mir die kleine Falte auf seiner Stirn auf. Er sah schnell zur Seite, als sich unsere Blicke im Spiegel trafen.

Der Geländewagen hoppelte über ein Schlagloch und schüttelte Lee aus meinen Gedanken. Die Straßenverhältnisse schienen mit jedem Meter schlechter zu werden, was José jedoch nicht dazu brachte, langsamer zu fahren. Ich hatte ziemliche Mühe damit, mich auf der unbequemen harten Bank zu halten. Sogar Samira begab sich in eine aufrechte Sitzposition, um während der holprigen Fahrt das Gleichgewicht zu wahren.

»Mann!«, schnaufte Joe. »Hätte ich das gewusst, hätte ich heute meinen Sport-BH angezogen!«

»Der nützt nichts, glaub mir«, antwortete Samira und winkte ab. Sie drehte sich nach vorne. »José, geht's auch ein bisschen langsamer? Auf den billigen Plätzen wird es allmählich ungemütlich.«

»Das haltet ihr schon aus«, antwortete Lee streng. »Je schneller wir vorwärtskommen, umso besser.«

Samira zog ihre Brauen in die Höhe. »Seit wann stehen wir denn unter Zeitdruck?«

So einen scharfen Tonfall war ich von Samira gar nicht gewohnt. Lee wirkte nicht allzu überrascht darüber, schien seine Meinung aber tatsächlich zu überdenken.

»Ab hier geht es zu Fuß weiter«, sagte José und legte eine Vollbremsung hin, so dass ich wieder an Colins Seite landete.

Der Motor verstummte. Joe und Samira kletterten von der Ladefläche. Ich strich meine vom Wind zerzausten Haare glatt und lächelte Colin an. »Auf der Rückfahrt sollten wir besser die Plätze tauschen. Nicht, dass ich dir noch die Rippen breche.«

Er lachte. »Keine Sorge, so zerbrechlich bin ich nicht. Außerdem riskiere ich für dich doch gerne ein paar blaue Flecken.«

Gebückt hangelte ich mich zum Heck, wo Samira mir beim Aussteigen die Hand reichte. Fast schon elegant landete ich neben ihr auf dem Boden.

Die beschwerliche Fahrt hatte meine ganze Aufmerksamkeit in Anspruch genommen, so dass ich jetzt erst den Wald um uns herum wahrnahm. Er war wunderschön und ganz anders als der Smaragdwald, viel wilder und exotischer. Die Äste der Bäume bildeten ein dichtes Geflecht und überall hingen armdicke Lianen davon herab. Der Boden war von hohen Farngewächsen überwuchert. Ein im Dickicht verborgener Vogel begrüßte uns zwitschernd.

»Wow«, staunte ich. »Einfach genial.«

Wir gingen um den Geländewagen herum.

»Der Urwald ist wirklich etwas ganz Besonderes«, sagte Samira und sog hörbar die Tropenluft ein. »Man muss kein Garróiar sein, um das zu fühlen.«

Ich lächelte verträumt. »Man kann die Bäume beinahe flüstern hören.«

Und die hatten José wohl auch schon einiges verraten. Er stand mit Lee vor unserem Wagen und starrte neugierig in meine Richtung, wobei er immer wieder auf den Ausschnitt meines T-Shirts sah. Offenbar versuchte er, einen

Blick auf das Orinion zu erhaschen, wobei ich mich fragte, woher die Bäume wussten, dass ich im Besitz des Amuletts war.

Lee sagte etwas zu José, woraufhin er seinen Blick sofort wieder von mir nahm.

Die Straße endete direkt vor der Stoßstange des Geländewagens. Vor uns tat sich ein schmaler Pfad zwischen den Farnen des Waldes auf, den wir jetzt einschlugen.

José führte unseren Fußmarsch an. Der Pfad war so schmal, dass wir hintereinander gehen mussten. Doch mir war ohnehin nicht nach Gesprächen zumute. Ich genoss die stille Wanderung durch den Dschungel. Fremdartige Vogelgesänge und das vielstimmige Zirpen verschiedener Insekten begleiteten uns, während wir über breite Wurzeln kletterten und unter tief hängenden Lianen hindurchtauchten. Es war eine echte Abenteuerreise und ich war gespannt, wo uns dieser Weg hinführen würde.

KAPITEL 12

Wir schlugen uns durch das dichte Dickicht des Regenwaldes. Dabei konnte ich nicht sagen, wo der Pfad genau geendet hatte. Irgendwann mussten wir uns querfeldein durch den hüfthohen Farn kämpfen. Meine Orientierung hatte ich längst verloren. Ich heftete mich an Joes Fersen. Wäre er eine Schlucht hinabgefallen, wäre ich wohl ungebremst hinterhergestürzt.

Meine Jacke klebte mir von der Tropenhitze unangenehm am Rücken. Trotzdem behielt ich sie an, um meine Haut vor den dornigen Zweigen zu schützen, die ich immer wieder zur Seite biegen musste.

Irgendwann lichtete sich der Wald. Ich vermutete, dass wir uns bereits im Gebiet der Seroqua befanden. Die Bäume standen weniger dicht und die tieferen Äste waren offensichtlich von Menschenhand abgeschlagen worden. Interessant fand ich die braune Paste, die über die Astlöcher geschmiert worden war. Als hätte jemand dem Baum eine Heilsalbe aufgetragen.

»Sie versiegeln die Wunden. So bedanken sie sich für die Gaben des Waldes«, erklärte Lee, als ich im Vorbeigehen mit den Fingern über eine solche Stelle strich.

»Lindert das denn die Schmerzen?«, fragte ich ihn.

»Ja, aber das liegt nicht unbedingt an der Salbe, sondern eher an dem Gedanken dahinter. Die Bäume hier sind sehr glücklich und sehen die Seroqua beinahe als ihre Kinder an.«

Ich wandte mich nach hinten um und sah, wie Lee vor sich hin lächelte. Er wirkte geradezu verträumt, während er selig über den Waldboden schritt. Nicht nur seine Gesichtszüge, sondern seine gesamte Körperhaltung wirkte entspannt und irgendwie heiter. Die wenigen Sonnenstrahlen, die den Weg durch das dichte Blattwerk fanden, tanzten über ihn und ließen sein schwarzes Haar schimmern. Lee war sowieso schon ein gutaussehender Mann, doch in diesem Moment wirkte er wunderschön.

Ich rumpelte unsanft mit der Schulter gegen einen Baumstamm und richtete meinen Blick schnell wieder nach vorne. Nur wenige Meter weiter öffnete sich der Wald zu einer beinahe kreisrunden Lichtung, und vor uns lag das Dorf der Seroqua. Es sah völlig anders aus, als ich erwartet hatte. Vor allem der steinerne Stufentempel in seiner Mitte beeindruckte mich. Er war aus gewaltigen Steinblöcken errichtet.

Die Häuser des Dorfes bestanden nicht aus Lehm, sondern aus Stein und ihre Dächer aus Palmenblättern. Vor den Türen und Fenstern hingen gewebte Stoffe mit bunten Mustern.

In ähnliche Stoffe waren auch die Seroqua gekleidet, wobei diese Kleidung sehr einfach gehalten war. Die Frauen trugen Kleider, die im Nacken gebunden waren und mit einem geflochtenen Gürtel am Körper gehalten wurden. Männer und Kinder hatten den Stoff wie einen Rock um die Taille gewickelt. Die Seroqua hatten einen rotbraunen Teint und schwarzes Haar. Die Frauen trugen aufwendige Flechtfrisuren und viele der Männer hatten ihren Oberkörper mit weißer und oranger Farbe bemalt.

Die Dorfbewohner starrten uns mit einer Mischung aus Neugier und Furcht an, während wir langsam über den staubigen Weg in Richtung Tempel schritten. Niemand sagte ein Wort. Verunsichert blickte ich auf die spitzen Speere, die manche Männer in den Händen hielten. Die Situation war angespannt, und ich war froh darüber, dass die Mitglieder des Teams mich unwillkürlich schützend in ihre Mitte nahmen.

José schien von der allgemeinen Unruhe nichts zu bemerken. Er ging beschwingt voran, blieb schließlich in der Mitte des Weges stehen und hob seine Hände, als wollte er ein Orchester dirigieren. Mit einer kehlig klingenden Sprache richtete er das Wort an die Dorfbewohner. Die Seroqua tauschten einige Blicke untereinander. Es dauerte einen Moment, bis die Ersten vorsichtig näher an uns herantraten. Ein sehr großer Mann, mit einem noch größeren Speer stellte sich beherzt vor José und fragte ihn etwas. Die beiden unterhielten sich kurz, dann nickte der Große und stieß einen lauten Pfiff aus, der mich und das ganze Team synchron zusammenzucken ließ.

»Er hat den Schamanen gerufen«, meinte José, an uns gewandt. »Alles in Ordnung.«

Er winkte zwei kleinen Mädchen zu, die sich erschrocken hinter dem Rock ihrer Mutter versteckten. Ein paar Jungen zeigten sich etwas mutiger. Sie schlichen sich tuschelnd an Samira heran und deuteten immer wieder auf sie.

»Die Kinder haben noch nie Weiße gesehen«, erklärte José. »Sie fragen sich gerade, ob eure Hautfarbe aufgemalt ist.«

Samira lächelte den Jungen zu und ging in die Hocke. Sie zog ihren Ärmel zurück und streckte ihre Hand aus. »Schau mal, das ist keine Farbe.«

José sagte etwas, woraufhin der Größte der Jungen mutig seine Finger nach Samiras Arm ausstreckte. Er tippte vorsichtig ihre Haut an und zog seine Hand dann blitzschnell wieder zurück, als hätte er sich daran verbrannt. Danach überprüfte er, ob Farbe an seinen Fingerspitzen hängen geblieben war, und lachte staunend.

Es dauerte nicht lange und wir waren umringt von neugierigen Kindern. Auch die Erwachsenen kamen vorsichtig näher. Sie deuteten mit ihren Fingern auf uns und unterhielten sich offenbar über unser Aussehen. Ich ging wie Samira in die Hocke und ließ die Kinder meine Arme untersuchen. Ein Mädchen stupste immer wieder kichernd den Haarknoten in meinem Nacken an.

Plötzlich verstummte das fröhliche Stimmengewirr und die Dorfbewohner traten wie auf Kommando ein Stück zurück. Der Schamane kam auf uns zu, flankiert von zwei kräftigen und sehr großen Männern. Zumindest ging ich davon aus, dass es sich bei dem alten Mann um den Schamanen handelte, denn die Seroqua senkten bei seinem Anblick respektvoll die Köpfe. Außerdem war er mit zahlreichen Gold- und Perlenketten behängt und trug einen imposanten Hut, der zum Großteil aus bunten Federn bestand. Haare hatte er wohl keine mehr und Zähne auch nicht, wie ich kurz darauf feststellte, als er mich anlachte.

José deutete eine Verbeugung an und sagte etwas zu dem Schamanen, doch der brachte ihn mit einer Handbewegung zum Schweigen. Sein Blick galt ausschließlich mir. Ich richtete mich auf und verbeugte mich ebenfalls. Der Schamane trat dicht vor mich. Er blickte strahlend zu mir auf und ergriff meine Hände, was ich mit einem zaghaften Lächeln geschehen ließ. Der alte Mann lachte laut auf und rief etwas in seiner kehligen Sprache, woraufhin sämtliche Dorfbewohner ein staunendes »Ooooh« von sich gaben.

»Er weiß, wer du bist«, flüsterte José mir zu.

Den Verdacht hatte ich bereits. Und weil der Schamane mich erwartungsvoll ansah, sagte ich höflich: »Schön, Sie kennenzulernen.«

Der alte Mann lachte sein zahnloses Lachen und hakte sich kurzerhand bei mir unter. Mit erstaunlichem Nachdruck zog er mich in Richtung des Tempels. Hilflos schaute ich zu meinem Team, doch ich erntete nur Schulterzucken. Sie folgten dicht hinter uns, ebenso sämtliche Dorfbewohner. Der Schmuck des Schamanen klimperte leise, während wir nebeneinander hergingen.

Am Fuße der Tempeltreppe blieben wir stehen und der Schamane bedeutete mir hinaufzusteigen.

»Ich soll auf den Tempel gehen?«, flüsterte ich José zu.

José wechselte ein paar Worte mit dem Schamanen und nickte dann. »Ja. Und wir sollen hier auf dich warten.«

»Kommt gar nicht infrage!«, sagte Lee plötzlich, als ich schon auf der zweiten Treppenstufe stand. »Ich gehe mit.«

Da gab der Schamane einen zischenden Laut von sich. Sofort bauten die beiden Hünen sich am unteren Treppenabsatz auf und versperrten Lee den Weg. Ich rollte genervt mit den Augen. Mit einer ähnlichen Aktion hatte Lee bereits in Atlantis fast einen Kampf entfacht.

»Lee!«, schimpfte ich über die Köpfe der Wächter hinweg. »Was soll denn das? Das ist ein Tempel! Entspann dich mal!«

Ich sah, wie er die Arme verschränkte und wütend mit seinem Unterkiefer mahlte.

Dann erklomm ich Stufe für Stufe die steinerne Treppe. Dabei war mir bewusst, dass grob geschätzte einhundert Augenpaare auf meinen Hintern gerichtet waren. Wirklich wunderbar. Ich konzentrierte mich völlig auf diesen Aufstieg, um ja nicht zu stolpern und möglichst würdevoll hinaufzuschreiten. Der Tempel war um einiges höher, als es von unten den Anschein gehabt hatte.

***

Atemlos kam ich auf dem obersten Plateau des Tempels an. Eigentlich hatte ich gedacht, Colins Trainingseinheiten hätten sich bereits positiv auf meine Ausdauer ausgewirkt, doch da bestand wohl noch größerer Nachholbedarf. Ich erlaubte mir, ein paar Mal tief durchzuschnaufen, und blickte dabei hinunter ins Dorf. Die Bewohner schauten erwartungsvoll zu mir auf, und ich meinte sogar aus der Ferne zu erkennen, wie Lees Ader an der Schläfe pochte.

Vor mir befand sich ein quadratischer Raum, der die Spitze des Stufentempels bildete. Über der Türöffnung waren seltsam geformte Köpfe in den Stein gehauen. Sie sahen ziemlich gruselig aus und starrten mich drohend an, als wollten sie mich davon abhalten, diesen Teil des Tempels zu betreten.

Ich gab mir einen Ruck und ging trotzdem hinein. Es dauerte einen Moment, bis sich meine Augen an das dämmrige Licht im Inneren gewöhnt hatten. Der Raum wurde nur durch eine Öffnung in der Mitte der Decke erhellt. Darunter stand eine imposante Statue aus gebranntem Ton, die in dem hereinfallenden Sonnenlicht beinahe mystisch aufleuchtete. Die Figur stellte eine Frau auf einem Thron dar. Sie war wunderschön und sehr kunstvoll gearbeitet. Ihr Haar war zu einer ähnlichen Frisur aufgetürmt, wie die Seroqua-Frauen sie trugen. Auch ihr Kleid ähnelte der Machart der Dorfbewohnerinnen. Es fiel der Statue weit über die Füße und schien beinahe nahtlos mit dem Boden zu verschmelzen. Um den Sockel herum standen die verschiedensten Opfergaben. Körbe voller Früchte und Beeren, Schalen mit einer breiartigen Masse darin und geschnitzte Holzfiguren, die Tiere darstellten.

Unschlüssig umrundete ich die Statue. Ich erkundete den Raum bis in die kleinste Ecke, was nicht sehr viel Zeit in Anspruch nahm, da er nicht besonders groß war. Es war kein Mensch zu sehen, und leider auch kein Naturgeist.

Nachdenklich betrachtete ich die Wände, die bis unter die Decke mit bunten Bildern verziert waren. Ich hatte keine Ahnung, was die Seroqua mit diesen Malereien ausdrücken wollten, die wie unzusammenhängende Alltagsszenen wirkten.

Ich kratzte mich nachdenklich an der Nase. Vielleicht sollte ich hinausgehen und den Schamanen zu mir heraufbitten? Er hatte mich sicher nicht ohne Grund hier heraufgeschickt. Oder sollte ich vielleicht ein Gebet an die Statue richten?

Stirnrunzelnd blickte ich die tönerne Frau an. Doch dann zuckte ich erschrocken zusammen. Ich war mir sicher, dass ihre Lider vorhin noch geschlossen gewesen waren. Jetzt schaute sie mit offenen, steinernen Augen geradeaus zum Eingang. Langsam ging ich noch einmal um die Statue herum, trat vor sie und winkte vorsichtig in ihren leeren Blick.

Doch die Statue reagierte nicht. Warum auch? Ich schüttelte über mich selbst den Kopf und wandte mich wieder den Bildern an der Wand zu. Da ließ mich plötzlich ein leises Geräusch herumschnellen.

Die tönerne Figur hatte tatsächlich den Kopf zu mir gedreht und starrte mich reglos an. Ich verschränkte die Arme und starrte zurück. Diese Frau war ganz gewiss nicht, was sie zu sein schien.

Nach einer Weile schweigenden Starrens räusperte ich mich schließlich.

»Hallo, ich bin Jay«, sagte ich höflich. »Ich bin auf der Suche nach dem Erdgeist, und ich habe so einen kleinen Verdacht, dass du das bist.«

Die Statue rührte sich nicht mehr. Ich wartete eine Weile, dann zog ich das Orinion aus meinem Ausschnitt und hielt es hoch. »Ich bin hier, weil ich deine Hilfe brauche.«

Als plötzlich Bewegung in die Figur kam, wich ich vorsichtshalber ein Stück zurück. Erst blinzelte sie heftig, dann streckte sie ihre Arme aus. Dabei bröckelte getrockneter Ton von ihr ab und rieselte leise auf den Boden.

»Uuuuum«, machte die Frau. Es klang hohl, als würde jemand in einen Tonkrug sprechen. Sie stockte und tippte sich ein paar Mal summend an die Kehle. »Ooor. Eeem. Lala la … Ah, jetzt wird's.« Sie räusperte sich und sah mich an. »Entschuldige, ich bin ein wenig eingerostet.«

Ich winkte ab. »Kein Problem.«

Ihre Augen hatten sich völlig verändert. Sie sahen nicht mehr aus wie aus Ton, sondern lebendig und strahlten wie die eines Menschen. Die Iris war von einem hübschen Bronzeton. Auch der Rest der Frau wirkte nun auf einmal viel geschmeidiger. Und als sie sich ächzend von ihrem Thron erhob, raschelte ihr Kleid wie gewöhnlicher Stoff.

»Ich sollte mich wohl öfter mal bewegen«, meinte sie schließlich und ließ ihren Kopf im Nacken kreisen. Es knackte hörbar.

»Seit wann sitzt du denn schon hier?«, wollte ich wissen.

Die Frau sah auf eine der Wandmalereien, als könnte sie daran das Datum ablesen. »Achtzehn Jahre, wenn ich mich nicht irre.«

Na, da wär ich auch eingerostet.

Sie stieg vorsichtig über die Obstkörbe hinweg und besah sich die zahlreichen Geschenke. Ein liebevolles Lächeln lag auf ihren Lippen.

»Hast du Hunger?«, fragte sie mich.

»Oh, ähm, nein danke«, lehnte ich hastig ab. »Außerdem sind das deine Opfergaben. Es käme mir unhöflich vor, davon zu essen.«

»Opfergaben?« Sie lachte. »Diese Lebensmittel werden jeden Abend natürlich wieder abgeholt. Das wäre ja die reinste Verschwendung! Nein, nein. Die Dorfbewohner bringen ihr Essen hierher, damit ich es segne. Das tue ich gern, auch wenn ich nicht ganz verstanden habe, wozu sie das brauchen. Es scheint sie glücklich zu machen, das Obst auf meinen Füßen abzustellen, bevor sie es essen.«

Die Frau begann Dehnübungen zu machen, als würde sie sich auf einen Marathon vorbereiten. Meine Anwesenheit schien sie nicht weiter zu stören.

Ich machte mit einem verhaltenen Hüsteln auf mich aufmerksam. »Entschuldige, ich muss jetzt kurz nachfragen: Bist du denn der Erdgeist?«

»Na klar, wer denn sonst?« Sie machte zwei kleine Luftsprünge und ließ anschließend ihre Finger knacken. »So, jetzt ist es besser ... Also, du bist Jay, richtig?« Ihr Blick huschte zu dem Orinion. »Und du brauchst meine Hilfe. Wofür?«

Ich drehte betreten das Amulett in meinen Händen. »Die Dunkelheit ist zurück und bedroht den Frieden auf dem Planeten.«

»Welchen Frieden?«

»Äh ...«

Die Erde seufzte. »Es gibt seit Jahrhunderten keinen Frieden mehr. Seit sich die Dunkelheit zum ersten Mal in die Gedanken der Menschen geschlichen hat, ist sie dort auch geblieben. Sie wird nie aus ihrem Gedächtnis verschwinden.«

»Und trotzdem dürfen wir auf keinen Fall zulassen, dass die Dunkelheit die Oberhand gewinnt«, sagte ich überzeugt. »Darum bin ich hier. Ich werde gegen das Böse kämpfen.«

Die Erde betrachtete mich nachdenklich. »Du klingst entschlossen. Aber bist du dir auch wirklich sicher?«

Irritiert erwiderte ich ihren Blick. Die Frau wirkte mitfühlend und ein wenig traurig. Ihr Kleid knisterte leise, als sie auf mich zukam und beide Hände nach mir ausstreckte.

Ich wusste, dass sie mich prüfen wollte. Ich konnte mich nur allzu gut daran erinnern, wie auch der Wassergeist mich damals geprüft hatte. Er war durch mein gesamtes Innerstes gefahren. Es war schrecklich gewesen.

Zögernd legte ich meine Hände auf die der Erde. Ihre Finger fühlten sich warm und glatt an, beinahe menschlich.

Die Erde lächelte aufmunternd. »Keine Sorge. Das bleibt alles unter uns.«

Mir blieb keine Zeit für eine Antwort, denn gleich darauf flammte ein stechender Schmerz hinter meiner Stirn auf. Bilder der Erinnerungen rasten an meinem inneren Auge vorbei. Die meisten betrachtete die Erde im

Schnelldurchlauf, doch einige Szenen sah sie sich in aller Einzelheit an.

Wie ich als Kind auf den alten Apfelbaum geklettert war und fröhlich lachte. Wie ich mit meinen Pflegeeltern das erste Mal mein neues Zuhause betrat und mein Glück nicht fassen konnte. Wie ein Therapeut mir ein paar Jahre später seltsame Bilder zeigte und sich eifrig Notizen machte, während ich ihm erzählte, was er hören wollte. Wie ich vor nicht allzu langer Zeit voller Selbstzweifel durch den Smaragdwald gelaufen war. Schließlich wieder viel früher - wie ich mit dreizehn Jahren vor dem Jugendgericht saß und völlig ungerührt das geschwollene Gesicht eines Jungen anstarrte, während der Richter irgendetwas von mildernden Umständen schwafelte.

Als ich schon glaubte, die Prozedur nicht länger ertragen zu können, zog sich die Erde endlich aus meinem Kopf zurück. Die Gefühle, die mit diesen ganzen Erinnerungen einhergingen, hallten in mir nach. Mir war schwindelig und ich fühlte mich schwach, wie nach einer langen Grippe. Am liebsten hätte ich mich erschöpft auf den Boden gelegt. Nur die warmen Finger, die meine Hände nach wie vor umschlossen, hielten mich davon ab.

»Ich bewundere dich, Jay«, sagte die Erde leise. »Trotz deiner Vergangenheit hast du niemals deinen Glauben an das Gute verloren.«

»Ich versuche es zumindest«, murmelte ich verlegen.

»Du kannst stolz auf dich sein. Du bist viel stärker, als du denkst.«

Meine Arme begannen zu kribbeln. Die Energie der Erde fühlte sich anders an als die des Wassers. Ruhiger, aber nicht weniger kraftvoll. Sie strömte in meinen Brustkorb und ließ meinen gesamten Körper schwingen. Bräunliches Licht, das vom Orinion ausging, erfüllte kurzzeitig den Tempelraum.

»Danke«, flüsterte ich benommen, als der Energieschub wieder verklang.

Die Erde löste ihre Hände von meinen. »Gern geschehen. Aber du sollst wissen, dass man die Kraft der Elemente nicht mit dem Verstand lenken kann. Du musst sie fühlen, und ich bin mir sicher, dass du bald weißt, was ich damit meine.« Sie lachte über meinen skeptischen Blick.

Ich ließ das Amulett zurück in meinen Ausschnitt gleiten und zupfte meine Jacke zurecht. »Den Verstand auszuschalten, bereitet mir immer wieder große Probleme.«

»Ich weiß, aber du bist auf dem richtigen Weg. Glaub mir.« Sie zwinkerte mir aufmunternd zu. »Mach deine Übungen lieber in der freien Natur. Dort wird es dir viel leichter fallen als in dieser seltsamen Halle.«

»Danke, das werde ich tun. Ach, und weißt du zufällig, wo sich die anderen Naturgeister im Augenblick aufhalten?«

Die Erde legte die Stirn in Falten. »Mal überlegen … wenn ich mich recht erinnere, habe ich das Feuer zuletzt auf dem Ätna getroffen.«

»Meinst du den Vulkan auf Sizilien?«, hakte ich erfreut nach.

»Ja. Das ist allerdings schon eine Weile her. Kann sein, dass er längst weitergezogen ist. Ihm wird ziemlich schnell langweilig, musst du wissen.«

»Okay. Wir werden trotzdem dort nachsehen. Vielen Dank für deinen Hinweis!« Ich spürte, wie die Erschöpfung aus meinen Gliedern wich und sich Tatendrang in mir breitmachte. Vielleicht würden wir ja gleich noch nach Sizilien fliegen.

Die Erde stieg über die Obstkörbe hinweg und setzte sich zurück auf ihren Thron. Sie gähnte herzhaft. »Jetzt muss ich aber dringend ein Schläfchen halten. Oder kann ich noch etwas für dich tun? Willst du wirklich nichts essen? Diese Beeren sollen köstlich sein.«

Ich lehnte dankend ab und grinste schief. Doch als ich wieder in ihre Richtung sah, hatte die Erde sich bereits zurückverwandelt und saß als tönerne Statue reglos auf ihrem Thron – mit geschlossenen Lidern, die Arme auf den Lehnen, als wäre sie niemals zum Leben erwacht.

»Mach's gut!«, sagte ich trotzdem noch zu ihr und winkte zum Abschied. Dann trat ich beschwingt hinaus auf das Plateau des Stufentempels.

Die Sonne blendete mich einen Moment lang und eine unbarmherzige Tropenhitze empfing mich. Ich zog kurzerhand meine Jacke aus und hängte sie locker über meinen Arm. Als ich die Treppe hinabblickte, seufzte ich leise. Die Menschenansammlung dort unten hatte ich ganz vergessen. Jeder Einzelne in der Menge sah voller Erwartung zu mir auf. Die Frage war nur, was genau sie denn eigentlich jetzt erwarteten.

Es war wohl meiner nachklingenden geistigen Erschöpfung zuzuschreiben, dass ich mit den Fingern das Victory-Zeichen formte und rief: »Alles klar!«

Noch bevor ich selbst begriff, wie dämlich das aussehen musste, begannen die Dorfbewohner zu jubeln. Trommelklänge hallten zu mir herauf und ich sah, wie die Seroqua aufgeregt versuchten, meine Geste nachzuahmen.

Oh Mann ...

Hastig steckte ich meine Hand unter meine Jacke und stieg langsam die Stufen hinunter zu meinem Team, das sich vor Lachen förmlich kringelte. Bis auf Lee natürlich. Der grinste allenfalls hämisch vor sich hin. Eigentlich hatte ich ihn noch nie lauthals lachen sehen. Wobei das im Moment ziemlich egal war. Viel wichtiger war, dass ich so schnell wie möglich aus dem Dorf der Seroqua verschwinden musste, bevor mein Kopf vor peinlicher Überhitzung explodierte.

KAPITEL 13

Das gleichmäßige Summen der Antriebe erfüllte den Innenraum des Jets. Nachdem selbst Joe kein dummer Witz mehr über meine Aktion auf dem Tempel eingefallen war, war endlich wohltuende Ruhe eingekehrt. Wir waren uns alle einig, dass ich einen bleibenden Eindruck bei den Seroqua hinterlassen hatte, und bereiteten uns während des Flugs allmählich auf Sizilien vor. Colin und Lee recherchierten mit ihren Tablets alle möglichen Informationen über den Ätna, wohingegen Joe – obwohl er vorgab, das Gleiche zu tun - heimlich wieder *Candy Crush* spielte. Samira saß am Steuer und erteilte Anweisungen zur Vorbereitung für unsere Ankunft an die Funker Siziliens. Und ich sah aus dem Fenster auf die Wolkenberge unter uns und hatte nichts weiter zu tun, als meinen Gedanken nachzuhängen.

Ich hatte nicht viel mit der Erde gesprochen, doch die wenigen Worte beschäftigten mich. Glaubte ich wirklich an das Gute, wie ich ihr gegenüber behauptet hatte? Oder redete ich mir nur ein, es zu glauben? Was bliebe von dieser Welt denn übrig, wenn es nichts Gutes mehr gäbe?

Mein Gedankengewirr war ziemlich ermüdend. Ich schloss die Augen und versuchte meinen Kopf zum Schweigen zu bringen.

Als ich die beiden Energiepunkte in meinem Innersten fand, wusste ich sofort, dass ich träumte. Ich ließ mich bereitwillig tiefer in diesen Traum fallen. Er war anders als jene Träume, die ich bisher im Zusammenhang mit dem Wasser gehabt hatte. Nicht nur weil ich diesmal zusätzlich die Energie der Erde spürte. Er war deshalb völlig anders, weil die Kräfte mich nicht einfach ergriffen, sondern geduldig darauf warteten, dass ich auf sie zukam. Wie zwei große Lichtkugeln schwebten sie im leeren Raum. Die eine dunkelblau, die andere hellbraun. Ich konnte spüren, dass sie völlig unterschiedlich waren und doch harmonierten. Wie zwei verschiedene Instrumente, die ihren Klang zu wundervoller Musik vereinten. Ich betrachtete die beiden Energiebündel eine Weile lang und trat dann langsam näher. Ich hatte keine Angst, doch die gewaltige Kraft, die von ihnen ausging, flößte mir großen Respekt ein. Vorsichtig hob ich eine Hand und streckte die Fingerspitzen nach der blauen Kugel aus. Sie reagierte auf mich, indem sie einen Wirbel entstehen ließ, der behutsam über meine Haut tastete. Es fühlte sich gut an. Kühl und erfrischend …

»Jay! Wach auf!«

Ich riss die Augen auf und blickte verdattert auf Colin hinunter, der neben meinem Sitz kniete. Benommen starrte ich auf den klatschnassen Stoff, der um meine Füße herum ausgebreitet war. Dann kapierte ich endlich, dass es seine Jacke war, mit der er die Überschwemmung zu meinen Füßen eingedämmt hatte. Mein rechtes Hosenbein war vom Knie abwärts ebenfalls völlig durchnässt.

»Oh nein! Das tut mir leid!« Ich löste meinen Gurt und wollte mich bücken, um Colin beim Aufwischen zu helfen, doch er winkte ab.

»Ist schon okay. Es ist schon fast wieder trocken.«

Er hob die triefende Jacke auf und trug sie an mir vorbei ins Heck des Jets. Ich begegnete Joes staunendem Blick.

»Alter«, stieß er hervor. »Das war ja mal krass! Das Orinion hat richtig geleuchtet und das Zeug ist einfach aus deinen Fingern geflossen!«

»Ach ja?« Das mit dem Leuchten war mir neu.

Joe nickte fasziniert. »Ja! Ziemlich cool …«

»Wir können nur froh sein, dass sie sich heute etwas besser unter Kontrolle hatte«, sagte Lee trocken.

»*Sie* hat das nicht mit Absicht gemacht«, gab ich zurück.

»Afregh lei rutana«, murmelte er auf Antuerra, was so viel bedeutete, wie »Das ist ja das Problem!«.

»Deins vielleicht«, schnappte ich. »Die anderen scheinen damit umgehen zu können.«

Lee schien überrascht, dass ich ihn verstanden hatte, was mich irgendwie mit Genugtuung erfüllte.

»Hört auf zu streiten!«, befahl Samira streng. »Wir sind nämlich fast da. Die Agency in Catania hat die Straßen und Wanderwege auf dem Ätna wegen angeblich gesteigerter Aktivität geräumt. Wir sollten also ganz für uns sein.«

Sie ging in den Sinkflug. Wenig später tauchte Sizilien vor uns auf. Der Ätna war nicht zu übersehen. Er wirkte fast doppelt so hoch wie die übrigen Bergketten der Insel, und sein Gipfel war schneebedeckt, während das Land um in herum sommerlich erblühte. Eine gewaltige Wolke hatte sich über dem Ätna gesammelt und schraubte sich in den Himmel empor. Es sah ziemlich beeindruckend aus.

Am Fuße des Ätna lag eine große Stadt am Meer. Das musste Catania sein. Die Nähe der Häuser zu diesem ständig aktiven Vulkan war erstaunlich. Je näher wir kamen, umso deutlicher war zu erkennen, wie weit sich die Lavaströme bei vergangenen Ausbrüchen über den Berg ausgebreitet hatten. Die erkalteten Ströme sahen wie glatte, schwarze Zungen aus. Weiter unten fand sich unförmiges Geröll, durch das sich eine kurvige Straße in die Höhe wand. Direkt am Straßenrand stand ein Gebäude unter einem riesigen grauen Geröllhaufen, was ziemlich eindrucksvoll zeigte, dass der Mensch diesem Vulkan absolut nichts entgegenzusetzen hatte und seinen Launen ausgeliefert war.

Wir flogen über eine Seilbahnstation hinweg, wo sich Massen von Touristen tummelten, die von Sicherheitskräften zu ihren Fahrzeugen geleitet wurden. Ich entschuldigte mich insgeheim bei ihnen, dass wir ihnen den Urlaubsausflug vermasselt hatten. Die Seilbahn stand still. Nur wenige Meter daneben ragten verrostete Masten aus dem Geröll empor. Auch hier hatte der Ätna bewiesen, dass mit seiner Kraft nicht zu spaßen ist.

Samira lenkte den Jet in einer weiten Kurve höher und umkreiste schließlich den gezackten Gipfel.

»Ich kann hier nicht landen«, sagte sie zu Lee.

Er tippte auf seinem Tablet herum und deutete nach vorne. »Der aktivste Krater befindet sich dort drüben. Vielleicht sollten wir mit dem anfangen.«

Ein wenig unterhalb des gezackten Gipfels befand sich unebenes Gelände aus Lavaschutt. Hin und wieder durchbrachen kleine Schneeflächen das triste Grau. Das Gebiet war vollkommen unübersichtlich. Ich hatte keine Ahnung, wie wir das Feuer hier finden sollten – falls es überhaupt da war.

Wir landeten auf einem Felsplateau direkt hinter dem Krater. Nachdem wir das Cockpit verlassen hatten, öffnete Joe eines der Fächer im Heck und drückte mir einen dunkelblauen Parka in die Hand, der wunderbar mit dem Kotzgelb meiner Hose harmonierte.

»Geht das so?«, fragte er und meinte damit mein feuchtes Hosenbein.

»Ja, mein Schuh ist trocken geblieben, also ist das nicht weiter tragisch.«

Eisiger Wind fegte über den Ätna und vertrieb den letzten Rest der Tropenhitze aus meinem Körper. Hastig stülpte ich die Kapuze des Parkas über meinen Kopf.

Missmutig stapften wir über den lockeren Kies, der hin und wieder von Schnee bedeckt war. Die Landschaft war das krasse Gegenteil von dem tropischen Regenwald, wo es vor Leben nur so wimmelte. Hier auf dem Ätna schien alles leblos zu sein. Die einzigen Geräusche stammten vom Heulen des Windes. So ähnlich stellte ich es mir auf dem Mond vor.

Wir erreichten den Rand des kreisförmigen Kraters und blickten skeptisch hinab.

»Das soll ein aktiver Vulkan sein?«, fragte ich enttäuscht.

Meine romantische Vorstellung von einem mit tosender Lava gefüllten Krater passte nicht zu dem Loch, das sich dort unten vor uns auftat. Eigentlich stieg einfach nur eine dünne Rauchsäule zwischen dem gräulichen Schutt empor.

»Er zeigt zumindest mehr Aktivität als die drei anderen Gipfelkrater«, antwortete Colin. »Bei einem Ausbruch kommt die Lava allerdings meistens durch die vielen Nebenkrater an den Flanken des Ätna.«

Alle sahen mich fragend an, doch ich hob abwehrend die Hände. »Tut mir leid, aber ich hab keine Ahnung, wo der Feuergeist sein könnte!«

»Wir sollten uns aufteilen«, sagte Lee, »und das Gebiet in verschiedenen Richtungen absuchen. Samira, Joselion – ihr geht nach Südosten. Colin und Jay kommen mit mir.«

Kurz darauf wanderten wir los. Ich wäre zwar lieber mit Samira und Joe gegangen, doch Colin erleichterte mir Lees Anwesenheit erheblich. Der Captain marschierte schweigend vor uns her, während Colin mir erzählte, was er zuvor über den Ätna gelesen hatte. Ich fand vor allem die mythologische Bedeutung des Vulkans interessant. Es heißt, dass sich hier einst die Schmiede von Hephaistos befand, dem griechischen Gott des Feuers. Ob die Menschen der Antike vielleicht schon vom Feuergeist wussten? Was beweisen würde, dass er vor einigen Jahrhunderten hier gewesen war. Vielleicht war er ja zwischendurch fortgegangen und nun wieder zurückgekehrt. Oder auch gar nicht mehr?

Ich legte eine Hand auf meine Brust und schloss die Augen. Sogar durch den dicken Stoff des Parkas konnte ich die Konturen des Orinions spüren. Ich ahnte instinktiv, dass der Feuergeist nicht in der Nähe war.

Ich blieb stehen und schaute Colin an. »Er ist nicht hier.«

»Bist du sicher?«

»Ja. Ich kann es irgendwie fühlen.«

Colin nickte. Er glaubte mir und schien keineswegs verärgert darüber, dass ich ihnen jetzt erst Bescheid sagte. Ganz im Gegensatz zu Lee, der mich abschätzend anstarrte.

»Konntest du die anderen Elemente denn spüren?«, fragte er.

Ich überging seinen genervten Unterton. »Ich hab ehrlich gesagt nicht darauf geachtet, aber ich denke schon. Zumindest hatte ich nie das Gefühl, dass sie *nicht* da waren. So wie jetzt.«

Lee hob sein linkes Handgelenk und sprach in das integrierte Funkgerät hinein: »Joe, ihr könnt umkehren. Wir treffen uns beim Jet.«

»Habt ihr ihn gefunden?«

»Nein. Das Ganze war reine Zeitverschwendung.« Damit stiefelte er an uns vorbei in die Richtung, aus der wir gekommen waren – nicht ohne mir noch einen vorwurfsvollen Blick zuzuwerfen.

»Echt jetzt?«, rief ich verärgert. »Du gibst mir die Schuld? Sag mal, an wie vielen Orten habt ihr denn jetzt schon ohne Erfolg gesucht, hm? War das dann etwa auch mein Fehler?«

Er reagierte nicht darauf und ging ungehindert weiter.

Colin legte mir beruhigend eine Hand auf die Schulter. »Es ist nicht deine Schuld. Das weiß Lee genau. Er ist immer so mies gelaunt, wenn etwas nicht so klappt, wie er es sich vorgestellt hat.«

»Seine miese Laune braucht er aber nicht an mir auslassen!«, schnaufte ich. »Er hat nicht das Recht, mich ständig so zu behandeln!«

Lee blieb wie angewurzelt stehen. Im ersten Moment dachte ich, er wollte auf meine Worte antworten, doch dann bemerkte ich, dass irgendetwas nicht stimmte. Ein leises Surren hatte sich zum Heulen des Windes gesellt. Es klang wie der Antrieb unseres Jets. Doch die Taranis II stand völlig reglos mit geöffneter Heckklappe da, ein paar hundert Meter vor uns entfernt. Noch während ich mich fragte, was das zu bedeuten hatte, flammte eine Lichtkugel am Himmel auf. Sie raste auf unseren Jet zu, der gleich darauf in tausend Stücke zerbarst. Ich konnte die Druckwelle bis hierher spüren.

Colin packte mich an der Taille und warf mich hinter einen Geröllhaufen. Er presste mich mit einem Arm fest in die Mulde und beugte sich schützend über mich. Mit seiner freien Hand holte er ein rechteckiges Kästchen aus seiner Tasche und warf es einen Meter vor uns auf den Boden. Lee sprang zu uns, als das Gerät einen flimmernden Strahl aussandte, der sich wie eine Kuppel über uns spannte. Ich vermutete, dass es eine Art Tarnschirm war.

»Samy, Joe, Tarnmodus. Lautsprecher deaktivieren. Keine Interaktion, bis Verstärkung eintrifft, verstanden?«, flüsterte Lee gehetzt in den Funk und klemmte sich einen kleinen Kopfhörer ans rechte Ohr.

Colin ließ mich los und tat es ihm gleich. Beide zogen ihre Waffen. Es war das erste Mal, dass ich diese seltsamen Pistolen aus nächster Nähe betrachten konnte. Sie unterschieden sich völlig von handelsüblichen Handfeuerwaffen. Ivan hatte mir einmal erzählt, dass diese Pistolen keine Kugeln abfeuerten, sondern mithilfe eines Mikroreaktors erhitzte Materie.

Lee und Colin lagen auf der Lauer und sprachen leise miteinander. Ich hockte mit rasendem Puls hinter ihnen und kam mir schrecklich hilflos vor. Die anderen schienen genau zu wissen, was zu tun war, während ich keine Ahnung hatte, was hier überhaupt abging.

Vorsichtig beugte ich mich vor und versuchte an dem Geröllhaufen vorbei zu spähen. Etwas weiter entfernt erkannte ich den rauchenden Trümmerhaufen, der einmal die Taranis II gewesen war. Direkt daneben war plötzlich ein Flackern in der Luft zu sehen. Wie aus dem Nichts tauchten zwei schwarze Flugzeuge auf, die zur Landung ansetzten. Sie ähnelten den Jets der Agency, waren jedoch ein ganzes Stück größer. Spätestens als ich den roten Kreis auf dem Rumpf der Flieger sah, wusste ich, dass wir es mit dem roten Orden zu tun hatten. Meine Fingerspitzen begannen zu kribbeln.

War die Füchsin etwa auch hier? Und wenn ja – was sollte ich tun?

Panik stieg in meiner Brust auf. Ich konnte der Füchsin nicht entgegentreten, denn ich war noch nicht stark genug.

»Mist, wo haben die eine solche Ausrüstung her?«, murmelte Lee.

»Keine Ahnung«, hörte ich Colin flüstern. »Ich fürchte, wir haben den roten Orden bisher gewaltig unterschätzt.«

Aus den schwarzen Jets kam eine ganze Horde Männer in schwarzen Uniformen. Sie hielten große Waffen im Anschlag, die im Sonnenlicht matt schimmerten.

»Wo sind die anderen?«, fragte ich atemlos, während die Männer in alle Richtungen ausschwärmten.

»Hinter dem Hügel«, antwortete Colin angespannt.

»Samy, ihr bekommt gleich Besuch«, sagte Lee in sein Funkgerät. »Und ich wiederhole: Tarnmodus so lange wie möglich aufrechterhalten!«

Er wandte sich nach hinten. »Das Gleiche gilt für uns. Die Verstärkung sollte jeden Moment eintreffen.«

Ich wagte kaum mehr zu atmen. Mein Herz pochte so wild, dass ich befürchtete, das Geräusch könnte uns verraten. Ein Teil der Männer kam unaufhaltsam auf uns zu, während der andere hinter dem Hügel verschwand, wo Samira und Joe sich versteckt hielten. Auch ohne jegliche Kampferfahrung wusste ich, dass ein offenes Gefecht hier völlig sinnlos war. Unsere Angreifer waren in der Überzahl. Wir hatten keine Chance.

Wo bleibt diese verfluchte Verstärkung?, dachte ich, als plötzlich der Lärm einer Explosion über den Berg hallte. Eine schwarze Rauchsäule stieg hinter dem Hügel auf. Schüsse peitschten durch die Stille. Ich hörte einen Schrei. Dann zuckten plötzlich Blitze über den Himmel. Einige schlugen zwischen den Männern vor uns ein, die sofort in Deckung sprangen. Einer blieb reglos am Boden liegen. Das Blitzlichtgewitter über uns ging weiter. Erst als ein

Flammenball die Wolken rötlich erglimmen ließ, verstand ich, dass sich dort oben getarnte Jets ein Gefecht lieferten. Motorenlärm heulte auf. Hinter einer Kuppe rasten mehrere Geländewagen heran. Sie trugen das Zeichen der Agency. Die Agenten sprangen noch während der Fahrt von den Ladeflächen und nahmen die Männer am Boden unter Beschuss. Lee und Colin begannen, aus unserer Deckung heraus zu feuern.

Ich war in einem Albtraum gefangen. Am Himmel flackerte der Tarnschirm eines Jets der Agency. Rauch stieg von ihm auf. In trudelnden Bewegungen stürzte er ab und verschwand mit einem dumpfen Grollen aus meinem Sichtfeld.

Mein Atem ging stoßweise. Der Kampf um mich herum kam mir plötzlich weit entfernt vor. Ich schloss die Augen, schlang meine Arme um die angezogenen Knie und drückte mich fest in die kleine Kiesmulde. Nur entfernt nahm ich wahr, wie immer wieder kleine Steine auf mich herabrieselten, wenn der Ätna von Explosionen erschüttert wurde. Ich wollte nur, dass es endlich aufhörte. All dieses grausame und sinnlose Morden um mich herum. Ich wollte es stoppen, doch ich wusste nicht, wie es anstellen sollte. Der Boden unter mir bebte.

»Jay. Jay, hör auf.«

Jemand rüttelte mich an der Schulter. Es war Colin. Er kniete neben mir und sah mich besorgt an. Das Beben hörte schlagartig auf. Erst da verstand ich, dass ich es war, der diese Vibrationen verursacht hatte.

Lee stand vor uns und blickte mit einer Mischung aus Staunen und Entsetzen zu mir herunter. Das Erdbeben musste stärker gewesen sein, als mir selbst bewusst war.

Der Lärm des Kampfes war verklungen. Eine unheimliche Stille umgab uns.

»Ist es vorbei?«, fragte ich leise.

»Ja.« Colin schlang einen Arm um mich und zog mich sanft auf die Beine.

Lees Hand zuckte zu seinem Ohr. »Wiederhole!« Er schwieg einen Moment und horchte auf den Funk. Colin sah ihn erschrocken an. Lee stieß einen Fluch aus und rannte wie besessen davon.

Ich blickte verwundert zu Colin auf, der mich immer noch festhielt. »Was ist los?«

»Komm, wir bringen dich hier weg«, sagte er anstelle einer Antwort. Er wollte mich mit sich ziehen, doch ich stemmte mich dagegen.

»Colin! Was ist passiert?«, wiederholte ich.

Er atmete tief durch. »Joe hat gerade durchgegeben, dass er Samy nicht finden kann.«

»Was?« Ich wankte leicht und lehnte mich entsetzt gegen Colin. »Aber ... aber, wo könnte sie denn sein?«

»Ich weiß es nicht.«

Schritte knirschten über das Geröll. Ein Trupp Agenten holte uns ab und führte uns zu einem der Geländewagen. Erst als wir den Jeep erreichten, nahm Colin seinen Arm von meiner Schulter.

»Warte hier«, wies er mich knapp an.

Ich war zu schockiert, um ihm zu widersprechen. Die ganze Situation erschien mir völlig irreal. Ich vergrub meine Hände in den Jackentaschen und lehnte mich gegen den hinteren Kotflügel. Zwei faustgroße Löcher prangten neben mir in der Tür. Einer der fremden Agenten, die sich mit wachsamem Blick um mich herum aufgebaut hatten, blutete am Bein. Ich starrte auf das rote Blut, bis mir schlecht wurde und ich den Blick abwenden musste.

***

Ich saß in einem Konferenzraum der Agency in Catania und beobachtete schweigend den heißen Dampf, der aus meiner Kaffeetasse aufstieg. Colin und ich warteten nun schon seit einer geschlagenen Stunde hier.

Lee hatte angeordnet, dass Colin mich in Sicherheit bringen sollte. Er und Joe waren auf dem Ätna geblieben und suchten dort nach Samira. Eigentlich wollte ich dabei sein, doch ich hatte eingesehen, dass ich ihnen keine große Hilfe sein würde. Ich konnte mich ja nicht einmal selbst verteidigen, wenn es darauf ankam.

Die Agency in Catania lag mitten in der historischen Altstadt und war als Finanzbehörde getarnt. Durch die hohen Fenster hatte man einen wundervollen Ausblick auf den Ätna, doch dafür hatten wir im Moment keinen Sinn. Auch nicht für den atemberaubenden Sonnenuntergang, der den Vulkan gerade in ein geheimnisvolles Abendrot tauchte. Es bedeutete nur, dass es dort oben bald stockdunkel sein würde.

Als die Nacht ihre Arme vollständig über Sizilien ausgebreitet hatte, ging plötzlich die Tür auf und Lee und Joe kamen herein. Tränen sammelten sich in meinen Augen, als die Tür hinter ihnen zufiel. Samira war nicht dabei. Sie hatten sie nicht gefunden. Sie war irgendwo da draußen, vielleicht schwerverletzt und ganz allein in der Dunkelheit.

Lee war aschfahl im Gesicht. Joe sah aus, als würde er jeden Moment zusammenbrechen. Er ließ sich auf einen Stuhl fallen und vergrub sein Gesicht in den Händen.

Ich wollte etwas sagen, um ihn aufzumuntern, doch mir fiel beim besten Willen nichts ein. Ich blinzelte verkrampft meine Tränen weg und stand auf, um den beiden einen doppelten Espresso aus der angrenzenden Küche zu holen.

Als ich die Tassen zurück in den Konferenzraum balancierte, sah mir das Gesicht des Chiefs über einen breiten Flachbildschirm an der Wand entgegen. Er nickte mir zu und sprach dann weiter zu Lee, der am Ende des Tisches stand und sich mit der Hand darauf stützte.

»Wir haben das eingehend überprüft«, hörte ich den Chief sagen. »José Villalba war es nicht.«

»Was war er nicht?«, fragte ich und stellte die Tassen vor Joe und Lee auf den Tisch.

»Er war nicht der Verräter.«

»Wie bitte?« Ich ließ mich auf meinen Stuhl fallen. »Jemand hat uns verraten?«

Lee ächzte verhalten. »Woher hätte der rote Orden denn sonst wissen können, dass wir dich auf den Ätna bringen? José wusste, dass du die Trägerin bist. Die Agency hier in Catania nicht. Und dass der rote Orden solche Geschütze aus purem Verdacht auffährt, ist eher unwahrscheinlich. Sie müssen detaillierte Informationen erhalten haben.«

»Bleibt die Frage, von wem«, fügte Colin hinzu.

Ein Verräter innerhalb der Agency? Ich war fassungslos.

»Eure Kommunikationssysteme werden gerade auf Schadsoftware überprüft«, sagte der Chief. »Bei der zerstörten Taranis wird das wohl noch ein wenig dauern. Ihr bekommt zeitnah eine neue Ausrüstung gestellt.«

»Wie sollen wir uns bis dahin verhalten?«, fragte Lee.

»Ihr werdet euch jetzt erst einmal ausruhen«, wies der General ihn an. Als Joe ein abschätziges Schnauben ausstieß, verschärfte Stanson seinen Tonfall. »Das war ein Befehl, Joselion. Verstanden?«

Joe zögerte. Dann richtete er sich auf und blickte mit geröteten Augen in den Bildschirm. »Verstanden.«

Der Chief sah streng in die Runde. Er konnte seine Unruhe nicht ganz verbergen, denn er machte sich nicht minder Sorgen um Samira als wir. »Diese Anordnung gilt für euch alle. Die Suchtrupps können ein paar Stunden auf euch verzichten. Wir bleiben in Verbindung.«

Die Übertragung endete und der Bildschirm wurde schwarz. Eine Weile herrschte angespanntes Schweigen, bis ich es schließlich nicht mehr aushielt.

»Es tut mir so leid, Joe!«, platzte ich verzweifelt heraus. »Das ist alles meine Schuld!«

Er schüttelte langsam den Kopf. »Blödsinn.«

»Doch! Wenn ich früher auf mein Bauchgefühl gehört hätte, wären wir längst weg gewesen. Die hätten uns nicht erwischt. Und wenn ich nicht zu blöd dazu wäre, die Kräfte des Orinions zu nutzen, hätte ich uns bestimmt helfen können.«

Colin schnalzte mit der Zunge. »Sag so was nicht. Außerdem hast du einen ganzen feindlichen Jet den Abhang hinuntergeschüttelt. Der war zwar leer, aber immerhin.«

Ich sah genauso überrascht drein wie Joe.

»Das Erdbeben hast du verursacht?«, fragte er verblüfft.

»Ähm, ich … weiß nicht genau«, stotterte ich.

»Oh, da bin ich absolut sicher«, behauptete Colin und lächelte. »Und es war ziemlich beeindruckend!«

Vielleicht war es das ja. Doch genau das erschreckte mich. Mein Blick traf auf Lee, und mir wurde plötzlich klar, was er bei unserem Hinflug gemeint hatte. Ich stellte eine Gefahr für mein ganzes Umfeld dar, wie eine tickende Bombe, die jederzeit völlig unkontrolliert hochgehen konnte.

»Ich bring dich in einen Bereitschaftsraum«, sagte Lee zu mir. Er schien genau zu wissen, was mir gerade durch den Kopf gegangen war.

Beinahe automatisch stand ich auf und folgte ihm auf den Flur hinaus. Lee führte mich zielstrebig durch das Gebäude, als hätte er seinen Grundriss vorher auswendig gelernt. Ich schlang die Arme um meinen Oberkörper und ging gedankenverloren neben ihm her. Mir war kalt und ich war durcheinander. Dazu kam die Sorge, die sich wie eine eisige Klaue um meinen Nacken klammerte. Wo konnte Samira sein? Colin hatte mir gesagt, dass selbst Funker ersten Grades keine Verbindung zu ihr aufbauen konnten. Sie erreichten sie zwar, erhielten jedoch keine Antwort von ihr. Das bedeutete zumindest, dass Samira noch am Leben war. Vielleicht war sie bewusstlos oder betäubt, aber sie lebte.

»Wir sind da«, sagte Lee und öffnete eine Tür. Dahinter befand sich ein schmuckloser Raum mit zwei Stockbetten, der mit dem großzügigen Bereitschaftsraum in der Anderswelt nicht zu vergleichen war. Lee reichte mir eines der schmalen Armbänder, die Team 8 bei seinen Einsätzen immer trug. »Der Kanal ist bereits eingestellt. Du musst hier aufs Display tippen, dann baut sich die Verbindung auf und du kannst sprechen. Melde dich, wenn du etwas brauchst, okay?«

Ich blickte auf das Armband und nickte stumm.

»Versuch ein bisschen zu schlafen. Bis später.«

Er wandte sich zum Gehen und schien schon wieder tief in Gedanken versunken zu sein.

»Lee?«

Er blieb stehen.

Ich streifte das Armband über und drehte es ein paar Mal um mein Handgelenk. »Ich will nicht schlafen.«

»Versuch es wenigstens. Du kannst jetzt ohnehin nichts anderes tun.«

»So hab ich das nicht gemeint.«

Lee drehte sich um und kam langsam zu mir zurück. »Wie dann?«

Es kostete mich einiges an Kraft, nicht beschämt den Kopf abzuwenden. »Was ist, wenn ich wieder träume?«

Er sah mich lange an, bevor er mit sanfter Stimme fragte: »Soll ich bei dir bleiben?«

Ich wusste wirklich nicht, mit welcher Reaktion ich gerechnet hatte, aber mit dieser ganz bestimmt nicht. Auch sein verständnisvoller Blick überraschte mich. Das Blau seiner Augen nahm mich völlig gefangen und vernebelte mir auch noch den Rest meiner ohnehin völlig verworrenen Gedanken. Anders konnte ich es mir nicht erklären, dass ich sein Angebot mit einem leichten Nicken annahm und Lee in das Bereitschaftszimmer folgte.

Wortlos streiften wir jeder unsere Schuhe von den Füßen und legten uns in die beiden gegenüberliegenden Betten. Ich wickelte mich in die Decke ein und sah aus dem Augenwinkel, dass Lee sich auf seinem Bett ausgestreckt hatte. Seine Arme waren unter dem Kopf verschränkt und er starrte den Lattenrost über sich an.

Das Licht ging aus und nur der sanfte Schein des Mondes fiel in den Raum.

»Danke«, flüsterte ich in die Stille hinein.

»Schlaf jetzt, Jay«, antwortete Lee leise. »Ich pass auf dich auf.«

Die Kälte, die meine Glieder erfasst hatte, wich einer wohligen Wärme. Augenblicklich entspannte ich mich. Es war seltsam und vielleicht ein wenig unangebracht, doch ich hatte mich wohl noch nie sicherer gefühlt als in diesem Moment.

KAPITEL 14

Ich stand vor einem hohen Eisenzaun, der ein heruntergekommenes Gebäude umgab. Es sah aus wie eine verlassene Fabrik, doch ich konnte die verblichene Schrift auf dem Schild über dem Eingangstor nicht lesen. Es hatte wohl etwas mit Dosenfisch zu tun, denn neben dem italienischen Schriftzug war ein entsprechendes Bild aufgemalt.

Ich konnte mich nicht erinnern, wie ich hierhergekommen war, geschweige denn, was ich an diesem seltsamen Ort wollte. Verwundert blickte ich die Straße entlang. Ich befand mich in einer Stadt, es war taghell und weit und breit kein Mensch zu sehen. »Via Castida«, las ich auf einem Straßenschild. Ich wandte mich wieder dem Zaun zu und entdeckte darauf die Hausnummer 129.

»Jay!«

Ich erstarrte. »Samira?«

»Jay! Ich bin hier drin!«

Sofort begann ich, an dem verrosteten Tor zu rütteln. »Samira! Ich komme!« Ich fluchte und stemmte mich gegen das Eisen. »Halte durch!«

»Jay, hör mir zu. Du träumst. Das hier ist eine Botschaft, verstehst du? Ich werde hier gefangen gehalten. Ich brauche deine Hilfe. Wach jetzt auf!«

Als hätte mir jemand eine Ohrfeige verpasst, fuhr ich aus meinem Schlaf hoch. Ich krachte ungebremst gegen das Bettgestell über mir. Lee sprang alarmiert auf. Das Deckenlicht ging an. Geblendet schirmte ich meine Augen ab und rieb mir mit der Hand über den Kopf.

»Alles gut«, beruhigte er mich. »Du hast nur geträumt.«

»Nein!« Ich strampelte mich aus der Decke und krabbelte ungelenk aus dem Bett. »Samira hat mir eine Botschaft geschickt. Ich weiß, wo sie ist!«

»Jay, das war ein Traum.«

»Sie hat mir gezeigt, wo sie gefangen gehalten wird!«

Lee seufzte. »Hör mal, das ist unmöglich.«

»Via Castida, Nummer 129«, rief ich aufgeregt. »Eine alte Fabrik, die irgendwas mit Fischen zu tun hat.«

Er betrachtete mich irritiert. »Warst du früher schon einmal in Catania?«

»Noch nie!« Ich gestikulierte wild mit den Händen. »Ich sag doch, dass ich die Informationen von Samira hab. Los! Wir müssen sofort da hinfahren!«

Ich wollte bereits zur Tür hinausstürmen, als Lee mir den Weg versperrte.

»Warte!«, befahl er mir. Er tippte auf sein Armband und sprach hinein: »Hier spricht Captain Aherra. Gibt es irgendwelche Neuigkeiten?«

»Nein, Captain, tut mir leid. Ihr Agent ist zwar nach wie vor auf Empfang, doch wir können keine Kommunikation herstellen. Dabei funken wir alle dreißig Sekunden zu ihr durch.«

»Verstanden.« Lee ließ seinen Arm sinken und sah mich schweigend an.

Am liebsten hätte ich ihn am Kragen gepackt und kräftig geschüttelt.

»Verdammt! Ich weiß doch auch nicht, wie sie es gemacht hat. Vielleicht hat sie genau in einer Pause der Funker eine Verbindung zu mir aufgemacht. Oder vielleicht sind diese Funker in Wahrheit die Verräter und behaupten nur, sie zu suchen, während sie sich insgeheim ins Fäustchen lachen ...«

»Dir ist hoffentlich bewusst, wie lächerlich diese Theorie klingt.«

»Du bist lächerlich!«, schrie ich aufgebracht. »Wieso glaubst du mir nicht einfach?«

Lee verlor allmählich die Nerven. »Weil es schlichtweg nicht möglich ist! Du bist kein Funker!«

»Danke für den Hinweis. Denkst du, ich bin bescheuert? Es könnte doch auch am Orinion liegen. Was weiß denn ich? Ich weiß nur, dass wir auf der Stelle zu dieser Fabrik fahren müssen!«

Lee rieb sich über das Gesicht und stöhnte. Dann richtete er drohend einen Finger auf mich. »Setz dich und warte hier auf mich!«

»Wo gehst du hin?«

»Kaffee holen«, knurrte er und rauschte davon.

Kaffee holen?

Ich stand zwischen den beiden Stockbetten und starrte fassungslos zur Tür. Das war doch wohl nicht sein Ernst? Samira hatte es geschafft, mir eine

Botschaft zu übermitteln, und dann scheiterte ihre Rettung daran, dass der oberschlaue Herr Captain Kaffee holen ging, anstatt mir zu glauben?

Wo waren Joe und Colin? Die beiden waren nicht von Überheblichkeit geblendet. Sie würden mir sicher glauben.

Hektisch aktivierte ich die Funkverbindung des Armbands. »Hallo? Joe? Colin? Könnt ihr mich hören?«

»*Nein*«, antwortete Lee. »*Was soll das überhaupt werden?*«

»Sie würden mir wenigstens zuhören, anstatt Kaffee zu saufen!«, brüllte ich an mein Handgelenk.

Völlig außer mir begann ich auf und ab zu laufen. Draußen herrschte tiefschwarze Nacht. Ich hatte keine Ahnung, wie spät es war. Dieses bescheuerte Armband hatte nicht einmal eine Zeitanzeige.

Ich raufte mir die Haare und starrte wieder die Tür an. Plötzlich fuhr ein Bild durch meinen Kopf. Es dauerte nur den Bruchteil einer Sekunde, doch ich konnte jede Einzelheit darin erkennen.

Samira, zusammengesackt und bewusstlos, in einem dunklen Raum mit abblätternder hellgrüner Farbe an den Wänden.

»Samy«, hauchte ich verzweifelt.

Das war kein Traum. Ganz sicher nicht. Dieses Bild hatte auf irgendeine telepathische Art meine Gedanken erreicht.

Mit geballten Fäusten stürmte ich hinaus auf den Flur und rannte in die Richtung, in der ich den Fahrstuhl vermutete. Ich würde ganz gewiss nicht noch weitere Zeit mit Diskussionen verschwenden. Samiras Zustand war mehr als kritisch. Vermutlich war sie verletzt. Außerdem war sie allein gewesen. Es gab keine Bewachung und keine Fesseln. Wahrscheinlich hatte sie sich befreien können und war dann erschöpft zusammengebrochen. Sonst hätte sie mir bestimmt gefährliche Feinde in ihrer Nähe aufgezeigt.

Erleichtert erblickte ich schließlich vor mir den Aufzug und stieg hastig hinein. Ich drückte auf den Knopf für das Untergeschoss, in der Hoffnung, dass ich in der Tiefgarage landen würde. Als Colin und ich hier angekommen waren, hatte ich mir die Örtlichkeit nicht näher eingeprägt und kannte nur diesen einen Zugang zum Gebäude.

Der Fahrstuhl fuhr im Schneckentempo in die Tiefe. Eigentlich war es die normale Geschwindigkeit, doch im Vergleich zu den Aufzügen der Anderswelt war das hier ein Witz. Ich trat unruhig von einem Fuß auf den anderen und duckte mich automatisch, als Lees Stimme aus meinem Armband schallte.

»Wo bist du?«

Ich antwortete nicht. Stattdessen hämmerte ich auf den Knopf fürs Untergeschoss, als könnte ich dadurch die Fahrt beschleunigen.

»Jay, antworte gefälligst! VERDAMMT NOCH MAL!«

Ich verzog das Gesicht zu einer Grimasse und streckte dem Armband als Antwort den Mittelfinger entgegen. Endlich glitten die Türen des Fahrstuhls mit einem »Pling!« auf.

Erleichtert stellte ich fest, dass ich tatsächlich in der Tiefgarage stand. Eilig trabte ich zu dem nächstbesten Geländewagen und kletterte auf den Fahrersitz. Ich durchwühlte das Handschuhfach.

Schlüssel, Schlüssel … Du brauchst einen Schlüssel …

Es gab keinen. Und auch kein Zündschloss. Dafür einen Knopf, der mit »Start/Stopp« beschriftet war. Fast schon euphorisch drückte ich darauf.

Doch nichts geschah.

Verdammter Mist!

Planlos betätigte ich alle Knöpfe und Hebel, die ich nur finden konnte. Mein einziger Erfolg bestand darin, dass die schmalzigen Töne eines italienischen Liebesliedes aus dem Radio erklangen und die Warnblinkanlage ansprang.

Wütend schlug ich auf das Lenkrad ein und lehnte resigniert meine Stirn dagegen. Tränen der Verzweiflung liefen mir über die Wangen.

Es tut mir so leid, Samy …

Meine Schultern zuckten unkontrolliert, während ich versuchte mein Schluchzen zu unterdrücken. Eine Bewegung vor der Motorhaube ließ mich aufblicken.

Lee stand mit verschränkten Armen vor dem Geländewagen. Er stierte mich grimmig an. Ich verbarg mein tränennasses Gesicht hinter den Händen und atmete einige Male tief durch. Ich wollte nicht, dass Lee mich so sah. Verheult und hilflos, weil ich zu blöd war, ein beschissenes Auto anzulassen.

Die Fahrertür ging auf.

»Steig aus«, sagte Lee tonlos.

Ich rutschte vom Fahrersitz und schlich an ihm vorbei, ohne ihn anzusehen. Ich hörte, wie die Tür ins Schloss fiel, und zuckte verdutzt zusammen, als kurz darauf der Motor startete. Ungläubig drehte ich mich um.

Lee ließ die Scheibe herunter und machte eine ungeduldige Handbewegung. »Steig ein!«

Ich schniefte. »Was?«

»Du hast schon richtig gehört. Steig ein. Bevor ich es mir anders überlege.«

Das ließ ich mir nicht zweimal sagen. Hastig stolperte ich um den Geländewagen herum und sprang auf den Beifahrersitz. Sobald meine Tür zugefallen war, fuhr Lee los. Mit zittrigen Händen legte ich den Gurt an und wischte mit dem Ärmel die letzten Tränen von meinen Wangen.

»Bist du jemals Auto gefahren?«, fragte Lee.

»Nein.«

»Aha. Und wie wolltest du ohne Erlaubnis durch die Sicherheitsschleuse kommen?«

Ich zog geräuschvoll die Nase hoch. »Welche Sicherheitsschleuse?«

»Unglaublich ...«, murmelte er kopfschüttelnd.

Gleich darauf wurde mir klar, was er mit Sicherheitsschleuse gemeint hatte. Die Zufahrt der Garage war mit einem massiven Rolltor verschlossen, das bei unserem Eintreffen wohl offen gestanden hatte. Daneben waren zwei bewaffnete Wachen postiert, die ich schlichtweg übersehen hatte. Spätestens hier hätte meine überstürzte Rettungsaktion also geendet.

Lee hielt den Wagen vor dem geschlossenen Tor und sprach durch das Fenster zu dem einen Wachposten. »Captain Leannán Aherra und Jessica Winter. Privatfahrt.«

Der Wachposten erfasste unsere Gesichter mit einem mobilen Scanner. Meine verheulten Augen kommentierte er nicht. Er wartete auf ein leises

Piepsen seines Geräts und nickte dann. Mit einem metallischen Knarren schraubte sich das Tor vor uns in die Höhe.

Ich sah immer wieder verstohlen zu Lee hinüber, der scheinbar entspannt seinen Kopf gegen die Nackenstütze lehnte. Aus dem Radio dudelte weiterhin schmalzige Schlagermusik. Ich kramte einen Stadtplan von Catania aus dem Handschuhfach hervor und hielt ihn fragend hoch.

Aber Lee schüttelte den Kopf. »Ich weiß, wo die alte Konservenfabrik ist«, sagte er.

Dann fuhren wir los. Die Straßen der Altstadt waren schmal und normalerweise sicher voller Autos und Menschen. Nun, mitten in der Nacht, wirkten sie wie ausgestorben. Fast in keinem der Wohnhäuser brannte Licht. Was nicht weiter verwunderlich war, denn laut Autoradio war es vier Uhr morgens.

Nervös zupfte ich an meinen Fingernägeln. Eigentlich wollte ich lieber schweigen, nicht dass Lee es sich noch einmal anders überlegte. Doch meine Aufregung wurde mit jedem Meter, den wir fuhren, größer und das Liebesgeheul aus den Lautsprechern trieb mich beinahe in den Wahnsinn.

»Woher weißt du, wo diese Fabrik ist?«, fragte ich unvermittelt.

»Ich war hier ein ganzes Jahr lang stationiert, bevor ich nach Avalon kam«, antwortete Lee. »Die Frage ist eher: Woher weißt *du* von dieser Fabrik?«

»Ich habe sie gesehen. Ganz deutlich. Es war kein Traum.«

»Das wird sich zeigen.«

Eine Weile war nur das Radio zu vernehmen, bis ich die Lautstärke genervt herunterdrehte.

Lees Mundwinkel zuckte. »Du stehst wohl nicht auf Schnulzen.«

»Jammerndes Gejaule? Nein, danke.« Ich lachte freudlos und nestelte am Saum meiner Jacke herum. Dann holte ich tief Luft und fragte: »Warum fährst du mit mir zu dieser Fabrik? Also, warum hast du dich umentschieden?«

Er seufzte leise. »Ich hatte noch gar keine Entscheidung getroffen, Jay.«

»Wie bitte?« Erstaunt wandte ich mich zu ihm. »Das sah aber anders aus.«

»Weißt du, genau das ist dein Problem.« Er bog nach links ab und überfuhr dabei unbekümmert eine rote Ampel. »Statt erst einmal genau hinzusehen, handelst du einfach, ohne auch nur eine Sekunde lang zu überlegen. In einem Gefecht könnte dich diese überstürzte Art das Leben kosten.«

»Wie gut, dass ich keine Soldatin bin«, erwiderte ich.

»Falsch. In dem Moment, als du das Orinion angelegt hast, wurdest du zu einer Soldatin. Und du befindest dich bereits mitten im Krieg. Oder wie hättest du die Situation auf dem Ätna bezeichnet?«

Angriff, Hinterhalt, Schusswechsel … mir fielen verschiedene Begriffe ein, doch bevor ich sie ihm aufzählte, stellte ich fest, dass sie alle zu einem einzigen Oberbegriff gehörten: Krieg.

Ich erschauderte und richtete meinen Blick auf die vorbeiziehenden Gebäude. Natürlich war ich überzeugt davon, dass wir gegen die Füchsin kämpfen mussten, doch erst in diesem Augenblick wurde mir bewusst, was das eigentlich bedeutete. Hier war nicht die Rede von einem hitzigen Handgemenge, bei dem die Fäuste den Ton angaben und man zufrieden von dannen schritt, wenn der Gegner sich ächzend auf dem Boden wälzte und seine pochende Wange hielt. Nein. Beim Kampf gegen den roten Orden ging es um Leben oder Tod. Das hatte ich heute hautnah miterlebt.

Als Lee erneut nach links abbog, entdeckte ich etwas, das mir bekannt vorkam. Aufgeregt zeigte ich durch die Fensterscheibe auf die nächste Kreuzung.

»Das ist die Straße!«, rief ich. »Da! Da vorne ist die Fabrik!«

Sofort kreisten meine Gedanken wieder ausschließlich um Samira. Die Gegend sah haargenau so aus, wie ich sie in Erinnerung hatte. Es war wie bei einem Déjà-vu. Unheilvoll und bedrohlich ragte das Fabrikgebäude hinter dem verrosteten Eisenzaun auf. Viele der hohen Fensterscheiben waren zersprungen. Dürre Gräser und Gestrüpp wucherten aus den Ritzen des Asphalts vor dem Haupteingang.

Lee hielt den Wagen am Straßenrand, direkt vor dem Eisentor. Ich sprang hinaus und deutete auf die Kette, die zur Sicherung dort angebracht war, jedoch nur nutzlos von einem der Eisenstäbe herunterbaumelte. Sie war offenbar aufgebrochen worden.

»Willst du nicht lieber Verstärkung anfordern?«, fragte ich.

»Das hat nichts zu bedeuten«, meinte Lee zu den Einbruchsspuren. »Vielleicht haben sich ein paar Kids hier einen Partyraum eingerichtet.«

Ich hob eine Braue. »Du glaubst mir also immer noch nicht?«

»Nicht wirklich. Aber wenn es dich beruhigt, sehen wir uns mal ein wenig hier um.«

Er drückte das Tor auf und betrat das Gelände, und ich folgte ihm mit gemischten Gefühlen. Einerseits war ich angefressen, dass er meine Befürchtungen nach wie vor nicht ernst nahm, und andererseits war ich froh, dass er mitgekommen war. Samira war hier. Daran hatte ich keinen Zweifel mehr. Das Gebäude, das verblichene Schild ... diese Details hätte ich mir im Traum doch nicht ausdenken können!

Lee öffnete die hölzerne Eingangstür. Mit einem gruseligen Quietschen schwang sie auf, schlimmer als in jedem Horrorfilm. Hätte meine Sorge um Samira mich nicht angetrieben, wäre ich nie im Leben freiwillig weitergegangen und in den stockfinsteren Flur des Fabrikgebäudes getreten. Ein Lichtkegel durchschnitt die Dunkelheit vor uns. Er entsprang Lees Armband. Lee deutete wortlos auf einen Knopf, mit dem ich die Taschenlampenfunktion auch an meinem Armand aktivieren konnte.

Ich leuchtete über den Boden und wies schweigend auf die Fußabdrücke in der dicken Staubschicht. Es waren ziemlich viele und sie führten alle den breiten Hauptflur entlang. Lee zuckte nur die Achseln und brummte etwas von Jugendlichen oder Obdachlosen. Trotzdem merkte ich deutlich, wie er sich anspannte und wachsam um sich blickte. Außerdem entging mir nicht, dass seine Hand ständig über dem Pistolenhalfter seines Gürtels schwebte.

Wir sprachen kein Wort und bewegten uns so geräuschlos wie möglich vorwärts. Die wenigen Räume zu beiden Seiten des Korridors waren bis auf einige vereinsamte Möbelstücke vollkommen leer. Eine breite Treppe führte in die oberen Stockwerke, doch die unberührte Staubschicht auf den Stufen ließ darauf schließen, dass sie in letzter Zeit nicht benutzt worden war. Der Flur endete vor einer Stahltür, hinter der sich eine niedrige Halle befand.

Der Mondschein fiel in samtigen Strahlen durch die länglichen schmalen Fenster oben an der Wand entlang. In gespenstischer Anmut ragten die grotesken Umrisse alter Maschinen und Förderbänder auf.

Die Fußspuren führten geradewegs durch die Halle zu einem dieser alten Industrieaufzüge, an denen man vor der Fahrt ein Gitter schließen muss. Es hing auf halber Höhe und zudem etwas schräg. Der Fahrstuhl sah nicht so aus, als ob er noch funktionieren würde.

Wir folgten den Fußspuren, bis Lee auf halber Strecke plötzlich stehen blieb.

»Irgendetwas ist hier faul«, flüsterte er. »Lass uns wieder gehen.«

»Was ist mit Samira?«

»Ich lasse ein Team herkommen. Irgendwie ...« Er erstarrte. Ich folgte dem Strahl seiner Lampe bis zu einer Überwachungskamera an einem der Förderbänder. Ein rotes Kontrolllämpchen ließ keinen Zweifel daran, dass sie aktiv war.

Lee bedeutete mir, zwischen zwei der monströsen Maschinen in Deckung zu gehen. Er packte mein Handgelenk und schaltete das Licht an meinem Armband aus. Rasch löschte er auch sein eigenes. Dann sprach er leise in sein Funkgerät, um die Agency über unseren Aufenthaltsort zu informieren und Verstärkung anzufordern. Danach klemmte er sich wieder diesen Kopfhörer ans Ohr.

»Verstanden«, bestätigte er leise einen Funkspruch.

»Und jetzt?«, wisperte ich.

Er zückte seine Waffe. »Wir warten.«

»Hier?«

»Hast du eine bessere Idee?«

Ich biss mir auf die Unterlippe. »Samy ist hier irgendwo.«

»Jay, verstehst du nicht? Das ist eine Falle! Und wir sind direkt hineingetappt. Scheiße, wie konnte ich nur so blöd sein!«

Lee verzog das Gesicht und spähte vorsichtig an der Maschine vorbei. Doch es blieb still in der Halle, beinahe unheimlich still. Nur unsere Atemzüge waren zu hören.

»Vielleicht hat ja der Besitzer der Fabrik diese Kamera angebracht«, meinte ich.

»Ausgeschlossen. Das ist Anderswelt-Technologie, hochausgestattet und nicht gerade in einem Laden um die Ecke zu kaufen.«

»Aber warum passiert dann nichts? Die müssten uns doch längst gesehen haben.«

»Keine Ahnung, aber darüber werde ich mich ganz sicher nicht beschweren. Und jetzt sei still und verhalte dich unauffällig.«

Ich runzelte die Stirn, ließ seinen scharfen Ton jedoch lieber unkommentiert. Lee war bis aufs Äußerste angespannt. Ich konnte beinahe spüren, welch schwere Vorwürfe er sich machte, dass er uns in diese Situation gebracht hatte.

Ein unheilvolles Kratzen erklang von der breiten Tür her, während jemand sie vorsichtig öffnete. Lee zog seinen Kopf zurück und ließ seinen Blick über die Hallendecke schweifen.

Schritte waren zu hören. Sie kamen direkt in unsere Richtung. Keine Ahnung, wie viele paar Stiefel es waren, die sich unserem Versteck zwischen den Maschinen näherten.

Lee deutete hinter mich und dann nach rechts. Ich hoffte, ihn auch richtig verstanden zu haben, als er mir einen kleinen Schubs gab. Gebückt stürzte ich los und bog bei der nächsten Gelegenheit rechts ab. Lee, der mir direkt auf den Fersen war, gab hinter mir drei gezielte Schüsse ab. Eine Überwachungskamera fiel scheppernd neben mir auf den Boden und hätte mich beinahe getroffen.

Lee stoppte meinen Lauf, indem er mich an der Schulter packte und nach links unter ein Förderband drängte. Er robbte an mir vorbei und visierte ein mir verborgenes Ziel an. Beinahe im gleichen Moment hörte ich jemanden schmerzerfüllt aufschreien.

Mein Puls raste und mein Blick huschte ziellos umher. Ich hatte komplett die Orientierung verloren und musste mich völlig auf Lee verlassen. Er zog mich unter dem Förderband hervor und ich rannte geduckt neben ihm her. Er hatte schützend einen Arm um mich gelegt und presste mich fest an sich, während er mit seiner freien Hand eine Salve Schüsse abgab.

Das Feuer wurde erwidert. Überall flogen violette Lichtkugeln umher, dazu hörte man den Krach menschlicher Handfeuerwaffen. Lee geriet kurz ins Straucheln und ächzte. Er hatte sich gleich wieder gefangen, humpelte jetzt allerdings merklich.

Wir erreichten eine schmale Tür an der Hinterseite des Gebäudes. Lee rüttelte kurz am Griff, doch sie ließ sich nicht öffnen. Zwei Kugeln zerschellten neben unseren Köpfen an der Wand, und Lee zerrte mich hastig weiter. Ich wusste nicht, wie mir geschah. Blanke Panik hatte mich erfasst. Das hier musste aufhören. Sofort. Ich musste etwas unternehmen.

Da flammten plötzlich die Energien vor meinem inneren Auge auf. Sie waren bereit. Ich musste nur nach ihnen greifen. Im Geiste streckte ich bereits die Hände danach aus. Nur noch ein kleines Stück und dann …

Ich prallte mit der Schulter hart gegen eine Wand. Meine Konzentration löste sich und ich stellte fest, dass Lee mich in den Aufzug geschubst hatte. Er folgte mir nicht, sondern riss das eiserne Gitter außen herunter. Der Fahrstuhl fuhr langsam in die Höhe.

»Lee!«, kreischte ich voller Angst. Ich zerrte an dem Gitter, bekam es aber nicht auf. »LEE!«

Lee befand sich in einem heftigen Schusswechsel mit zwei schwarz gekleideten Männern. Es waren Leute vom roten Orden. Voller Entsetzen sah ich noch, dass die Tür aufschwang und eine weitere Gruppe des Ordens hereinstürmte. Dann schob sich eine Betondecke in mein Sichtfeld.

Keuchend hämmerte ich auf die Knöpfe, doch der Aufzug setzte ungehindert seine Fahrt fort.

Ich war gefangen.

***

Irgendwann endete die Fahrt. Ich hatte einige Stockwerke passiert und vermutete, dass ich mich nun im obersten befand.

Ein leises Geräusch ließ mich aufhorchen.

Erst hörte ich nur meinen eigenen Herzschlag in meinen Ohren dröhnen, doch dann war es wieder da.

Ein gedämpftes Stöhnen.

»Samy?«, flüsterte ich.

Zitternd aktivierte ich die Lampenfunktion an meinem Armband und leuchtete zwischen den Gitterstäben des Fahrstuhls hindurch. Vor mir erstreckte sich ein langgezogener Raum, der früher wohl als Lager gedient hatte. Einige der Regale waren umgestürzt und warfen im Schein meiner Lampe unförmige Schatten an die Wände. Hellgrüne Farbe blätterte davon ab.

Mein Atem ging stoßweise, während ich fieberhaft überlegte, was ich machen sollte.

Das war zweifellos der Raum, in dem ich Samira gesehen hatte. Allerdings hatte sich das Ganze inzwischen als Falle herausgestellt. Aber was, wenn Samira trotzdem hier als Geisel gefangen gehalten wurde? Hier oben war alles vollkommen ruhig. Vielleicht hatten die Leute vom roten Orden ihre Geisel hier zurückgelassen, weil sie uns ja im Erdgeschoss erwarteten?

Nein, ich musste erst Lee helfen. Er stand diesen Männern ganz allein gegenüber. Ich musste ihn dabei unterstützen, sie in Schach zu halten, bis Verstärkung eintraf.

Helles Scheinwerferlicht streifte die Fenster und eine Explosion erschütterte das Gebäude.

Ich stieß einen verhaltenen Jubelschrei aus. Unsere Agenten waren offenbar eingetroffen!

Wieder drang das leise Stöhnen an mein Ohr.

Ich atmete auf. Jetzt brauchte Lee meine Unterstützung definitiv nicht mehr. Und bis die Agency das Chaos im Erdgeschoss bewältigt hatte, konnte ich hier oben nach Samira suchen.

Das Gatter des stehenden Aufzugs ließ sich mit einer Hand hochschieben. Das Metall kreischte in der Stille des Lagerraums.

Mit gespitzten Ohren leuchtete ich meine Umgebung ab und schritt langsam vorwärts. Einige Male musste ich einem umgestürzten Regal ausweichen. Auch hier entdeckte ich Spuren in der Staubschicht. Es sah aus, als hätte jemand etwas über den Boden geschleift.

Aufgeregt folgte ich der Spur, bis ich endlich fand, wonach ich gesucht hatte.

Samira lag auf der Seite, mit dem Rücken zur Wand. Das Mondlicht ließ ihre blonden Haare sanft erstrahlen. Sie hatte die Augen geschlossen und sah aus, als würde sie schlafen – wäre da nicht das getrocknete Blut gewesen, das beinahe ihr gesamtes Gesicht überzog.

»Samy!« Mit wenigen Schritten war ich bei ihr. Ich kniete mich neben sie und rüttelte an ihrer Schulter. »Samira! Ich bin's, Jay!«

Sie regte sich nicht. Nicht einmal ihre Augenlider zuckten. Ängstlich tastete ich nach ihrem Puls und atmete erleichtert auf, als ich ihn unter meinen Fingerspitzen spürte. Er war schwach, aber regelmäßig.

Ich hob mein Handgelenk und sprach aufgeregt in das Funkgerät: »Lee, wo bist du? Alles okay? Ich hab Samira gefunden! Wir sind im obersten Stockwerk. Hallo? Hallo?«

Er antwortete nicht.

Warum antwortete er nicht? Ich überprüfte die Anzeige des Armbands, wusste allerdings nicht, was die Zeichen darauf zu bedeuten hatten.

Da hörte ich plötzlich eine Stimme hinter mir.

»Willst du noch ein paar Freunde zu unserer kleinen Party einladen?«, ertönte es hämisch.

Mir lief ein eisiger Schauer über den Rücken. Mein Herz setzte für einige Schläge aus. Mit einem Rumpeln geriet es wieder in Bewegung und es dauerte ein paar Sekunden, bis ich es schaffte, ganz langsam aufzustehen und mich umzudrehen.

Vor mir, im Schatten eines Regals, saß die Füchsin mit übereinandergeschlagenen Beinen auf einem Stuhl. Sie trug ihr dunkelrotes Cape, dessen Kapuze ihr tief ins Gesicht hing. Ich war froh darüber, denn beim Anblick ihrer furchterregenden, pechschwarzen Augen hätte ich vermutlich endgültig die Fassung verloren.

»Das soll eine Party sein?«, brachte ich hervor. »Was für eine traurige Veranstaltung!«

Sie tippte sich mit der eisernen Klaue an ihrem Zeigefinger an die blutroten Lippen. »Ach, ich finde es eigentlich ganz erheiternd.«

Ich verschränkte die Arme und sah sie trotzig an, obwohl ich keine Ahnung hatte, was ich jetzt tun sollte.

Ich muss Zeit schinden ...

Das war ein guter Plan. Zumindest besser als gar keiner.

»Was genau erheitert dich denn, wenn ich fragen darf?«

»Im Moment? Nun, ich finde es doch sehr amüsant, dass du jetzt vor mir stehst. Allein und vollkommen ungeschützt. Um ehrlich zu sein, hätte ich dir mehr Intelligenz zugetraut. Deinem Team im Übrigen auch. Ich bin fast ein wenig enttäuscht, dass es so einfach war, dich hierher zu locken.«

Ich kniff die Augen zusammen. »Du hast mir also die Traumbilder dieser Fabrik geschickt! Wie hast du das gemacht?«

»Eine sehr interessante Frage!« Sie erhob sich mit einer geschmeidigen Bewegung und machte einen Schritt auf mich zu.

Ich streckte abwehrend eine Hand aus. »Bleib, wo du bist!«

Der Schein meiner Lampe traf auf ihr Gesicht, so dass mich ihre erleuchtete Haut schon fast blendete. Sie blieb lächelnd stehen. Ich richtete meine Hand wieder auf den Boden, um dieses grausame Lächeln nicht in aller Einzelheit sehen zu müssen.

»Meine liebe Jessica«, begann die Füchsin in säuselndem Tonfall. »Seit unserer ersten Begegnung hatte ich einige Zeit zum Nachdenken, und ich bin erleichtert, dass du das Wacharia-Gift überlebt hast, das ich dir damals verabreicht habe. Zwischen uns besteht eine Verbindung. Viel tiefer, als du dir vorstellen kannst. Dadurch ergeben sich für uns beide ungeahnte Möglichkeiten.«

»Bleib stehen!«, rief ich, als sie sich wieder in Bewegung setzte. »Wovon redest du überhaupt?«

Die Füchsin ließ sich nicht aufhalten. Ganz langsam ging sie auf mich zu, während ich automatisch zurückwich und Panik in mir aufstieg.

»Wir beide können unglaubliche Dinge erreichen. Gemeinsam können wir eine neue Welt erschaffen, frei von Hass und Unterdrückung. Eine Welt der Gleichberechtigung.«

Ich lachte übertrieben. »Die Dunkelheit spricht vom Weltfrieden? Das ist ja der Witz des Jahrtausends!«

»Du hast nicht verstanden, worum es mir geht.«

»Ach ja? Um was geht es dir denn? Um die Weltherrschaft?«

Die Füchsin lächelte wieder. »Hast du dich je gefragt, wie dieser Planet ohne all die sinnlose Zerstörung der Menschen aussehen würde? Wie es wäre, wenn seine Bewohner in völligem Einklang mit der Natur stünden? Ist das nicht eine wundervolle Vorstellung?«

Ich stieß mit dem Rücken gegen eine Wand, während zahlreiche Bilder durch meine Gedanken rasten: ein gerodeter Wald, aus dessen schwarzer Erde Sprösslinge aufkeimten und zu neuen Bäumen wurden, ein riesiges Kraftwerk, das in sich zusammenfiel, bis nur noch eine blühende Wiese übrig blieb. Die Skyline eines großen Industriegebiets, das von dichtem Smog umhüllt war und sich allmählich veränderte, bis die Schlote der Fabriken mit ihrem ganzen Rauch verschwunden waren und nur noch strahlend blauer Himmel zu sehen war …

Es waren Visionen von einer nahezu perfekten Zukunft.

Doch diese Visionen stammten nicht von mir. Ein fremdes Bewusstsein machte sich gerade in meinen Gedanken breit. Etwas Vergleichbares hatte ich noch nie zuvor gespürt. Es war, als würde jemand nach meiner Seele greifen und sie mit eisernem Griff festhalten. Ich stemmte mich dagegen und focht einen Kampf, den ich kaum in Worte fassen konnte.

Ich presste meine Handballen in die Augenhöhlen und atmete schwer. »Hör auf!«, stieß ich hervor. »Verschwinde aus meinem Kopf!«

Hinter meiner Stirn tobte es. Die Schmerzen waren beinahe unerträglich.

»Du bist stärker, als ich dachte«, hörte ich die Füchsin sagen. Ihre Worte hallten durch meinen Kopf. Sie klang angestrengt.

Keuchend krümmte ich mich unter dem Schmerz und versuchte meine letzten Kräfte zu sammeln.

Da flammte plötzlich ein blaues Licht vor meinem inneren Auge auf. Sofort stürzte ich mich mit meinem ganzen Sein in die Energie des Wassers.

Explosionsartig formte sich eine flüssige Sphäre zwischen mir und der Füchsin, und die Zeit schien für einen kurzen Moment stillzustehen.

Die Füchsin blickte irritiert auf die schwebende Kugel, und diese Sekunde der Unaufmerksamkeit reichte mir, um sie endlich aus meinen Gedanken zu stoßen. Aus einem Impuls heraus riss ich beide Arme nach vorne und stieß die Sphäre von mir. Der Füchsin gelang es gerade noch, sich die Hände schützend vors Gesicht zu halten, bevor sie mitten in der Kugel verschwand.

Dann veränderte die Flüssigkeit schlagartig ihre Konsistenz und wurde zu einer festen Masse. Sie erstarrte zu einem Eisblock, und die Füchsin war darin eingeschlossen.

Verdutzt rieb ich mir die Augen. Mit einer solchen Reaktion des Wassers hatte ich absolut nicht gerechnet. Eigentlich wollte ich die Füchsin von den Füßen reißen. Aber sie einfrieren?

Ich holte ein paar Mal tief Luft, um wieder zu Kräften zu kommen. Der tobende Schmerz hinter meiner Stirn verklang mit jedem Atemzug und wurde zu einem dumpfen Pochen.

»Jay! Jay?«

Es klang nach Lee. Er war noch am Leben! Und er war hier. Jetzt würde alles wieder gut werden.

Ich richtete mich auf und lehnte mich an die Wand. Ein erschöpftes Lächeln ließ meine Mundwinkel zucken. »Ich bin hier!«

Polternde Schritte näherten sich. Plötzlich wimmelte es überall um mich herum von Agenten der Agency. Scheinwerferlicht erfüllte den Raum. Joe stürzte zu Samira und beugte sich über sie. Lee tauchte neben mir auf, gefolgt von Colin, der staunend den Eisblock umrundete.

»Alles okay?«, wollte Lee von mir wissen. Er musterte mich besorgt. Dabei war er es, der eindeutig am Oberschenkel getroffen war.

»Bestens.« Ich grinste schwach. »Warum hast du nicht geantwortet? Ich hab mir Sorgen gemacht!«

»Dein Lautsprecher war deaktiviert, du Genie!«, schimpfte er halbherzig.

»Was zum Teufel ist das?«, fragte Colin, der jetzt ungläubig vor dem Eisblock stand. Er kniff die Augen zusammen und starrte die graublaue Masse an. Ein roter Schemen war darin zu erkennen. »Was ist das in seinem Inneren?«

»Darf ich vorstellen …?« Ich machte eine übertriebene Geste. »Die Füchsin.«

Sofort fuhr Lee herum und richtete seine Waffe auf den Eisblock. Colin war einen Schritt zurückgetreten.

»Lebt sie noch?«, fragte Lee.

Colin legte den Kopf schräg, als würde er lauschen. »Ich bin nicht sicher. Hier sind zu viele Leute.«

»Alles klar.« Lee zielte breitbeinig auf die Füchsin. »Du kannst sie jetzt wieder auftauen, Jay.«

Ich kratzte mich am Ellbogen. »Äh …«

»Keine Sorge, sie ist umstellt. Es kann nichts passieren.«

»Na ja, das mag schon sein, aber …« Ich zog die Stirn in Falten. »Ich weiß ja gar nicht, wie ich das überhaupt gemacht habe. Daher ist es ein bisschen schwierig … Versteht ihr?«

Lee starrte mich fassungslos an. Colin hingegen merkte wohl, dass ich vor Müdigkeit kaum mehr die Augen offenhalten konnte. Er kam zu mir und hakte sich bei mir unter, um mich zu stützen.

»Halb so wild«, sagte er. »Wenn das tatsächlich Eis ist, wird sich die Sache mit der Zeit sowieso von selbst erledigen.«

Ich nickte dankbar und lehnte mich gegen ihn. Meine Wahrnehmung trübte sich, als würde ich durch einen Traum wandeln. Alles um mich herum wirkte plötzlich dumpf und irreal, als ginge es mich nichts mehr an.

Lee gab irgendwelchen Leuten irgendwelche Anweisungen, während Colin mich durch den Lagerraum führte.

Vor uns wurde Samira auf einer Trage in den Aufzug geschoben und Joe ließ dabei keine Sekunde lang ihre Hand los. Unsere Blicke trafen sich kurz, bevor der Fahrstuhl sich in die Tiefe quälte. Eine Träne glitzerte in seinem Augenwinkel, doch sein Lächeln war voller Erleichterung. Samira war gerettet.

Und die Füchsin war tiefgefroren.

Und ich brauchte dringend eine Mütze voll Schlaf.

KAPITEL 15

Am darauffolgenden Nachmittag eilte ich mit Ivan durch das Hospital der Hauptzentrale von Avalon. Samira war endlich aufgewacht und ich wollte natürlich so schnell wie möglich nach ihr sehen.

Obwohl ich selbst nicht wirklich viel geschlafen hatte, fühlte ich mich frisch und aufgekratzt. Irgendwie euphorisch. Was ja auch kein Wunder war. Immerhin hatte sich nach Stunden des absoluten Entsetzens alles zum Guten gewendet. Das hätte ich wirklich niemals erwartet.

Die Füchsin war hinter Schloss und Riegel.

Unfassbar!

Ich konnte diesen Umstand noch gar nicht richtig begreifen. Der Ursprung all der Sorgen und Zweifel, die mich in der letzten Zeit belastet hatten, saß nun im Hochsicherheitstrakt der Agency – beziehungsweise er stand. Die Füchsin war nämlich meines Wissens immer noch ein tiefgefrorener Eisklotz.

Aber was bedeutete das nun für mich? War meine Aufgabe als Trägerin des Orinions hiermit erledigt?

»Hier«, riss Ivan mich aus meinen Gedanken. »Zimmer neunzehn.«

Ich klemmte den silbernen Topf mit der blühenden Pflanze in eine Armbeuge, um an die Tür zu klopfen. Joes Stimme bat uns gleich darauf hinein.

Er saß auf einem Stuhl neben dem Krankenbett und hielt Samiras Hand, als hätte er sie seit gestern Nacht gar nicht mehr losgelassen. Samira hockte lässig im Schneidersitz auf der Bettdecke. Eigentlich thronte sie eher, was wirklich bewundernswert war. Ich hätte mir bis dahin nicht vorstellen können, dass jemand im Schneidersitz, noch dazu in einem Krankenhaushemd, derart elegant aussehen konnte. Und das, obwohl ihr Gesicht sogar noch blasser war als meines.

Samira grinste breit. »Ah, da kommt ja meine Retterin!«

»Ach was«, wehrte ich ab. »Gerettet hat dich die Agency. Ich war nur dabei.«

Sie schüttelte lächelnd den Kopf. »Nein, ich hab schon gehört, was passiert ist. Ich bin froh, dass du so ein Sturschädel bist.«

»Na, und ich erst!«, rief Joe. Er sprang auf und schloss mich in eine schwungvolle Umarmung, der beinahe meine Topfpflanze zum Opfer fiel. Er drückte mich so fest, dass mir kurzzeitig die Puste wegblieb. »Danke«, flüsterte er in mein Ohr, bevor er mich losließ.

»War doch klar«, schnaufte ich und stellte die Blumen sicherheitshalber auf dem Nachttisch ab. Ich trippelte unsicher auf der Stelle. Samira erlöste mich, indem sie ihre Arme ausbreitete und zu mir auflächelte. Ich umarmte sie herzlich. In diesem Moment fiel mir der letzte Kieselstein vom Herzen und alle Sorge von mir ab. Samy war wohlauf. Sie würde bald wieder völlig gesund sein. Eine Träne der Erleichterung kitzelte mich im Augenwinkel.

Ich löste mich von Samira und blinzelte verlegen.

»Die ist für dich«, murmelte ich und wies auf die Pflanze, als wäre das nicht ohnehin klar.

»Sie hat sie aus dem Wartezimmer geklaut«, erklärte Ivan unverblümt und sprang auf das Bett. Er legte eine Pfote auf Samiras Knie. »Endlich ausgeschlafen, ja?«

»So ungefähr.« Samira drückte lachend die kleine Pfote.

Ivan zeigte seine spitzen Zähnchen und setzte sich zufrieden ans Fußende des Bettes. »Dann bin ich ja beruhigt. Könnt ihr mir überhaupt mal erklären, warum jeder eurer Natureinsätze hier im Krankenhaus enden muss? Das zerrt allmählich ziemlich an meinen Nerven!«

»Na, wenn das so ist, werden wir es in Zukunft natürlich vermeiden«, sagte Joe in gespieltem Ernst. Er ließ sich zurück auf seinen Stuhl fallen und unterdrückte ein Gähnen.

Samira musterte ihn eingehend. »Geh doch endlich nach Hause und schlaf dich aus, Joe. Mir geht es hervorragend!«

»Ich gehe erst nach Hause, wenn ich dich mitnehmen kann!«

»Ich muss noch bis morgen hierbleiben.«

»Dann bleibe ich auch hier.«

Ich verfolgte das Wortgefecht der beiden mit einem Schmunzeln. Die Beziehung zwischen Samira und Joe hatte wirklich etwas Faszinierendes an sich. Sie war tiefer, als ich es je bei einem Paar beobachtet hatte. Sie mussten nicht öffentlich herumknutschen, um ihre Verliebtheit zu zeigen. Ihre Liebe lag in jeder noch so kleinen Geste, in jedem Blick und jedem Wort. Das Band zwischen ihnen war innig und konnte mit keiner Klinge dieser Welt durchtrennt werden. Das war wunderschön.

Wünschte sich nicht jeder solch eine Beziehung? Selbst in mir regte sich ein Funke von Sehnsucht, während ich die beiden beobachtete. Ich wusste nicht, wie es sich anfühlte, verliebt zu sein. Schmetterlinge im Bauch und all dieses Zeugs kannte ich nur aus Schilderungen. Bisher hatte es noch kein Kerl auch nur annähernd zustande gebracht, derartige Gefühle in mir auszulösen. Vielleicht war ich aber auch einfach nicht dafür geschaffen.

»Auf jeden Fall muss ich mich dringend bei einer Shoppingtour erholen, sobald ich hier raus darf«, sagte Samira.

Ich brauchte einen Moment, bis ich mich angesprochen fühlte. »Äh, ja, klar. Das machen wir!«

Da klopfte jemand an die Tür.

»Herein!«, rief Samira. Sie grinste mich an. »Noch mehr geklaute Blumen?«

Ich zuckte unschuldig mit den Schultern. »Eigentlich hab ich sie gar nicht wirklich geklaut. Nur woanders hingestellt.«

Lee trat ein. Er hatte keine Blumen für Samy dabei und äußerte auch keinerlei Genesungswünsche. Er stellte sich einfach an das Fußende des Bettes und tauschte einen langen Blick mit der Patientin.

»Samira«, sagte er schlicht.

»Lee«, antwortete sie.

Beide lächelten und nickten sich leicht zu. Ich sah stirnrunzelnd zwischen ihnen hin und her. Mehr Emotionen waren von Lee wohl nicht zu erwarten. Während ich das ziemlich seltsam fand, wirkte Samira ganz entspannt.

Lee hörte auf zu lächeln und sah mich an. »Der Chief will dich sprechen.«

»Jetzt gleich?«

»Ja. Ich soll dich zu ihm bringen.«

Sein Tonfall duldete keinen Widerspruch. Nun gut, eigentlich war das bei Lee ja immer so, aber da der General nach mir verlangte, sah ich mich gezwungen, meine Widerrede hinunterzuschlucken.

»Okay«, sagte ich artig. »Samy, ich komme später noch mal, ja?«

Sie schmunzelte. »Geht klar. Ich laufe schon nicht weg.«

Wir traten auf den Flur hinaus und gingen schweigend nebeneinander her zum Aufzug. Dabei musterte ich Lee immer wieder verstohlen von der Seite. Er sah erschöpft aus, auch wenn er versuchte, das zu überspielen. Außerdem lag ein Schatten über seinem Gesicht, den ich nicht deuten konnte. War es Sorge? Oder war er einfach nur hundemüde?

»Wie geht es deinem Bein?«, fragte ich schließlich, weil mir das Schweigen auf die Nerven ging.

»Alles verheilt.«

»Du humpelst aber.«

Für einen Wimpernschlag stockte er. »In zwei, drei Stunden nicht mehr.«

Tatsächlich war das leichte Humpeln ab diesem Moment verschwunden. Typisch Lee. Auf keinen Fall Schwäche zeigen. Vielleicht waren ja die Schmerzen der eigentliche Grund für sein seltsames Verhalten. Seit Catania hatten wir nicht mehr miteinander gesprochen und ich verstand wirklich nicht, womit ich die Reserviertheit verdient hatte, die er mir gegenüber nun schon wieder zeigte.

Während wir auf den Fahrstuhl warteten, knibbelte ich an meinen Fingerspitzen.

»Lee?«

»Hm?«

»Ich bin froh, dass du nicht tot bist«, hörte ich mich sagen.

Was zum …?

Im Geiste schlug ich mir die Hand vor die Stirn. *Was war das denn für ein dämlicher Spruch?*

Wenigstens erreichte ich damit, dass Lees Mundwinkel amüsiert zuckte.

»Dann sind wir uns ausnahmsweise einmal einig«, antwortete er schlicht.

»Ja. Ausnahmsweise.«

Wo steckte nur dieser bescheuerte Aufzug?

Im Augenwinkel merkte ich, wie Lee mich ernst ansah. Er wollte irgendetwas sagen. Gerade als ich den Mut zusammenkratzte, mich seinem Blick zu stellen, schoben sich die Fahrstuhltüren auf. Es war seltsam, aber ich spürte, dass wir beide froh über diese Unterbrechung waren.

Ich nahm meine übliche Breitbeinposition ein und hob überrascht eine Augenbraue, als Lee den roten Knopf für das Untergeschoss drückte.

»Der Hochsicherheitstrakt? Ich dachte, der Chief will mich sprechen?«

»Er wartet unten auf uns.«

»Warum dort?«, fragte ich alarmiert.

»Wir können das Eis nicht schmelzen. Du sollst es noch einmal versuchen.«

Genau das hatte ich befürchtet. Der Aufzug rauschte in die Tiefe. Ich nagte nervös an meiner Unterlippe. Viel zu schnell endete die Fahrt und die Türen glitten lautlos auseinander. Dahinter war ein vollkommen weißer Raum. Ich starrte in die durchdringende Helligkeit und rührte mich nicht von der Stelle.

»Ich glaube nicht, dass ich das kann«, sagte ich leise. »Ich weiß ja gar nicht, wie ich sie überhaupt eingefroren habe.«

Lee blieb in der Fahrstuhlöffnung stehen, drehte sich aber nicht zu mir um. »Das habe ich dem Chief auch erklärt, aber du sollst es trotzdem versuchen.«

Ein unguter Schauer rann über meinen Rücken. Die Euphorie über meinen vermeintlichen Triumph war dahin. Ich wollte es nicht laut aussprechen, doch ich fürchtete mich davor, der Füchsin gleich gegenüberzutreten. Ich war nicht bereit dafür. Noch nicht.

»Warum wollt ihr sie eigentlich auftauen?«, fragte ich. »So ist sie doch sicher verwahrt?«

»Das schon, aber ob nun eingefroren oder nicht, die Dunkelheit ist nach wie vor in dieser Frau und somit auf der Erde«, antwortete Lee knapp und machte einen weiteren Schritt aus dem Fahrstuhl heraus. »Die Welt wird erst in Sicherheit sein, wenn die Dunkelheit vollständig vertrieben wurde.«

Meine Hand legte sich automatisch auf das Orinion. Warm und vertraut spürte ich das Amulett durch den Stoff meiner Jacke. Ich bildete mir ein, eine leichte Vibration zu fühlen, so als würde es mir gut zureden.

Widerwillig trat ich schließlich zu Lee hinaus. Der Fahrstuhl schloss sich und wir standen einen Moment in völliger Stille in dem durchdringenden Weiß. Ich wusste zwar, dass dies eine Sicherheitsschleuse sein musste, zuckte aber trotzdem zusammen, als ein Lasergitter wie aus dem Nichts erschien und uns abtastete. Ein gedämpftes Signal ertönte und die vordere Wand schob sich langsam zur Seite.

Dahinter lag ein Gebäudetrakt, der sich auf den ersten Blick kaum von den übrigen Etagen des Gebäudes unterschied. Es gab geräumige Flure, weiße Wände, fluoreszierende Farbe an der Decke und viele Türen, denen jegliche Beschriftung fehlte. Dann folgte eine weitere Schleuse.

Erst dahinter lag der eigentliche Hochsicherheitstrakt, der mich entfernt an die unterirdische Außenstelle der Agency unter dem Strickwarenladen erinnerte. Eine gewaltige Halle erstreckte sich vor uns. Große Ventilatoren drehten sich träge an der hohen Decke. Darunter reihten sich Glaskästen dicht an dicht aneinander. Im ersten Moment dachte ich, es würde sich dabei um abgetrennte Büros handeln, doch als wir den ersten Kasten erreichten, verstand ich, dass es Gefängniszellen waren.

Durch die vordere Scheibe hatte man freien Blick auf die gesamte Zelle. Darin war ein Bett, ein Schreibtisch mit einem kubischen Hocker davor und ein Waschbecken. In der Ecke war eine halbhohe Mauer, hinter der ich die Toilette vermutete. Mehr Einrichtungsgegenstände gab es nicht. Von Privatsphäre ganz zu schweigen.

Ich konnte es nicht vermeiden, einen Blick auf die jeweiligen Insassen zu werfen, obwohl es mir ehrlich zuwider war, diese Menschen anzugaffen wie eingesperrte Tiere im Zoo. Manche saßen auf ihren Betten und starrten ins Leere. Andere gingen unruhig in den kleinen Zellen auf und ab. Einige standen dicht vor der Frontscheibe und stierten mich finster an. Darunter auch ein Mann, den ich sofort wiedererkannte.

Es war einer der Kerle, die Sina und mich damals im *Green Goose* angegriffen hatten. Meine erste Begegnung mit dem roten Orden und auch mit der Agency.

Ob der Typ in der Zelle wusste, dass seine Anführerin sich ebenfalls hier befand? Und dann auch noch schockgefrostet?

Seinem Blick konnte ich es nicht entnehmen. Dafür jedoch überdeutlich, was er mit mir anstellen würde, wäre nicht eine dicke Scheibe zwischen uns gewesen. Ich hielt seinen zornigen Augen mit vorgerecktem Kinn stand und signalisierte ihm, dass er mich mal kreuzweise konnte, während ich mit unverändertem Tempo an ihm vorbeimarschierte.

Der Gang zwischen den Glaskammern hindurch erschien mir endlos. Jede einzelne Zelle war besetzt. Nicht nur mit Menschen. Auch einige Zwerge und sogar eine graugetigerte Katze saßen ein. Mich hätte interessiert, welche Verbrechen man begehen musste, um hier zu landen. Lappalien und Kavaliersdelikte zogen wohl kaum eine Gefängnisstrafe dieser Art nach sich. Ich konnte mir nicht einmal annähernd vorstellen, wie es sich anfühlte, in einem dieser gläsernen Käfige eingesperrt zu sein.

Ein dumpfes Geräusch neben mir ließ mich zusammenzucken. Es stammte von einer Lichtkugel, die wie ein Tischtennisball in einem der Glaskästen herumsprang. In der Mitte hielt sie inne und schwebte frei in der Luft. Ich blinzelte ein paar Mal und erkannte schließlich, dass es sich dabei um einen handtellergroßen Käfer handelte, der in gleißendem Licht erstrahlte.

»Ist das ein Irrlicht?«, fragte ich Lee.

Er nickte. Meinem Gesichtsausdruck entnahm er wohl, dass ich Mitleid mit dem Insekt hatte, denn er sagte: »Lass dich nicht von seinem unschuldigen Aussehen täuschen. Es hat sich nicht nur zum wiederholten Mal in die Dortwelt geschlichen, um sein Unwesen zu treiben, sondern auch noch vorsätzlich ein menschliches Passagierflugzeug auf den falschen Kurs gelockt, um es mit einem Transportflieger kollidieren zu lassen.«

Nachdenklich betrachtete ich noch einmal den leuchtenden Käfer. »Kann man ihm diese Tat wirklich zum Vorwurf machen? Ich meine, es liegt doch in der Natur der Irrlichter, Verwirrung zu stiften und in die Irre zu führen. So schrecklich es auch ist, aber ist dieser Käfer nicht einfach nur seinem Instinkt gefolgt?«

»Das ist nicht ganz richtig«, meinte Lee. »Die Geschöpfe der Anderswelt sind keine gewöhnlichen Tiere. Sie haben gewisse Regeln zu befolgen und das wissen sie auch. Diesem Irrlicht war durchaus bewusst, dass es die

Anderswelt nicht verlassen darf. Zudem ist es den Irrlichtern strikt verboten, mit ihrem Schabernack Leben zu gefährden. Es hat also nicht nur fahrlässig, sondern vorsätzlich gehandelt und wird dementsprechend bestraft.«

Ein entsetzliches Brüllen hallte durch den Trakt. Das tiefe Grollen ging mir durch und durch. Es klang furchterregend. Gefährlich.

Ich sprang erschrocken zur Seite, obwohl ich gar nicht sagen konnte, aus welcher Richtung das Geräusch gekommen war.

»Was war das?«, flüsterte ich ängstlich.

»Das war der inhaftierte Fangor. Keine Sorge, kurz vor der Fütterungszeit brüllt er immer so herum.«

Erst jetzt merkte ich, dass Lees warmer Atem meine Stirn streifte, während er sprach. Der sanfte Duft von Moos nach einem lauen Sommerregen kitzelte in meiner Nase. Verlegen sah ich auf und musste leider feststellen, dass ich in meiner aufwallenden Panik wie ein hilfloses Mädchen vor seine breite Brust gehüpft war und mich zudem mit einer Hand an seinen Ärmel krallte.

Oh. Mein. Gott.

Wie peinlich war das denn, bitte? Ich kam mir vor, wie der größte Depp. Hastig trat ich einen Schritt zurück und lachte übertrieben. »Ach so! Na, dann.«

Lee reagierte nicht auf den Vorfall. Er ging einfach weiter.

Ich folgte ihm mit fühlbar hochrotem Kopf und fragte mich, was gerade in mich gefahren war. Letztendlich schob ich es auf meine ohnehin zum Zerreißen gespannten Nerven. Das Gebrüll war einfach zu viel gewesen und hatte mein Hirn für einen Moment aussetzen lassen. Genau.

Wir gelangten bis ans Ende der Halle. Dort stand ein Glaswürfel, der doppelt so groß war wie die restlichen Zellen. Sämtliche Scheiben waren verdunkelt. Nicht zuletzt die schwer bewaffneten Wachposten, die in regelmäßigen Abständen den gesamten Würfel umgaben, verrieten, welch gefährlicher Insasse sich dort drin befinden musste.

Die Füchsin.

Meine Kehle fühlte sich mit einem Schlag wie ausgedörrt an. Gleichzeitig spürte ich, wie mein Puls immer schneller wurde.

Jetzt reiß dich mal zusammen! Hier wimmelt es vor Agenten. Was soll denn schon passieren?

Ich wischte meine schweißnassen Handflächen an meiner Hose ab und straffte meine Gestalt. Schlimm genug, dass Lee gerade Zeuge von meiner Weichei-Seite geworden war – der Chief sollte mich auf gar keinen Fall so erleben.

Er stand vor einer Monitorwand an der Frontscheibe des Glaskastens. Über die oberen Bildschirme flatterten allerhand Messdaten. Colin war auch da. Er sprach gerade mit dem Chief und grinste freudig, als er mich sah.

Der General hingegen blieb völlig ernst. »Jay, tut mir leid, dass ich dir keine längere Ruhepause gönne, aber ohne deine Hilfe können wir dieses Eis wohl nicht schmelzen. Wir sind uns ehrlich gesagt nicht sicher, womit wir es bei diesem Material überhaupt zu tun haben. Die Wassermoleküle scheinen mit komprimierter Energie versteift zu sein. Einer Energie, die unseren Messgeräten fremd ist. Vermutlich entstammt sie dem Orinion.«

Ich nickte nur schweigend und versuchte mich dabei voller Entschlossenheit zu präsentieren. Ob der Chief mein Schauspiel trotzdem durchschaute, konnte ich nicht sagen. Viel schneller als mir lieb war, öffnete er die Tür zu der Zelle und wartete auf mich. Mit staubtrockener Kehle trat ich zu ihm und hörte ihn noch zu Lee sagen, dass er draußen bleiben solle, bevor wir den dunklen Glaskasten betraten.

Das Deckenlicht ließ den Eisblock geheimnisvoll schimmern. Wie ein riesiger Kristall ragte er auf. Bis auf einen einzelnen Stuhl war der Raum völlig leer. Eine mir unbekannte Frau saß darauf. Sie zwirbelte eine blonde Locke zwischen ihren Fingern und nickte langsam.

»Ja, sie lebt«, sagte sie, ohne uns dabei anzusehen. »Sie ist körperlich unversehrt und bei klarem Verstand. Ihre mentale Kraft ist enorm. Gelinde gesagt. Sie steuert ganz genau, was ich sehen darf. Nein, keine neuen Erkenntnisse. Ja, sie weiß, dass du hier bist.«

Mir wurde erst klar, dass der letzte Satz mir gegolten hatte, als die Frau mich ansah. Sie hatte mir eine Frage beantwortet, die sich gerade mal vage in meinem Kopf geformt hatte.

»Ja, ich bin ein Fínniór ersten Grades«, sagte sie mit einem angedeuteten Lächeln.

Sofort erstarrte ich innerlich. Diese fremde Frau konnte also völlig frei in meinen Gedanken lesen? Es geschah vollkommen automatisch, dass ich eine mentale Mauer um mich aufbaute, wie ich es vor Kurzem bei Colin getan hatte. Wie eine Art Schutzreaktion.

Die Frau legte den Kopf schief. Eine kleine Falte erschien auf ihrer Stirn. »Interessant …«, murmelte sie. Dann warf sie ihre Locken über die Schulter und stand auf. »General, wir sollten Jay alleine lassen, damit sie sich konzentrieren kann.«

Ich wollte einen Einwand erheben, doch die Frau kam mir zuvor: »Keine Sorge, wir können alles sehen, was hier drin geschieht und im Bruchteil einer Sekunde eingreifen.«

Der Chief sah mich fragend an. Irgendwie brachte ich ein recht lässiges »Geht klar« hervor.

Die beiden wandten sich zum Gehen. Bevor die fremde Frau die Glaszelle verließ, hielt sie neben mir noch einmal inne.

»Nimm in Zukunft lieber eine Stahlwand«, sagte sie leise. »Mauerfugen bieten Angriffsfläche. Eine glatte Stahlwand ist viel schwieriger zu durchdringen. Und zieh diesen Schutzwall um deinen gesamten Körper, nicht nur um deinen Kopf.«

Ich wollte ihr noch für diesen Ratschlag danken, doch da war sie auch schon verschwunden. Das leise Klicken des Türschlosses ließ mich zusammenzucken. Ich brauchte einen Moment, bis ich es wagte, mich zu der Füchsin umzudrehen.

Der gezackte Eisklotz schimmerte wie ein geschliffener Bergkristall. Der dunkelrote Schemen in seiner Mitte war kaum als menschliche Gestalt zu erkennen. Ich trat ein Stück näher und betrachtete aufmerksam das Gesicht der Füchsin. Der obere Teil war von der Kapuze verdeckt. Der Rest wirkte durch das klare, dichte Eis verschwommen. Dennoch glaubte ich, ein Lächeln auf ihren blutroten Lippen zu sehen.

Langsam hob ich eine Hand und legte sie auf das Eis. Es fühlte sich glatt an und keineswegs so kalt, wie ich erwartet hatte. Dennoch fröstelte ich. Das lag jedoch an den Erinnerungen, die mich ereilten. Besonders die Erinnerung daran, wie die Füchsin in meinen Kopf eingedrungen war, jagte mir Schauer über den Rücken. Sie hatte mir völlig ungehindert Bilder in meine Gedanken gepflanzt, um mich zu manipulieren. Und ich hatte ihr Eindringen erst bemerkt, als sie schon mittendrin war.

Wie hatte sie das gemacht? Bisher war mir keine Tuatha-Begabung bekannt, die so etwas ermöglichte.

Oder aber es war gar nicht die Füchsin gewesen, die nach meinem Geist gegriffen hatte. Sondern etwas, das mit der Begabung eines Tuatha nichts zu tun hatte. Etwas völlig anderes.

Die Dunkelheit selbst.

Auch wenn ich diese Möglichkeit nicht wahrhaben wollte, so schien es doch naheliegend. Immerhin hatte die Dunkelheit von einer ganzen Person Besitz ergriffen. Ein Umstand, der mir erst in diesem Moment so richtig bewusst wurde.

Wer war die Frau inmitten des Eisblocks wirklich? Wer war sie gewesen, bevor die Dunkelheit sie zur Füchsin gemacht hatte? Und war diese Wandlung überhaupt mit ihrem Einverständnis geschehen?

Nein, darüber wollte ich jetzt nicht nachdenken. Genauso wenig wollte ich darüber nachdenken, was passiert wäre, wenn ich mich nicht mithilfe des Orinions aus der Gedankenmanipulation hätte retten können. Was zählte, war, dass ich es geschafft hatte. Dass die Füchsin nun hier im Hochsicherheitstrakt der Agency war. Und dass ich sie jetzt nur noch auftauen musste, damit die Dunkelheit von der Erde vertrieben werden konnte. Wie auch immer dies dann aussehen würde.

Ich schloss die Augen und atmete einige Male tief durch. Dabei versuchte ich, sämtliche Gedanken ziehen zu lassen. Meine gesamte Konzentration galt der kühlen Substanz unter meiner Handfläche. Sie fühlte sich merkwürdig an. Vertraut und doch irgendwie fremd. Ich spürte noch tiefer in das verwirrende Gefühl hinein. Die Energie des Wassers glomm als kleine Kugel vor meinem inneren Auge auf. Sie pulsierte im Rhythmus meines Herzschlags. Ruhig und regelmäßig. Vorsichtig versuchte ich, die Kraft mit der Eisfläche zu verbinden.

Erfreut beobachtete ich, dass die Energie mir tatsächlich folgte. Zum ersten Mal hatte ich völlig die Kontrolle übernommen. Gemächlich, aber beständig kroch die Kraft des Wassers meinen Arm entlang bis zu meinen Fingerspitzen. Dort hielt sie abrupt inne. Aufmerksam betrachtete ich im Geiste die Stelle und versuchte das Hindernis zu erkennen, an dem sich das Wasser staute.

Es war wie eine schwarze, undurchdringliche Wand. Anders konnte ich es nicht beschreiben. Ich horchte auf. Hinter der massiven Schwärze regte sich etwas. Ein leises Geräusch wehte heran. Es klang wie ein heiseres Lachen. Düster und grausam. Erst dann bemerkte ich, dass sich die Wand verändert hatte. Sie schien nicht länger massiv, eher wie eine wabernde Oberfläche. Und sie wehrte die Energie des Wassers nicht länger ab, sondern griff nun ihrerseits danach.

Erschrocken zog ich das blaue Licht zurück und schüttelte die dunklen Fäden davon ab. Es kostete mich einige Mühe, denn die Schwärze wollte nicht von der Kugel ablassen. Irgendwie schaffte ich es schließlich, mich und das Wasser davon loszureißen, und taumelte rückwärts. Jemand packte mich bei den Schultern.

Ehe ich mich's versah, stand ich keuchend außerhalb des Glaskastens. Die Hände der fremden Frau lagen auf meinen Oberarmen. Sie sah mir tief in die Augen und redete beruhigend auf mich ein. Es dauerte eine Weile, bis ich ihre Worte verstand.

»... alles gut. Ihre Kräfte werden abgeschirmt. Sie kann dich hier nicht erreichen.«

Verwirrt schüttelte ich den Kopf. »Was ...? Ich verstehe nicht ganz.«

»Die Zelle ist von einem energetischen Kraftfeld umgeben. Du bist nicht die Erste, die einen Angriff dieser Art erlebt. Wie ich schon sagte, die mentalen Kräfte der Füchsin sind enorm. Selbst ich darf mich nicht allzu lange innerhalb der Zelle aufhalten, weil sie meinen Schutz irgendwann durchdringen würde. Und glaub mir, ich habe sehr viel mehr Übung darin als du.«

Sie ließ ihre Hände sinken und blickte ruckartig zu Lee. Er stand direkt neben uns, mit geballten Fäusten und zu einem dünnen Strich zusammengepressten Lippen.

»Beruhigen Sie sich, Captain!«, fuhr die Frau Lee in überraschend scharfem Tonfall an, obwohl er gar nichts gesagt hatte. »Sie war zu keinem Zeitpunkt in ernsthafter Gefahr!«

Lee mahlte mit seinem Kiefer und starrte die Frau einen Moment an, als würde er ihr gleich den Kopf abreißen. Dann nickte er steif, trat einen Schritt zurück und hüllte sich in seine gewohnte Ausdruckslosigkeit.

Ich zitterte, wobei ich nicht ganz sagen konnte, ob das am Schock lag, an meiner Irritation über Lees Verhalten oder an meiner unterdrückten Verärgerung.

»Warum habt ihr mich dann da hineingeschickt?«, fragte ich und sah den Chief an. »War ja offenbar klar, dass sie mich angreifen würde!«

Der General hielt meinem erbosten Blick mit unbewegter Miene stand. »Das ist richtig. Die Frage war eher, ob du ihren Angriff abwehren kannst.«

»Wunderbar, dann hab ich also gerade deutlich bewiesen, dass ich unfähig bin?« Ich schnaubte. »Tut mir leid, bei diesem kleinen Test durchgefallen zu sein. Vielleicht hätte ich vorher mehr lernen sollen.«

»Vielleicht hättest du das tatsächlich«, entgegnete der Chief gelassen. »Darum habe ich entschieden, dass du in zwei Wochen die Grundausbildung zur Agentin antreten wirst.«

»Äh … wie bitte?« Ich blinzelte verdutzt.

»Du hast schon richtig gehört. Die Geschehnisse der letzten Tage haben mir gezeigt, dass es viel zu gefährlich ist, dich ohne entsprechende Ausbildung in den Außeneinsatz zu schicken. Natürlich wird es anstrengend für dich werden, denn neben dem gewöhnlichen Agenten-Training musst du weiterhin den Umgang mit dem Orinion üben und dich an der Suche nach den verbliebenen Elementen beteiligen. Deine wahre Identität muss nach wie vor geheim bleiben, darum können wir bei deiner Grundausbildung auch keine Rücksicht auf diese Mehrbelastung nehmen. Allerdings bin ich mir sicher, dass du alles unter einen Hut bekommen wirst.« Er legte den Kopf leicht schräg und zog eine Braue hoch. »Oder täusche ich mich da?«

Mir klappte ein paar Mal der Mund auf und zu, ohne dass ich einen anständigen Ton herausbekam. Mein Ärger war vollständig verschwunden. Ich wusste ehrlich nicht, ob ich vor Freude lachen oder aus Entsetzen weinen sollte.

Hinter dem General grinste Colin breit und reckte enthusiastisch beide Daumen hoch. Unwillkürlich wanderte mein Blick weiter und blieb an Lee haften. Sein Kiefer war nach wie vor angespannt, doch in seinen dunklen Augen flackerte Neugier auf. Nur für den Bruchteil einer Sekunde, aber ich hatte sie dennoch deutlich erkannt.

Bisher hatte ich mir keine Gedanken darüber gemacht, wie es nun eigentlich mit mir weitergehen sollte. Ein Teil von mir war der Meinung, dass mit der Gefangennahme der Füchsin meine Aufgabe als Trägerin erledigt sei. Der andere Teil meinte jedoch, dass meine Aufgabe darin bestand, die Dunkelheit von der Erde zu vertreiben und nicht nur, sie eingefroren in einen Glaskasten zu stecken. Und das letzte Drittel wusste schlichtweg nicht, was ich denn ohne eine Aufgabe überhaupt anstellen sollte.

In mein altes Leben zurückkehren? Meine früheren Ziele wiederaufnehmen, die mir inzwischen so fremdartig erschienen?

Abitur, Physikstudium, auf eigenen Beinen stehen ...

Das war es, worauf ich immer hingearbeitet hatte. Mein Lebensplan, sozusagen. Inzwischen fühlte er sich falsch an. So als hätte ich selbst in diesem Plan gar keinen Platz mehr.

Und jetzt?

Grundausbildung zur Agentin. Agentin der Agency.

Ich – menschliche Agentin der Anderswelt ...

Das klang absurd. Aber doch irgendwie auch ... interessant.

Wie hatte mein Lieblingsphysiker einmal gesagt?

Wenn eine Idee am Anfang nicht absurd klingt, dann gibt es keine Hoffnung für sie.

Albert Einstein war nicht umsonst ein Genie.

Ich lächelte und sah zu General Stanson auf.

»Ich werde Sie nicht enttäuschen, Chief.«

ENDE von Band 2

© Johanna Danninger

Johanna Danninger, geboren 1985, lebt als Krankenschwester mit ihrem Mann, einem Hund und zwei Katzen umringt von Wiesen und Feldern im schönen Niederbayern. Schon als Kind dachte sie sich in ihre eigenen Geschichten hinein. Seit sie 2013 den Schritt in das Autorenleben wagte, kann sie sich ein Leben ohne Tastatur und Textprogramm gar nicht mehr vorstellen. Und in ihrem Kopf schwirren noch zahlreiche weitere Ideen, die nur darauf warten endlich aufgeschrieben zu werden

Nicht genug bekommen?

Leseprobe aus Julia Zieschangs »Feuerphönix«, dem ersten Band von der »Phönix-Saga«

225 Seiten
E-Book 3,99 €
ISBN 978-3-646-60249-4
Softcover 12,99 €
ISBN 978-3-551-30077-5

Da war etwas Leuchtendes und Warmes, das mich anzog. Was ich fühlte, war unmöglich in Worte zu fassen. Es war einzigartig. Vincents Aura war einzigartig.

Caro weiß nichts von ihren Eltern. Nichts von dem Erbe, das in ihr ruht. Oder über den unheimlichen Typen mit den goldenen Augen, der sie seit ihrem Geburtstag zu verfolgen scheint. Kann es sein, dass eine Verbindung zwischen ihm und den mysteriösen Bränden besteht, die sich immer häufiger in ihrer Gegenwart entfachen? Caro muss erkennen, dass in ihr Kräfte schlummern, die nicht nur für sie äußerst gefährlich werden können. Sie ist die Nachfahrin einer uralten Linie von magischen Wesen – den Phönixen. Und damit fangen ihre Schwierigkeiten erst an.

1. Kapitel

Ich versank in dem Anblick des Flammenspiels und machte unwillkürlich ein paar Schritte in seine Richtung. Fast meinte ich spüren zu können, wie die Spitzen der Feuerzungen meine Haut sanft kitzelten. Irritiert wandte ich den Blick von dem Feuer. Was war nur los mit mir? So durfte ich nicht denken. Feuer war schmerzhaft und grausam. Es vernichtete Leben und fraß alles auf, was sich ihm in den Weg stellte, nur um selbst leben zu können. Aber was, wenn das in der Natur der Dinge lag? Waren nicht immer die aufregendsten und faszinierendsten Kreaturen auch die gefährlichsten?

Ich saß in der U-Bahn und starrte durch das Fenster in die Finsternis. Die Wände des Tunnels rauschten an mir vorbei. Die laute Musik aus den Kopfhörern meines Smartphones ließ die Gespräche der Menschen um mich herum zu einem angenehmen Gemurmel verstummen. Ich lehnte mich entspannt zurück und konzentrierte mich ganz auf die harten Beats meiner Lieblingsrockband. Die U-Bahn hielt mit einem Rucken an der nächsten Station. Ich beobachtete die anderen Fahrgäste, die sich eilig zur Tür hinausdrängten. Ich hasste die Enge der unterirdischen Tunnel. Sie lösten ein beklemmendes Gefühl in mir aus, als wäre ich eingesperrt. Zum Glück war es nicht mehr weit bis zu meiner Station. Bald würde ich wieder Tageslicht sehen. Der schwere Geruch nach fettigem Essen weckte meine Aufmerksamkeit. Ich hatte die Quelle schnell ausgemacht: ein etwa zwölfjähriger Junge, der soeben die U-Bahn mit einem Burger in der Hand betreten hatte. Ich bemühte mich um einen gleichgültigen Blick, obwohl mich der Fleischgeruch anekelte. Der Junge machte ein paar Schritte in meine Richtung. Der Platz neben mir war noch frei. Etwas in meinem Blick musste ihn abgeschreckt haben, denn er zögerte kaum merklich und setzte sich dann auf die andere Seite. Die U-Bahn fuhr an und ich drehte meinen Kopf wieder zur Scheibe. Mein Spiegelbild grinste mir zufrieden zu.

Meine Gedanken schweiften zu den heutigen Vorlesungen. Wir hatten ziemlich viel Stoff durchgenommen, was bedeutete, dass ich heute Nachmittag noch einiges zum Durchlesen haben würde. Ich seufzte bei der Vorstellung, schon wieder nur in meinem Zimmer rumzusitzen. Vielleicht sollte ich lieber erst eine Runde joggen gehen. Seit ich vor ziemlich genau einem Jahr angefangen hatte, Jura an der Ludwig-Maximilians-Universität in München zu studieren, war von meiner Freizeit nicht mehr viel übrig. Zeitweise war es äußerst mühsam, sich durch die umständlich formulierten Gesetzestexte zu kämpfen, und ich musste mir wieder in Erinnerung rufen, warum ich mir das antat.

Der Zug wurde langsamer. Ich hob meine schwere Tasche vom Boden auf und ging in Richtung der Türen. Eine weitere lästige Angelegenheit am Jurastudium war, dass man ständig eine mit Gesetzbüchern vollgestopfte Tasche mit sich rumschleppte. Ein Wunder, dass mein Rücken noch nicht aussah wie der von Quasimodo. Die U-Bahn hielt. Ich drängte mich vorbei an den mir viel zu langsam gehenden Leuten und lief die Treppenstufen hinauf in die Freiheit. Noch bevor ich ganz oben angelangt war, erreichten mich die ersten Regentropfen. Sie klatschten auf mein Gesicht und ich hörte, wie eine Frau hinter mir über das »Mistwetter« schimpfte. Mich störte es nicht weiter. Ich hatte mich längst an den ständigen Regen gewöhnt. Nichts Außergewöhnliches für einen Oktober in München. Dennoch hätte ich nichts gegen ein bisschen Sonnenschein einzuwenden gehabt. Wann hatte es den eigentlich zuletzt gegeben? Ich konnte mich gar nicht mehr daran erinnern. Ich zog mir die Kapuze meiner Jacke tief in die Stirn und beschleunigte meine Schritte. Den Regenschirm hatte ich aus Bequemlichkeit in meinem Zimmer liegenlassen. Eigentlich war es total unlogisch, denn durch den kleinen Regenschirm würde meine Tasche nur unwesentlich voller und schwerer werden, als sie es ohnehin schon war. Konzentriert starrte ich auf den geteerten Gehweg vor mir, um mit meinen Stoffturnschuhen nicht in eine Pfütze zu treten. Ich war froh, als ich vor unserem Haus angelangt war. Ein kurzer Blick auf meine Armbanduhr bestätigte mir, was ich bereits vermutet hatte: Ich hatte den Weg von der Uni bis hierher mal wieder in unter dreißig Minuten geschafft. Schnell kramte ich den Haustürschlüssel aus meiner Tasche und schloss auf. Endlich im Trockenen zog ich mir die Kapuze vom Kopf, dann lief ich die vielen Stufen hinauf bis in den dritten Stock. Im Wohnungsflur brannte Licht. Ein sicheres Zeichen dafür, dass eine meiner beiden Mitbewohnerinnen schon zu Hause war. Da heute Mittwoch war, tippte ich auf Doro.

»Hey, Caro«, hörte ich ihre Stimme durch die geschlossene Zimmertür.

Ich hatte Recht gehabt. Nachdem ich meine Schuhe ausgezogen und die Jacke zum Trocknen auf einen Bügel gehängt hatte, klopfte ich kurz an ihre Zimmertür und drückte die Türklinke nach unten.

»Hi, na, was machst du gerade?«

Sie stöhnte: »Ich muss noch die blöde Hausarbeit in Kunstgeschichte fertig schreiben.«

»Ach stimmt ja, das hattest du schon mal gesagt. Was war noch gleich das Thema?«

Sie schüttelte sich. »Botticelli.« Sie sagte es, als wäre es ein Schimpfwort.

Den Namen hatte ich schon einmal gehört, konnte ihn aber nur grob mit Madonnen-Gemälden und einer Venus in Verbindung bringen.

»Sisley, van Gogh oder meinetwegen auch Picasso – über die hätte ich alle liebend gern zwanzig Seiten geschrieben. Aber nein, ausgerechnet ich kriege einen Maler aus der Renaissance.«

»Aber die Renaissance ist doch auch nicht so schlecht. Da gab es lauter Gemälde mit hübschen pausbäckigen Engelskindern.«

Sie warf mir einen bitterbösen Blick zu.

»Engel? Pah! Das ist nicht dein Ernst.«

Ich konnte mir ein Grinsen nur schwer verkneifen. Doro und Engel – das passte wirklich nicht zusammen. Sie wäre wohl eher die Andy-Warhol-Fraktion, was schon ein Blick auf ihre Kleidung bestätigte. So bunt, wie sie rumlief, war sie beinahe selbst Pop Art.

»Stimmt, war es nicht. Aber du kriegst das trotzdem hin. Bis wann muss die Hausarbeit denn fertig sein?«

»Bis morgen.« Sie vergrub ihr Gesicht in ihren Händen. Ihre kinnlangen schwarzen Haare standen in alle Richtungen ab. »Und ich hab keine Ahnung, wie ich das noch schaffen soll.«

»Na ja, du hast ja noch gute sechzehn Stunden Zeit. Vorausgesetzt, du verzichtest heute Nacht gänzlich auf Schlaf.«

»Kommt gar nicht in Frage!« Empört sah sie mich an und ihre grünen Augen blitzten.

»Schon klar, du brauchst deinen Schönheitsschlaf«, neckte ich sie.

»Sag mal, Caro, willst du mich verarschen?«, fuhr sie mich an.

»Wieso?« Ich machte eine Unschuldsmiene. Ihre heftige Reaktion verwirrte mich. Für gewöhnlich reagierte sie nicht so sensibel auf meine kleinen Sticheleien.

»Dir ist schon klar, was heute für ein Tag ist?«

Diese Frage verwirrte mich nur noch mehr. »Natürlich weiß ich das. Heute ist Mittwoch. Wäre ich etwa heute mit dem Einkaufen dran gewesen?«

»Nein.« Sie verdrehte genervt die Augen. »Du kannst unmöglich vergessen haben, dass heute der 12. Oktober ist.«

Ich zuckte zusammen. Heute war schon der Zwölfte? Scheiße, das bedeutete …

»Ganz genau.« Sie betrachtete meine vor Schreck erstarrte Miene mit einer gewissen Genugtuung. Sie kostete den Moment aus, in dem mir das volle Ausmaß ihrer Worte bewusst wurde. »Du wirst in weniger als acht Stunden zwanzig. Und das werden wir gebührend feiern.«

Ich verzog gequält das Gesicht. »Ich dachte, wir hätten uns darauf geeinigt, meinen Geburtstag zu ignorieren?«

»Wir haben uns auf gar nichts geeinigt. Du hast das so bestimmt und Mara und ich haben beschlossen, deinen Wunsch zu ignorieren.« Doro verschränkte die Arme vor der Brust. Ein zufriedenes Lächeln umspielte ihre Lippen.

Mara war die Dritte im Bunde. Ihr Vater hatte ihr diese Wohnung gekauft und sie hatte in einer Anzeige nach zwei Mitbewohnerinnen gesucht. Durch Zufall hatten Doro und ich uns als Erste gemeldet und nach einem kurzen Kennenlernen mit Wohnungsbesichtigung auch beide ein Zimmer bekommen. Wir waren alle im dritten Semester, aber jede von uns studierte etwas anderes. Mara hatte Pädagogik und Bildungswissenschaft gewählt, Doro Kunstgeschichte und ich Jura.

»Aber es ist mein Geburtstag! Habe ich da denn gar nicht mitzureden?«, beschwerte ich mich.

»Nein, hast du nicht.« Sie grinste mich frech an. Dann fügte sie versöhnlicher hinzu: »Es wird dir bestimmt gefallen, was wir uns überlegt haben.«

Das bezweifelte ich stark – ich hatte meine Geburtstage noch nie gemocht –, aber da ich keinen Streit wollte, nickte ich ergeben. Ich würde die paar Stunden bis Mitternacht schon irgendwie hinter mich bringen.

»Von mir aus. Und was machen wir dann heute? Damit ich mich schon mal seelisch und moralisch darauf einstellen kann.«

»Das werde ich dir ganz bestimmt nicht verraten. Nur so viel: Um halb acht fahren wir los. Ach, und, Caro, könntest du bitte nicht deinen ausgeleierten Kapuzenpulli anziehen? Irgendetwas Schickes wird sich bei dir im Schrank bestimmt finden, hm?« Sie blickte mich aus großen grünen Augen fast bittend an.

Ich schnaubte. Sie hatte gut reden! Noch nie hatte ich einen so vollen Kleiderschrank wie ihren gesehen. Allerdings musste ich ihr zugutehalten, dass sie ihre Klamotten hauptsächlich in Secondhandläden und auf Flohmärkten aufstöberte. Ihr spezieller Geschmack zeigte sich auch jetzt in einer schrillen Farbkombination aus türkisfarbenen Leggins und lilafarbenem Shirt.

»Tss«, empört verschränkte ich die Arme, »als ob ich nur diesen einen Pulli tragen würde. Er ist eben bequem.«

»Jaja, schon gut«, lachte Doro. »Ich muss jetzt wirklich zusehen, dass ich mit Botticelli fertig werde. Und dafür habe ich noch genau«, sie warf einen kurzen Blick auf ihr Handy, »achtundfünfzig Minuten.«

Sie drehte mir den Rücken zu und richtete ihre volle Aufmerksamkeit wieder auf ihren Laptopbildschirm.

Ich verließ mit einem mulmigen Gefühl im Bauch ihr Zimmer und ließ mich auf mein Bett fallen. Was sie wohl für heute Abend geplant hatten? Ich konnte mir beim besten Willen nicht vorstellen, dass es mir Spaß bereiten würde. Ich hatte schon immer eine negative Grundeinstellung meinem Geburtstag gegenüber gehabt und es war mir völlig schleierhaft, wie ich die Tatsache hatte verdrängen können, dass morgen der 13. Oktober war. Vermutlich eine Art Schutzmechanismus, denn ich hatte diese geheuchelte Aufmerksamkeit und das »Heute ist dein großer Tag«-Gehabe schon als Kind gehasst. Und ich wusste auch genau, woran das lag. Nichts hatte ich schlimmer gefunden, als an diesem Tag im Mittelpunkt zu stehen und daran erinnert zu werden, dass ich keine liebevolle Umarmung von meinem Vater oder einen Kuss von meiner Mutter bekommen würde. In der Grundschule grenzte es schon an Grausamkeit, wenn mich die anderen Kinder fragten, ob ich denn auch eine Geburtstagsfeier bei mir zu Hause veranstalten würde oder ob es so etwas bei uns im Waisenhaus nicht gebe. Ich hatte durchaus eine Vorstellung davon, wie solche Partys unter normalen Umständen abliefen. Ich war oft genug von Schulkameraden eingeladen worden. Die Eltern verteilten Zuckerwatte, Popcorn und Eis, liefen mit einem Fotoapparat vor den aufgeregten Gesichtern rum und knipsten wild drauflos. Das Lieblingswort von Lola, meiner damaligen Banknachbarin, war »Ameisenscheiße« gewesen. Das hatte sie vor jedem Foto gesagt. Außerdem gab es haufenweise Geschenke, Wasserpistolen und Wasserbomben. Sicher, so ein Geburtstag hätte mir auch gefallen, aber eigentlich fand ich das alles immer nur künstlich und affektiert. Eine Zurschaustellung davon, wer die lustigste Party, die tollsten Geschenke und die coolsten Eltern hatte. Nichts davon hatte ich gehabt und dabei war mein sehnlichster Wunsch ganz simpel: Ich wollte einfach nur nach der Schule nach Hause kommen und von liebenden Eltern begrüßt werden. Sie mussten noch nicht einmal cool sein. Ich würde auch ganz uncoole, spießige Eltern nehmen, Hauptsache Eltern. Und mein Geburtstag erinnerte mich immer an meinen Verlust. Daran, dass sie mich nicht gewollt hatten. Zumindest nahm ich das an, sonst hätten sie mich wohl kaum weggegeben. Über meine Vergangenheit wusste ich fast nichts. Nur, dass ich erst wenige Tage alt gewesen war, als man mich im Waisenhaus abgegeben hatte. Ich hatte noch nicht einmal ein Foto von meinen Eltern. Ich hatte überhaupt nichts. Nicht die winzigste Erinnerung. Wenn der Kalender wieder einmal den 13. Oktober anzeigte, waren die Betreuerinnen stets bemüht gewesen, mich glücklich zu machen. Carmen – meine liebste Betreuerin – ging immer mit mir in den Spielzeugladen und ich durfte mir dort etwas aussuchen. Trotzdem hatte ich abends heimlich unter der Bettdecke geweint. Später, als ich bereits aufs Gymnasium ging, versuchte ich den Tag wie jeden anderen zu sehen und ließ ihn klaglos über mich ergehen, in der Aussicht, die nächsten 364 Tage lang Ruhe zu haben.

Um den Geburtstag letztes Jahr hatte ich mich erfolgreich drücken können, worauf ich besonders stolz war. Es war die zweite Uniwoche gewesen und wir drei hatten uns quasi gerade erst kennengelernt. Da war es ein Leichtes gewesen, einfach zu schweigen und den 13. Oktober still und leise an mir vorüberziehen zu lassen. Erst an Doros Geburtstag, drei Monate später, kam die Frage auf, wann denn überhaupt meiner war. Die beiden hatten sich furchtbar darüber aufgeregt, dass ich es ihnen verschwiegen hatte, und wollten ihn mit mir nachfeiern, aber ich konnte sie zum Glück davon überzeugen, dass wir das an meinem zwanzigsten Geburtstag mit einer viel größeren Party nachholen konnten. Und wie es aussah, hatten Doro und Mara mich beim Wort genommen. So ein Mist! Das würde eine lange Nacht werden.

***

Gegen achtzehn Uhr hörte ich Mara die Wohnung betreten. »Mädels, Essen ist da«, rief sie.

Als ich unsere Küche betrat, stieg mir gleich der Duft von Pizza in die Nase. Auf dem Tisch standen zwei große Pappschachteln, die den köstlichen Geruch verströmten.

»Wie kommt's, dass du Pizza besorgt hast? Bist du nicht immer gegen ungesundes Essen? Und ist heute nicht eigentlich unser Kochabend?«, wunderte ich mich.

»Der muss diesmal leider ausfallen.« Sie zwinkerte mir verschwörerisch zu. »Außerdem fand ich, wir könnten eine ordentliche Grundlage für heute Abend gebrauchen.« Als sie meinen grimmigen Blick bemerkte, sahen mich ihre haselnussbraunen Augen entschuldigend an.

»Oh, es gibt Pizza!« Doro lief freudestrahlend zum Esstisch und lüftete die Deckel der Pizzakartons. Sie sog den Geruch tief ein, dann ging sie den Pizzaroller holen.

»Die kommen genau richtig«, meinte sie, während sie die Pizzen in Stücke schnitt. »Ich kann mich schon gar nicht mehr richtig konzentrieren. Ich brauche unbedingt ein paar Kohlenhydrate.«

»Das dachte ich mir«, lachte Mara. »Wie kommst du voran?«

»Na ja, ich habe noch dreißig Minuten Zeit. Lang genug, um drei Word-Seiten zu schreiben, was meinst du? Braucht ihr Teller oder essen wir sie aus den Kartons?«

»Kartons«, riefen Mara und ich gleichzeitig und dann lachten wir alle drei, weil die Frage so überflüssig war. Da wir keine Spülmaschine hatten, versuchten wir Geschirr zu sparen, wo es nur ging. Schließlich mochte niemand gerne den Abwasch erledigen.

»Du musst noch drei Seiten schreiben? Oje, das klingt sehr nach *copy and paste*.«

»Pst«, machte Doro. »Nicht, dass dich noch jemand hört. Aber wozu gibt es schließlich dieses Monstrum von Internet.«

Mara sah nicht sehr überzeugt aus. »Aber du schreibst hoffentlich nicht von Wikipedia ab, oder?«

»Für wie blöd hältst du mich denn? Keine Sorge, ich hab da schon meine Quellen.«

»Also ich könnte das nicht. Ich würde mich dabei so unwohl fühlen und hätte vermutlich ein so schlechtes Gewissen, dass ich schon allein deshalb auffliegen würde, weil man es mir aus zehn Metern Entfernung ansehen würde.«

Ich setzte mich neben Doro und sah mir die Auswahl an. Mara hatte eine Pizza Margherita und eine Funghi gekauft. Da sie wusste, dass ich Vegetarierin war, und sie selbst ebenfalls kaum Fleisch aß, gab es bei Gemeinschaftsessen immer etwas Vegetarisches. Doro hatte bereits das erste Stück zur Hälfte verschlungen und ich schnappte mir eines von der Pizza Funghi. Mara, die sich noch schnell ein Glas mit Wasser gefüllt hatte, setzte sich mir gegenüber, biss in ihre Pizza und zog dabei lange Käsefäden.

»Ist ja auch besser so. Wie sagt man doch gleich? Ehrlich währt am längsten. Und wenn heute nicht so ein bedeutender Abend wäre, würde ich mir sicherlich mehr Mühe geben«, sagte Doro kauend.

»Tobi müsste auch jeden Moment da sein.« Vorfreude spiegelte sich auf Maras Gesicht. Ich war nicht sonderlich überrascht darüber, dass ihr Freund uns begleiten würde. Sie und Tobi waren unzertrennlich und gaben ein wirklich süßes Paar ab.

»Wir sollten uns auch langsam mal ranhalten, Caro. Ich komme mir schon vor wie eine dieser alten Katzen-Ladies«, stichelte Doro.

Sie hatte gut reden, sie hatte zumindest schon ein paar Freunde gehabt. Nur bei mir wollte es nicht klappen. Außer ein paar unbedeutenden Partyknutschereien hatte ich nichts vorzuweisen. Und die waren mehr dem Alkohol als natürlicher Attraktivität zu verdanken gewesen.

»Ein paar schwarze Katzen würden wirklich gut zu dir passen«, meinte ich.

»Die schaffe ich mir vielleicht auch wirklich an, wenn das mit den Jungs nicht bald mal klappt«, entgegnete Doro.

Ich lachte: »Du kannst dich doch wirklich nicht beschweren. Auf jeder zweiten Party schleppst du einen ab.«

»Schon, aber das ist doch nichts Dauerhaftes. Das dient lediglich dem kurzen Vergnügen.« Sie zwinkerte mir bedeutungsvoll zu.

»Ich könnte euch helfen, jemanden zu finden.« Mara klatschte, begeistert von der Vorstellung, Amor zu spielen, in die Hände. Ihre liebste Aufgabe war es, uns mit Typen bekannt zu machen, von denen wir – oder besser gesagt ich – nichts wollten. Wenn es ein Studienfach namens Beziehungswissenschaft gegeben hätte, ich wette, sie hätte es belegt.

Ich zog eine Grimasse. »Bitte nicht.«

»Warum denn nicht? Willst du etwa ewig allein bleiben?« Sie schürzte beleidigt die Lippen.

»Vielleicht verratet ihr mir mal, was wir heute Abend machen?«, versuchte ich sie abzulenken.

»Ach, wenn wir es dir sagen, wäre es ja keine Überraschung mehr«, entgegnete Mara.

»Außerdem wärst du vermutlich enttäuscht, weil wir bei weitem nicht so kreativ sind, wie du vielleicht befürchtest«, meinte Doro.

Immer diese Geheimniskrämerei. Aber so schnell gab ich nicht auf.

»Also kein Stripteaseclub?« Ich versuchte meiner Stimme einen enttäuschten Klang zu geben.

»Ich fürchte, heute Nacht wird sich niemand entkleiden. Es sei denn, dein Freund wäre bereit, für eine kurze Einlage die Hüllen fallen zu lassen?« Doro grinste Mara vielsagend an und schob sich den letzten Bissen ihres Pizzastückes in den Mund.

»Das sind leider ganz exklusive Vorstellungen, nur für exklusive Personen wie mich.« Mara zog in gespieltem Bedauern die Schultern hoch.

»Zu schade.« Doro schnappte sich ein weiteres Stück Pizza.

Ich kaute frustriert auf meinem herum. Mir war der Appetit vergangen und ich war immer noch keinen Deut schlauer.

2. Kapitel

Der Regen trommelte gegen mein Fenster. Meine hohen Schuhe brauchte ich bei dem Wetter gar nicht erst aus den Tiefen meines Kleiderschrankes zu kramen. Bei den vielen Pfützen würde das kein gutes Ende für sie nehmen. Daher entschied ich mich für schlichte graue Ankle Boots und eine enge schwarze Jeans. Hoffentlich war ich damit passend angezogen. Ich wusste ja immer noch nicht, wo es hingehen sollte. Ich wühlte ein paar schickere Oberteile aus dem Schrank und breitete sie auf dem Bett aus. Keine Ahnung, was Doro für ein Problem mit meinem Kleidungsstil hatte. Es konnte ja nicht jeder so schrill und bunt rumlaufen wie sie. Und wer bitteschön trug nicht gerne bequeme Sachen zu Hause? Seufzend zog ich meinen weiten Pulli aus und tauschte ihn gegen ein enges, figurbetontes graues Top mit silbernen Pailletten. Darüber zog ich meine schwarze Lederjacke. Fertig. Zufrieden betrachtete ich mich im Spiegel. Meine feinen Haare fielen mir glatt bis zum Schlüsselbein. Ein helles Blond, das bei Sonnenschein beinahe farblos wirkte. Genau wie mein alabasterfarbener Teint, der durch unzählige kleine Sommersprossen etwas Farbe abbekam. Da den kleinen Pünktchen die Fläche auf meinem Gesicht nicht gereicht hatte, waren sie über meine Schultern hinab bis zu meinen Handrücken gewandert. Ich mochte sie sehr, denn ihr Ton passte perfekt zur Farbe meiner Iris. Eine Art warmes Bernstein, das meine Augen förmlich zum Leuchten brachte und meinem kantigen Gesicht etwas Weiches verlieh.

»Kommst du, Caro? Wir müssen los«, rief Mara.

»Komme schon.« Ich löste mich vom Spiegel und eilte hinaus.

***

Als wir an der U-Bahn-Station Münchner Freiheit in die U3 umstiegen und nicht in die von mir erwartete Richtung ins Stadtzentrum weiterfuhren, dämmerte mir langsam, wo es hinging. Auf der Strecke lag nämlich nichts Besonderes – bis auf den Olympiapark.

»Wir fahren nicht wirklich in die Olympiahalle, oder?« Mein Magen kribbelte vor Aufregung.

Doro und Mara warfen sich einen schnellen Blick zu, ehe Mara mit einem breiten Grinsen antwortete: »Doch, genau dorthin geht es.«

Das konnte nur eines bedeuten: Wir waren auf dem Weg zu einem Konzert! Ich quietschte vor lauter Vorfreude. »Wer spielt denn heute?«

Tobias, der neben Mara saß und lässig einen Arm um ihre Schultern gelegt hatte, sah mich ungläubig an. »Du hast es tatsächlich nicht mitbekommen? Sogar im Radio haben sie es gebracht.«

Ich schüttelte ungeduldig den Kopf. »Also, wer ist es?«

Doro breitete ihre Arme aus, als wolle sie »Tadaaa« schreien und verkündete dann: »*The Script*.«

»Was? Ihr seid verrückt! Ihr habt mir nicht wirklich eine Karte für *The Script* besorgt?«

»Nicht nur eine«, meinte Doro, »das wollten wir uns alle nicht entgehen lassen.«

»Ich wusste, du würdest dich darüber freuen.« Mara strahlte mich stolz und zufrieden an. Vermutlich war es ihre Idee gewesen, mir die Konzertkarten zu schenken. Musik war meine große Leidenschaft. Wann immer es ging, stöpselte ich mir meine Kopfhörer in die Ohren. Ob auf dem Weg zur Uni, beim Joggen – sogar beim Shoppen hörte ich meine Lieblingsbands. Und *The Script* war definitiv eine davon.

»Jetzt verstehst du auch, warum ich mitkommen musste. Ich hoffe, es macht dir nichts aus.« Tobi sah mich entschuldigend an.

»Natürlich nicht. Ich bin schon so an den Anblick von euch beiden gewöhnt, dass es direkt komisch ist, Mara mal alleine zu sehen.«

Mara streckte mir die Zunge raus und Tobi hob amüsiert die Augenbrauen.

Vor dem Eingang hatte sich bereits eine lange Schlange gebildet, in die wir uns einreihten.

»Es macht dir also nichts aus, dass du dein Geschenk schon vorher bekommst?«, fragte mich Mara leise.

»Nein, das ist schon in Ordnung.«

»Gut.« Erleichterung spiegelte sich in ihrem Gesicht. »*The Script* ist leider nur heute Abend da, sonst wären wir natürlich erst morgen hingegangen.«

»Mach dir nicht immer so viele Gedanken. Das ist das beste Geschenk, das ich jemals bekommen habe.«

In einer spontanen Geste umarmte ich Mara und danach Doro und Tobi. »Danke euch allen. Oh, ich freu mich ja schon so!«

»So soll es sein«, meinte Doro.

Das Konzert war der Hammer. Laut, rockig, mit zuckenden Scheinwerferlichtern und voller kreischender Fans. Die Band hatte sich richtig ins Zeug gelegt und ich hatte fast alle Songs aus vollem Hals mitgesungen. Als wir wieder draußen waren, klingelten mir zwar meine Ohren und meine Stimme war ein wenig heiser, aber das war es wert gewesen.

Es war kurz vor halb zwölf und wir beschlossen, in die Innenstadt zu fahren, um in einem Club noch ein bisschen zu feiern.

Als unser fröhlicher Trupp den Club erreicht hatte, war es zehn Minuten vor zwölf und die anderen hatten beschlossen, die Zeit bis Mitternacht draußen abzuwarten. Ich war dagegen gewesen. Der Abend war bisher der Hammer, warum ihn dann mit Geburtstagsbeglückwünschungen ruinieren? Natürlich stand ich mit dieser Meinung mal wieder alleine da.

»Nichts da. Man wird schließlich nur einmal zwanzig«, hatte Doro gesagt.

»Die *Golden Twenties*«, schwärmte Mara und ich hörte Doro ächzen.

»Ich bin auch schon zwanzig und wie du siehst, geht es mir ganz gut«, versuchte Tobias mir Mut zu machen. Er hatte gut reden, er stand ja nicht im Mittelpunkt. Außerdem war mir die neue Zahl am Anfang herzlich egal. Hier ging es ums Prinzip!

Die Minuten schritten unbarmherzig in Richtung Mitternacht und als Mara den Countdown einleitete, zog sich mein Magen krampfhaft zusammen. Ich hasste es, auf diese Art im Mittelpunkt zu stehen. Nur weil auf einem lächerlichen Stück Papier ein Datum stand, musste man nicht so ein Tamtam deswegen veranstalten.

»Happy Birthday!«, kreischte Mara an meinem Ohr und brach mir beinahe den Hals bei ihrer stürmischen Umarmung.

Als Nächstes kam eine Umarmung samt Glückwünschen von Tobias.

»Das Beste zum Schluss«, meinte Doro mit einem breiten Grinsen. »Alles, alles Gute zum Geburtstag!« Sie fiel mir ebenfalls um den Hals.

»Wir haben noch was für dich.« Mara reichte mir ein kleines Päckchen, eingewickelt in buntem Papier.

»Aber ihr habt doch schon das Konzert bezahlt. Das ist viel zu viel. Das kann ich nicht annehmen«, protestierte ich.

»Quatsch, das ist nur eine Kleinigkeit.« Sie wedelte mit dem Päckchen vor meiner Nase rum.

»Das wäre wirklich nicht nötig gewesen.« Widerstrebend nahm ich es ihr aus der Hand.

»Nun pack es schon aus«, ermunterte mich Doro.

»Na gut.« Ich gab mir Mühe, das Papier ordentlich aufzureißen, aber als ich Doro und Tobi ungeduldig seufzen hörte, gab ich meine Anstrengungen auf und zerriss es.

In den Händen hielt ich eine flache, quadratische Pappverpackung, die aussah wie eine CD. Vorne war nichts draufgedruckt außer ein paar bunte Herzen.

»Öhm, danke.«

»Dreh es mal um«, schlug Mara vor.

Ich tat gehorsam, was sie sagte. *Fliegendes Wunschpapier* stand auf der Rückseite. Ich öffnete die Schachtel und zum Vorschein kamen ein kleiner Bleistift, ein quadratischer Block mit buntem Papier und eine schmale Schachtel mit Streichhölzern. Eine Anleitung dazu gab es nicht.

Doro hatte meinen ratlosen Blick bemerkt. »Du schreibst darauf deinen Wunsch, zündest den Zettel an und lässt ihn davonfliegen.«

»Wie kitschig«, hörte ich Tobi murmeln, der dafür Maras Ellenbogen zu spüren bekam.

»Das ist aber eine süße Idee. Danke!« Ich sah einem nach dem anderen in die Augen.

»Probier es ruhig aus«, sagte Mara.

»Okay, aber ihr müsst auch mitmachen.« Ich reichte Mara den Block, sie überlegte kurz und schrieb dann ihren Wunsch auf. Sie riss das Blatt ab und gab den Block samt Bleistift an ihren Freund weiter. So machte das Wunschpapier die Runde, bis ich es zum Schluss wieder in den Händen hielt. In der Zwischenzeit hatte ich genügend Zeit gehabt, mir meinen Wunsch zu überlegen.

Ich wünsche mir eine Spur zu meinen Eltern, kritzelte ich auf den Block. In den letzten zwei Jahrzehnten meines Lebens hatte ich nicht den kleinsten Hinweis auf den Verbleib meiner Eltern gefunden. Dennoch war es immer derselbe Wunsch, schon seit ich denken konnte: der Wunsch zu verstehen, warum sie mich weggegeben hatten. Und vielleicht, ganz vielleicht konnte ich eine Beziehung zu ihnen aufbauen, wenn ich sie je wiedersehen würde. Nichts hatte ich mir als Kind mehr gewünscht, als eine Familie zu haben, die einen liebte und immer für einen da war. Ich wollte nicht mehr alleine sein. Mir würde auch ein einziges Gespräch mit ihnen genügen. Nur einmal die Menschen kennenlernen, von denen ich abstammte, nur einmal mit ihnen reden. Es war ein äußerst unrealistischer Wunsch, aber dafür waren Wünsche schließlich da. Sie bedeuteten Hoffnung, die einen immer weitermachen ließ, egal wie aussichtslos die Situation auch sein mochte – in der festen Überzeugung, dass sie sich irgendwann erfüllten. Auch wenn ihre Erfüllung eigentlich eher an ein Wunder grenzte, schob ich in Gedanken hinterher. Ich riss den Zettel ab, rollte ihn zusammen, stellte ihn auf den Boden und zündete ein Streichholz an. Ich hielt die kleine Flamme an das Papier und als es brannte, wartete ich gespannt. Wie von Geisterhand schwebte das Papier im letzten Moment in die Höhe. Die anderen taten es mir gleich und über unseren Köpfen schwebten unsere Wünsche als glühende Punkte davon.

Als wir den Club betraten, herrschte gähnende Leere. »Sag mal, kann es sein, dass die Partys immer später losgehen? Als ich jung war, da war es schon um halb zwölf brechend voll.«

»Als du *jung warst.* Wie sich das anhört«, lachte Doro. »Aber ich weiß, was du meinst. Ich habe auch den Eindruck, dass sich das immer mehr nach hinten verschiebt.«

Wir sahen uns etwas ratlos in dem leeren Raum um.

»Mädels, wie sieht's aus? Wollt ihr etwas zu trinken haben?«

Doro und ich gaben unsere Bestellung auf und Mara und Tobi verschwanden an die Bar. Wir setzten uns auf zwei Hocker um einen kleinen quadratischen Tisch. Die Musik war laut und wir konnten uns nur schreiend verständigen. Als die beiden mit unseren Getränken zurückkamen, stießen wir gemeinsam an und ich stellte nach dem ersten Schluck überrascht fest, dass mir flau im Magen war.

Ich beschloss es langsam anzugehen und nippte daher nur vorsichtig an meinem Getränk. Trotzdem nahm die Übelkeit zu, bis mir regelrecht schlecht war. Ich wollte den anderen nicht den Abend ruinieren und bemühte mich um einen neutralen Gesichtsausdruck. Inzwischen war der Raum deutlich voller geworden. Es musste auf ein Uhr zugehen. Ich fragte mich, was es für einen Sinn hatte, dass die Leute alle erst so spät kamen. Der Club machte ja schon um drei Uhr wieder zu. Da lohnte sich das Kommen fast nicht mehr. Unter anderen Umständen würde ich nichts lieber machen, als zu den lauten Klängen des Dubsteps zu tanzen, und da würden mir zwei Stunden nicht ausreichen.

»Gehen wir tanzen?«, fragte Mara in die Runde.

Mein Magen fühlte sich an, als wäre er im Waschprogramm auf höchster Stufe durchgeschleudert worden. »Geht doch schon mal vor. Ich schaue euch zu.«

Mara warf Tobi einen unsicheren Blick zu.

»Ich leiste Caro Gesellschaft.« Doro nippte gelassen an ihrem Drink.

»In Ordnung.« Mara ergriff Tobis Hand und zog ihn hinter sich her durch die dichte Menschenmenge.

Ich beobachtete Mara und Tobi, wie sie eng umschlungen tanzten. Doro sah ihnen wehmütig hinterher.

»Geh doch auch tanzen«, schlug ich vor.

»Und dich hier alleine sitzen lassen? Kommt gar nicht in Frage.« Entschlossen schüttelte sie ihren Kopf.

»Es macht mir nichts aus, hier alleine zu sitzen.«

»Caro, was ist denn los? Geht es dir nicht gut? Du tanzt doch sonst so gerne ...«

Mist! Ich hatte mich doch extra bemüht, mir nichts anmerken zu lassen.

»Alles bestens«, antwortete ich etwas zu schnell.

Sie schaute mich kritisch an, während sie einen weiteren Schluck aus ihrem Glas nahm.

»Hm, also ich weiß nicht. Irgendetwas hast du doch.«

Innerlich stöhnte ich auf. Ich kannte Doro gut genug, um zu wissen, dass sie keine Ruhe geben würde, bis sie den Grund für meine Weigerung herausgefunden hatte.

»Ich glaube, ich möchte jetzt doch tanzen«, sagte ich leicht genervt. Ich hüpfte von meinem Barhocker, nur um mich sogleich mit der Hand auf dem Tisch abzustützen. Mir war auf einmal furchtbar schwindelig und ich brauchte einen Moment, bis ich mein Gleichgewicht wiedergefunden hatte. Doro schien davon nichts bemerkt zu haben. Ihr Blick war in unbestimmte Ferne gerichtet und auf ihren Lippen lag ein seliges Lächeln. Den Gesichtsausdruck kannte ich nur zu gut. Das war Doros Flirt-Miene. Ich suchte nach dem Objekt ihrer Begierde, konnte es aber unter den vielen Menschen nicht ausmachen.

»Was ist? Kommst du nun?«, fragte ich ungeduldig.

Manchmal nervte es mich, dass man mit Doro nirgendwo hingehen konnte, ohne dass sie einen Kerl abschleppte. Aber so war sie nun mal. Gegen etwas Spaß hatte sie noch nie etwas einzuwenden gehabt.

»Ja, sofort«, sagte sie, ohne ihren Blick zu lösen.

Ich ging vorsichtig in Richtung Mara und Tobi, darauf bedacht, nicht zu schwanken. Das kostete mich eine gehörige Portion Selbstdisziplin und Konzentration. Ständig wurde ich von der Seite angerempelt und die vielen bunten Lichter machten es nicht gerade einfacher. Irgendwie kämpfte ich mich durch die Massen, ohne zu stolpern. Doro war mir gefolgt und drängte sich dicht hinter mir durch eine Gruppe tanzender Teenager. Endlich waren wir bei Mara und Tobi angelangt, die sich ein paar Schritte zur Seite bewegten, um uns Platz zu machen. Ich wippte langsam im Takt zur Musik. Schnelle Bewegungen traute ich mir nicht zu. Wovon war mir nur so schlecht und schwindelig? Alles drehte sich, einschließlich meines Magens. Es wurde immer schlimmer.

»Du siehst blass aus«, schrie mir Mara über die Musik hinweg ins Ohr. »Fühlst du dich nicht gut?«

»Ein wenig schwindelig«, gab ich zu. »Ich glaube, ich werde krank.«

»O nein! Und das ausgerechnet an deinem Geburtstag! So was kommt echt immer zum ungünstigsten Zeitpunkt.«

Wem sagte sie das? Ich hatte erst vor zwei Wochen eine Erkältung gehabt und wollte nicht erneut krank werden. Von hinten taumelte ein Mädchen gegen mich und ich stolperte einen Schritt nach vorne. Unschlüssig blieb ich stehen. Ich gab es auf, mich im richtigen Rhythmus zu bewegen. Viel zu anstrengend. Kleine Schweißperlen hatten sich auf meiner Stirn gebildet und ich wischte sie mit dem Handrücken weg.

Mara warf einen Blick auf ihre Uhr. »Du siehst wirklich nicht gut aus und es ist ohnehin schon spät. Wir gehen nach Hause.«

Ende der Leseprobe

Tauch ein in romantische Geschichten.
HOL DIR
BITTERSÜSSE
STIMMUNG
AUF DEINEN
E-READER!
E-BOOKS VON IMPRESS HIER:
CARLSEN.DE/IMPRESS
im.
pres
s
impress IST DAS DIGITALE LABEL DES CARLSEN VERLAGS FÜR GEFÜHLVOLLE
UND MITREISSENDE GESCHICHTEN AUS DER GEHEIMNISVOLLEN WELT DER FANTASY.